# À PROPOS DE L'AUTRICE

Laura Black est une lectrice passionnée qui, dès toute petite, s'est créée un monde imaginaire riche et fantasque. Très vite, elle a couché sur papier ses propres histoires, même si son penchant pour l'écriture s'est révélé véritablement à l'adolescence. Elle a alors commencé à noircir des pages et des pages et à taper avec frénésie sur une vieille machine à écrire. Elle a d'emblée touché à plusieurs univers, refusant de se cantonner à un genre en particulier, préférant suivre le fil de son imagination. Après une pause de quelques années et des études littéraires, elle revient, la tête fourmillant d'idées et de personnages attachants, mais souvent torturés. Même si elle privilégie l'écriture de romans fantastiques et de romances, elle ne se ferme aucune porte, guidée par son âme d'éternelle rêveuse.

# Des noces à l'écossaise

*Collection :* VICTORIA



**HARPERCOLLINS FRANCE**
83-85, boulevard Vincent-Auriol, 75646 PARIS CEDEX 13
Service Lectrices — Tél. : 01 45 82 47 47 - www.harlequin.fr
ISBN 978-2-2804-5135-2 — ISSN 2493-013X

Composé et édité par HarperCollins France. Achevé d'imprimer en mai 2021.
par CPI Black Print - Barcelone - Espagne
Dépôt légal : juin 2021.

FSC
www.fsc.org
MIXTE
Papier issu de sources responsables
FSC® C159065

Pour limiter l'empreinte environnementale de ses livres, HarperCollins France s'engage à n'utiliser que du papier fabriqué à partir de bois provenant de forêts gérées durablement et de manière responsable.

LAURA BLACK

# *Des noces à l'écossaise*

*Victoria*

HARLEQUIN

*À Kiki, qui m'a fait découvrir la Cornouailles et l'Écosse*
*À Colin Firth, pour avoir été le meilleur Darcy de tous les temps*

# *Chapitre 1*

*Automne 1795*
*Londres*

Henry Harrington exulta silencieusement lorsque Lord John Barker vida son verre d'un trait, avant de déposer au centre de la table de jeu l'acte de propriété tant convoité. Inconscient du risque pris, ou peut-être parce qu'il avait ingurgité plus que son compte depuis le début de la soirée, son adversaire le toisait avec une morgue triomphaliste. Un comportement qui tenait du suicide ou de la bêtise, de son point de vue, mais qui n'avait pas empêché Barker de railler copieusement chacun des hommes assis à ses côtés, à mesure qu'ils se couchaient. L'ambiance s'en était ressentie, fraîchissant sensiblement.

Henry, lui, était prosaïque. Le lord était là où il avait souhaité l'amener. Et la bonne société londonienne avait beau s'indigner de l'attitude insultante de celui-ci, elle ne l'aurait jamais exclu de son cercle. Ni même songé à le corriger pour son outrecuidance. Pas alors que l'homme dilapidait sa fortune avec un enthousiasme stupide.

Quand Henry l'avait ciblé comme sa prochaine proie, il avait misé sur l'indifférence de la fine fleur de la gentry envers ce noble sur la pente déclinante. Un pari calculé qui s'était révélé payant. Lord Barker était un tel goujat que ses partenaires de jeu le regardaient perdre son argent avec une jouissance parfois mal contrôlée. Tous avaient intégré l'intérêt à s'asseoir à la même table que lui et à endurer ses sarcasmes, quand bien même, sous la lumière du jour, ils campaient des banquiers honorables ou des avocats illustres. Le soir venu, isolés dans cette salle de jeu huppée, ces gentilshommes affables devenaient des rapaces avides. Avant même que Henry ne jette son dévolu sur John, ce dernier était déjà cerné par les prédateurs…

Étonnamment, le lord paraissait indifférent au fait de gaspiller son argent sans compter. La rumeur le prétendait à la tête d'une fortune considérable, même si les mieux informés savaient qu'il devait sa richesse à son épouse, Mrs Corinne.

Si certains supputaient que la source était en train de se tarir, en grande partie parce que Lord John misait de plus en plus de biens matériels plutôt que des espèces sonnantes et trébuchantes, Henry n'avait rien laissé au hasard et enquêté minutieusement sur l'état des finances de sa cible. La vérité l'avait fait jubiler, au point qu'il s'était frotté les mains d'excitation.

Investir la salle de jeu fréquentée par Lord Barker avait représenté la phase la plus délicate de son projet. Si l'appât du gain contribuait à museler les bouches autant qu'il fermait les oreilles, Henry avait découvert que ces avantages s'adressaient exclusivement aux membres du cercle. Les scrupules s'envolaient en même temps que la nuit s'installait, mais pas au point toutefois d'offrir l'un des initiés en pâture à un homme dont la réputation choquait.

Ce qui expliqua qu'un vent de panique s'invite autour de la table lorsque Barker déclara sa nouvelle mise.

— Vous êtes sûr de vous, John ? s'enquit l'ami qui se tenait debout derrière lui, dans un souffle précautionneux.

— Soyez gentil, Malcom, et allez faire un tour, fulmina Lord Harrington, vous suivez, évidemment ?

Renforçant à dessein son air insondable, Henry goûta intérieurement la saveur d'une farouche détermination. S'il n'avait pas été aussi soûl, Barker aurait probablement compris qu'il s'attaquait à plus fort que lui, mais l'alcool, en plus de l'idée d'en remontrer à un adversaire après des semaines à perdre, supplantait tout sens logique.

Henry sentit les coins de sa bouche frémir de plaisir tandis qu'il acquiesçait d'un air neutre. Il avait eu un mal fou à être introduit dans ce cercle de jeu discret. Pendant des mois, le propriétaire avait décliné ses demandes avec un mépris qui avait accru sa détermination au lieu de le décourager. C'était l'obtention d'un gain inattendu, quelques semaines auparavant, qui l'avait assuré, non pas du respect de ses pairs, mais d'une morne acceptation de sa présence parmi eux.

Il n'avait pas dévoilé son jeu immédiatement. Il s'était contenté de quelques parties où il misait peu et perdait presque invariablement. Installé au bar, il s'était surtout attardé à étudier les méthodes de Lord Barker. Ce dernier n'était pas un débutant, mais souffrait d'un défaut regrettable : l'impatience. Couplée à une consommation exagérée d'alcool, cette tare se transformait en faiblesse de taille. Dès lors, Henry avait été conscient que John ne pourrait pas éviter la banqueroute s'ils se retrouvaient autour de la même table.

— C'est insensé, maugréa Malcom. Mac Fergall…

— Laissez cet imbécile de duc là où il est ! fit John avec hargne.

Henry étrécit les yeux et scruta l'ami de son adversaire. Malcom Appleget veillait sur ce dernier depuis des mois, essayant de le tempérer quand il perdait pied. C'était grâce à lui que le lord avait échappé à la ruine à plusieurs reprises, mais son influence n'avait plus guère d'effet depuis que Barker avait été dépossédé d'une partie de ses espérances sur la fortune de sa femme au profit de son beau-fils.

L'information restait confidentielle, ce qui expliquait probablement que le coquin soit toujours le bienvenu au sein du cercle, mais Henry devinait qu'elle ne le demeurerait pas longtemps. Tout comme il mesurait l'opportunité qui risquait de lui filer entre les doigts s'il ne battait pas le fer pendant qu'il était chaud.

En nanti arrogant, Barker n'en avait pas conscience, mais sa colère accroissait sa vulnérabilité. Et son entêtement à flamber à qui mieux mieux, comme s'il cherchait à défier son beau-fils, aggravait sa situation. C'était, aux yeux de Henry, une fâcheuse erreur tactique si l'on se référait à l'héritage de Zane Mac Fergall. Les Écossais avaient beau avoir été rattachés à la couronne d'Angleterre, ils demeuraient des êtres dénués de courtoisie, ou de ce vernis qui séparait les vrais gentilshommes des barbares du Nord.

Henry ne craignait pourtant pas d'affronter Mac Fergall. Pas alors qu'il tenait son beau-père entre ses griffes, et par là même sa mère.

C'était une juste récompense après des semaines à traquer sa proie… Ce soir, enfin, il avait atteint son objectif. Il avait fallu moins de trois parties pour que le lord lâche son dernier joyau, l'acte de propriété de Carling Hall, un onéreux manoir. Bien qu'elle se situe en plein milieu des Highlands, une région d'une sauvagerie réputée, la demeure valait son pesant d'or. Et Henry savait déjà que sa seule location lui rapporterait une rente substantielle, même si ses projets avaient pris une tout autre direction après qu'il avait mené son enquête sur les Barker.

Il avait découvert que, par une aberration du droit écossais, Mrs Barker, dernière descendante de la lignée des Mac Ewens, s'était retrouvée à la tête d'une florissante fortune à la mort de son père. Henry soupçonnait d'ailleurs Barker d'avoir flairé l'aubaine et d'avoir épousé la femme uniquement pour entrer en possession de ce joli pécule, ignorant encore qu'elle était en droit de léguer ses biens à son fils à n'importe quel moment.

Zane Mac Fergall était déjà riche avant même de recevoir cette manne conséquente, puisqu'il avait lui-même hérité d'un domaine prospère au décès de son père, en plus de son titre de noblesse. En d'autres termes, il était une proie bien plus intéressante, même si Henry avait d'emblée compris qu'il était dangereux de s'attaquer à une cible comme lui. Plus colosse qu'homme, le duc de Rosendale possédait un tempérament sauvage qui le rendait antipathique à la plupart des Londoniens.

À la suite de son legs, Carling Hall était finalement le seul bien que Mrs Barker avait conservé, probablement parce qu'il s'agissait de la maison de son enfance et qu'elle y tenait comme à la prunelle de ses yeux. Un fait qui ne l'avait pas empêchée de faire preuve de bien peu de discernement en accordant à son mari la pleine jouissance de la propriété.

En d'autres temps, Henry aurait pu la plaindre pour sa naïveté, mais la vie s'était chargée de lui apprendre que l'opportunisme était un gage de survie. Alors, mieux que quiconque, il savait reconnaître une occasion rare quand elle se présentait à lui. Zane Mac Fergall descendait peut-être d'une lignée de Lairds écossais farouches et indomptables, on le disait très attaché à sa mère, de sorte qu'il était peut-être bien la réponse aux prières que Henry murmurait à voix basse pour sa fille bien-aimée.

Si son objectif initial avait été de vendre le manoir, ce qui serait toujours envisageable si son plan ne fonctionnait pas, il s'était demandé ce que le duc accepterait de payer pour que sa mère ne perde pas sa chère maison. La réponse l'avait galvanisé.

— Prêt, Barker ? énonça-t-il avec un sourire qu'il essaya de rendre le moins carnassier possible.

Son adversaire suait à grosses gouttes, mais il semblait être le seul à ne pas s'en rendre compte. Autour de la table, un silence gêné avait remplacé l'ambiance policée qui prévalait d'ordinaire. Malcom quitta la pièce en maugréant, et Henry devina qu'il allait prévenir Mac Fergall.

C'était une bonne chose, même si le duc arrivait trop tard pour sauver son beau-père du désastre. Au moins, Henry pourrait négocier avant la fin de la nuit…

Il avait lui aussi été riche autrefois et avait frayé parmi la meilleure société. Mais, après deux mariages qui l'avaient laissé veuf et avec une déplorable réputation de flambeur, il avait ruiné ses chances de se refaire.

Son capital charme n'y avait rien changé ; plus aucune héritière fortunée n'avait été intéressée par l'homme qu'il était, le contraignant à une abjecte décrépitude.

Il réprima un accès de rage en serrant les poings. Les dernières années avaient été difficiles pour lui, bien qu'il ait trouvé un soutien imprévu auprès de sa fille, Ly-Ann. Celle-ci l'avait comblé au-delà de ses attentes, mais, à ce jeu, il avait déconsidéré l'atout qu'elle représentait.

Il était temps de rectifier cette erreur, et Zane Mac Fergall incarnait leur meilleure chance ! La seule, peut-être même.

Les cartes furent distribuées dans un silence religieux. Henry savait que chaque homme l'observait, veillant à ce que la partie se déroule en toute probité. Tous avaient beau être de fieffés hypocrites, la mise de Barker avait réveillé, bien tardivement, les consciences.

Sauf qu'à cet instant, rien ne le sauverait, et cette idée combla Henry au-delà du sentiment de triomphe qu'il éprouvait à la perspective que sa douce Ly-Ann soit bientôt à l'abri de la calomnie et de la honte, et lui de la pauvreté…

# *Chapitre 2*

Zane força l'allure de son cheval, s'évertuant à étouffer la colère qui pulsait dans ses veines depuis que Malcom Appleget l'avait fait réveiller au milieu de la nuit. Ce dernier les guidait dans l'obscurité, une culpabilité perceptible raidissant ses épaules massives, vers une table de jeu connue du tout-Londres.

Zane savait que son beau-père y avait ses habitudes, mais il le pensait en villégiature en Écosse, loin des tentations de la capitale anglaise. Il renâcla, furieux contre lui-même d'avoir péché par excès d'orgueil en se contentant de cette information sommaire.

Surtout, il s'était convaincu que John ne pourrait pas se révéler plus pitoyable qu'il ne l'était déjà. Quand Malcom lui avait expliqué qu'il avait misé le manoir Mac Ewens, il s'était littéralement statufié, fustigeant sa propre naïveté.

John avait transformé la vie de sa mère en enfer et continuait ses maudites incartades, sans se soucier de la maltraiter ou de la tuer à petit feu. Corinne, sa mère, tenait tellement à Carling Hall que Zane soupçonnait qu'elle ne se relèverait pas de sa perte.

Il se plaqua contre sa monture pour l'inciter à accélérer la cadence. Derrière lui, Sage Devon le talonnait, fidèle aux causes qu'il défendait. Amis depuis qu'ils étaient enfants, Zane savait pouvoir compter sur lui, quelles que soient les circonstances. Ce qui expliquait d'ailleurs qu'il l'ait suivi jusqu'à Londres, alors que tous deux exécraient cette ville.

Il résista à une furieuse envie de jurer. S'il était loyal envers la couronne anglaise, c'était avant tout pour la pérennité de l'Écosse. De sa belle Écosse qui déclinait à mesure qu'elle se dépeuplait…

Depuis que les Lairds s'étaient vu reconnus comme les seuls propriétaires des terres des anciens clans, les plus pauvres étaient réduits à l'exode, filant de l'autre côté des océans, leur espoir d'une vie meilleure chevillé au corps. Pour ceux qui étaient restés, s'adapter était devenu une nécessité, quand bien même l'âme de leur pays continuait de chanter dans le secret de leur cœur.

Zane, pour sa part, n'était pas réfractaire au changement, probablement parce qu'il en comprenait l'inéluctabilité. Mais regarder sa nation se désagréger et se perdre en mouvements de révolte vains ? Il exécrait ce visage de violences, comme il avait condamné Thomas Muir[1], conscient pourtant que l'homme n'avait pas tort dans tous ses combats.

Face à son pays qui se délitait, il avait surtout du mal à se sentir à sa place parmi la noblesse et la gentry qui déambulaient dans les rues et les salons anglais comme si le monde se réduisait à des bals et à des sourires de

1. Symbole des *treasonable practices and seditious meetings* (actes de trahison et réunions séditieuses), il sera condamné à la déportation en Australie, avant d'être libéré et de se réfugier en France.

façade. Ses séjours à Londres étaient heureusement rares, et l'attitude de son beau-père lui rappelait pourquoi il préférait son château isolé au milieu des terres sauvages d'Écosse.

Tous trois sautèrent de cheval une fois parvenus à destination. À cette heure de la nuit, l'artère était tranquille et silencieuse, d'autant que la demeure cossue qu'ils visaient appartenait aux établissements les plus réputés de la ville.

Zane détailla la façade plongée dans l'obscurité, le sang battant furieusement contre ses tempes. Il avait fréquenté ce genre de cercles quelques années plus tôt, porté par son envie de répondre aux attentes de la couronne, et persuadé alors que c'était le meilleur moyen de préserver les siens. Pour renforcer les liens entre l'Écosse et l'Angleterre, il avait consenti à déambuler dans des salons surchauffés et bondés, et à chercher celle qui pourrait devenir son épouse.

Un jeu d'alliances qu'il avait conduit entre curiosité et regard intrigué.

Isabelle avait surgi devant lui, un soir, dans un éclat de rire qui l'avait conquis, autant que sa beauté solaire. Il ne s'était pas pour autant laissé éblouir. Il avait pris le temps de la courtiser pendant toute la saison avant de demander sa main à son père. Des précautions qui n'avaient pas empêché la jeune femme de se flétrir quand il l'avait emmenée dans les Highlands. La jolie duchesse n'était pas armée pour les hivers rudes et l'isolement. Pas préparée à vivre loin des réjouissances offertes par la capitale.

— Zane ? l'interpella Sage en le tirant de ses sombres pensées.

Il se redressa avec un regard de glace. Après la mort d'Isabelle, il s'était juré de ne plus fréquenter pareil endroit. Cela n'avait pas été difficile en soi. La fine fleur londonienne adorait les riches héritiers, d'autant plus ceux qui portaient un titre, mais rejetait avec une indignation silencieuse les sauvages Écossais, qu'elle soupçonnait du meurtre de leur fragile épouse anglaise.

— Le premier étage, précisa Malcom.

Zane opina de la tête. Le principe était le même dans tous les établissements du genre. Au rez-de-chaussée, des salons accueillaient ceux qui souhaitaient profiter d'un moment de détente, autour d'un verre, en compagnie d'une société triée sur le volet. Certains soirs, ce petit monde dansait au son d'une musique entraînante, quoique parfaitement conforme aux standards de la bienséance. Et si beaucoup s'essayaient aux cartes, ils étaient plus rares, en revanche, à investir le premier étage, où se déroulaient les parties avec mises sonnantes et trébuchantes.

— Cette maison peut se vanter d'une réputation irréprochable, précisa Malcom en guise d'excuse.

— Jusqu'à présent, tempêta Zane d'un ton sec. Le propriétaire des lieux aurait dû stopper cette comédie dès que l'enjeu a été révélé.

En dépit de cette affirmation, il n'était pas naïf au point de croire que cela aurait arrêté son beau-père. John était homme à aller au bout de ses folies, quand bien même cela signifiait jouer avec le feu.

Il comprit qu'on les attendait lorsqu'un majordome les escorta au travers de couloirs silencieux jusqu'à une pièce faiblement éclairée. Le propriétaire des lieux patientait sur le seuil, la mine sombre.

— Votre Grâce, le salua-t-il en inclinant le buste. Je suis au regret de vous annoncer que votre père a perdu la partie engagée.

— Bon sang, pourquoi ne les avez-vous pas arrêtés ?

— Parce que cela n'aurait servi à rien, répliqua froidement l'homme. Henry Harrington n'est pas du genre à lâcher une prise quand elle est ferrée.

— Henry Harrington ? C'est encore pire que ce que je croyais.

— Votre père et Harrington patientent dans ce cabinet, Votre Grâce. J'ai fait en sorte de les retenir jusqu'à votre arrivée. Je sais que cela vous paraîtra dérisoire, mais c'est ce qui m'a semblé aller le plus dans le sens de vos intérêts.

Zane considéra l'homme rubicond avec agacement, conscient qu'il était sincère et avait en effet agi avec intelligence. Il n'émit pourtant aucun signe approbateur avant de pénétrer dans la pièce, un salon cossu aux dimensions modestes. Comme dans tout le reste de l'établissement, l'odeur de tabac froid flottait dans l'air, empestant une atmosphère déjà lourde.

John, échevelé et rougeaud, était avachi sur un sofa de brocard vert, cuvant son vin comme l'alcoolique qu'il était. Il leva néanmoins une main mollassonne en le repérant, puis sombra dans un sommeil bruyant, un filet de bave s'écoulant de sa bouche entrouverte.

Une épave, voilà ce qu'il était, mais une épave qui pouvait encore se prévaloir d'être l'époux de sa mère. Il suffirait de si peu pour lui briser la nuque, songea Zane en réprimant un accès de rage qui puisait dans son passé tourmenté.

Tel un écho prévisible, il sentit rugir en lui cette nature indomptable qui le classait aux yeux de tous dans la catégorie des hommes de pouvoir impitoyables, et canalisa cette énergie, conscient que sa meilleure arme face au débiteur de John restait l'indifférence.

Un exercice que maîtrisait parfaitement Henry Harrington, estima-t-il au premier coup d'œil.

La réputation de ce scélérat n'était plus à faire. Issu de la *landed gentry*[1], il avait ruiné deux épouses avant d'être réduit aux expédients d'un joueur professionnel. La rumeur proclamait qu'il avait tenté sa chance à Dublin, avant de revenir à Londres pour fréquenter les tables de jeu où il sévissait avec succès. La bonne société le tolérait, même si, dans les faits, elle l'évitait au possible. Pas assez, néanmoins, puisqu'il avait réussi à investir l'un des cercles de divertissement les plus réputés de la capitale.

Henry Harrington n'avait pas bougé à son entrée dans la pièce. Adossé contre le montant d'une cheminée, le visage impénétrable, il l'examinait avec un sourire affable qui ne dévoilait rien de son état d'esprit. Zane plissa les yeux, saisi d'un pressentiment déplaisant. Il avait négocié avec bon nombre de fieffés coquins dans son existence, mais son adversaire arborait cette posture d'acier qui lui donnait le sentiment désagréable d'occuper le rôle de marionnette.

— Mac Fergall, le salua enfin l'homme en faisant l'impasse sur son rang. Quel plaisir de vous rencontrer !

— Faites-moi grâce de votre hypocrisie, Harrington. Je suis là, j'imagine que c'est ce que vous vouliez.

— J'aime votre nature directe, Votre Grâce.

Zane le soupesa froidement sans relever son outrecuidance. Henry Harrington avait été bel homme

1. Petite noblesse.

autrefois, mais celui qui lui faisait face dévoilait plutôt sa déchéance. Les cernes sous les yeux et le cheveu filasse, il singeait un parvenu qui rapiéçait probablement ses chemises pour paraître dans le monde. L'illusion était presque parfaite, mais ne le trompait pas. Il était aux abois, et cela le rendait encore plus dangereux.

D'autant qu'il possédait un atout de taille ! Cette simple idée suffit à raviver sa fureur.

— Allez droit au but, Harrington, ordonna-t-il d'une voix tranchante.

L'autre s'avança dans la pièce et s'immobilisa à moins d'un yard du seuil de l'entrée. D'un regard dédaigneux, il signifia à Malcom de déguerpir et agit de même avec Sage. Zane arrêta ce dernier d'un geste ferme.

— Il n'y a rien que tu ne puisses entendre, Sage. Je souhaite que tu restes.

— Comme il vous plaira, riposta Harrington, faussement désinvolte, en refermant la porte.

Il s'installa ensuite dans un fauteuil en cuir et sortit un cigare qu'il huma, avant de le poser sur la tablette devant lui. Il prit ensuite tout son temps pour extirper un document de la poche intérieure de sa redingote et le consulter avec une emphase excessive, pour finalement le ranger avec la même nonchalance étudiée. Enfin, il affronta le regard de Zane, un sourire placide sur les lèvres.

— Votre beau-père a joué gros ce soir, et il a perdu. Le manoir écossais de votre mère m'appartient, désormais.

Harrington s'autorisa une pause oratoire, visiblement satisfait de lui. Il ramassa son cigare et le manipula pendant quelques secondes avant de l'allumer. Dans un silence oppressé, il tira quelques bouffées, le torse bombé de suffisance.

Zane ne prononça pas un mot, son mépris explicite dans sa posture rigide. Harrington jouissait de la situation, tout comme il avait dû exulter lorsqu'il avait abattu sa main maîtresse face à John, un peu plus tôt dans la soirée.

Trop imbibé d'alcool, Lord Barker n'avait probablement pas frémi. Dégrisé, il rirait de cette farce, attendant que son beau-fils répare les pots cassés. Sauf que cette fois, Zane avait épuisé ses réserves de patience, pour peu qu'il en ait jamais eues pour celui qui avait massacré son enfance. Cette fois-ci, John allait devoir répondre de ses actes ! Néanmoins, pour sa mère, il ferait le nécessaire pour récupérer le manoir familial.

— Je suis ouvert à la négociation, bien sûr, reprit son interlocuteur, frondeur. Une rente annuelle de sept mille livres jusqu'à ma mort m'agréerait en échange du titre de propriété.

Zane perçut plus qu'il ne vit le mouvement instinctif de Sage. Évidemment, son ami ne pouvait manquer de réagir. La demande était saugrenue. Dérisoire, si l'on considérait la valeur de la demeure et les prétentions qu'il pouvait avoir.

Il étrécit les yeux et étudia le visage abîmé par les vicissitudes de la vie. La silhouette empâtée, Harrington avait tout du dandy qui s'était laissé aller, mais son regard brillait de ruse.

Pas étonnant qu'il ait pu duper son beau-père. Avec son apparente nonchalance, il incarnait tout, sauf le danger. Simplement, cette impression était trompeuse ! Les paupières lourdes masquaient une malveillance évidente.

Il parut dérouté par son mutisme, mais dissimula rapidement son étonnement, arborant de nouveau un air affable et débonnaire. Il croisa les jambes en se carrant plus confortablement dans son siège, et examina son vis-à-vis comme on soupèse un ennemi que l'on tient en respect sous la pointe de son épée.

Zane soutint son regard sans manifester la moindre faiblesse. Il avait été élevé dans les Highlands et, même si l'Écosse avait souffert face à l'avènement des rois anglais, il gardait au fond de lui la hardiesse sauvage et rude des chefs de clans. Sous la surface civilisée demeurait l'essence de ces hommes qui s'étaient battus pour leurs familles et leur honneur. De ces hommes qui avaient conquis des terres hostiles et balayées par les vents.

Le silence s'éternisa, jusqu'à ce qu'Harrington commence à se trémousser sur son siège.

— Venons-en au fait ! déclara-t-il, exaspéré. Avez-vous déjà rencontré ma fille, Mac Fergall ?

Zane fronça les sourcils et fouilla sa mémoire. Son séjour à Londres visait à finaliser un contrat avec un industriel anglais qui souhaitait investir à Édimbourg. Face à la crise écossaise, il œuvrait avec quelques autres pairs pour implanter des usines de textile dans les Highlands et offrir du travail aux plus démunis. Il avait été chargé de vérifier les termes de l'accord proposé et de planifier les derniers détails de la transaction. De fait, il ne s'était pas attardé parmi la bonne société.

— Ly-Ann Harrington, lui souffla Sage en volant à son secours. De ce que j'en sais, elle est surtout admise dans les cercles de la *landed gentry* en hommage à sa mère. C'est une jeune femme d'une rare beauté, quoique assez arrogante. Sa réputation est entachée de rumeurs qui éloignent les prétendants sérieux, et l'absence de dot n'améliore pas ses chances de souscrire à un mariage respectable.

— Comment tu arrives à être au courant de ce genre de détails ? s'étonna Zane avec une sidération mâtinée d'ironie.

— Tu sauras que courir dans les salons ne constitue pas uniquement une perte de temps, répliqua Sage avec un sourire entendu. Comment crois-tu que j'aie appris que notre premier investisseur était malhonnête ?

Harrington éructa, exprimant son agacement à être ignoré. Zane continua de lui battre froid et soupesa les confidences de son ami. Ly-Ann avait peu de chance de trouver un époux, et que son père la mentionne n'était pas de bon augure, pas alors qu'il réclamait une paille en contrepartie du manoir. Sage était parvenu à la même conclusion, s'il devait en juger par son air renfrogné.

— Ma fille est belle, et elle a profité de la meilleure éducation. C'est une jeune femme accomplie.

Le frisson d'appréhension qui caressa l'échine de Zane le glaça jusqu'aux os. En dépit de l'échec de son premier mariage et des réticences de la bonne société anglaise, il demeurait l'un des partis les plus courus du pays. Alors qu'il venait de fêter ses vingt-huit ans, il n'avait pas encore envisagé de convoler de nouveau, repoussant adroitement les tentatives plus ou moins subtiles pour le décider à franchir ce pas. Il savait qu'il s'y résoudrait, ne serait-ce que pour fournir un héritier à sa lignée, mais, pour l'heure, l'idée le laissait indifférent.

— Épousez ma fille, et je vous rendrai votre manoir, se dévoila enfin Harrington.

Zane réprima l'envie de rugir et de quitter la pièce sans un regard en arrière. Pas même pour l'homme avachi sur le siège derrière lui… John n'avait plus rien à perdre ou à miser, il veillerait à faire circuler l'information dans tous les cercles de jeux. C'était bien loin du sort qu'il rêvait de lui réserver, mais sa mère méritait quelques égards. Elle réclamerait, pour toute sanction, qu'il assigne son mari à résidence.

En soi, cela aurait pu le satisfaire. Ce n'était pourtant pas le cas, et il savait pourquoi. Non seulement il refusait d'avoir John à charge chez lui, mais il en allait aussi et surtout de l'équilibre mental de sa mère. Celle-ci ne supporterait pas de vivre à temps plein à Armydale. Elle ne s'était pas rétablie, suite au décès de son premier époux, et ne s'était remariée que pour lui donner un père. Sa stupéfaction avait été totale en découvrant non seulement que John rejetait son fils, mais qu'il était fourbe et déloyal. Et elle demeurait très fragile depuis qu'elle avait perdu deux enfants avant même leur naissance.

Carling Hall était sa maison, l'unique foyer où elle avait été heureuse depuis que l'amour de sa vie avait succombé à une terrible chute de cheval. C'était son refuge, le seul endroit où elle parvenait à respirer sans suffoquer. En être privée lui porterait un coup fatal, quand bien même elle résiderait dans un château aussi luxueux qu'Armydale.

Devait-il pour autant accepter ce marché de dupes ? Il était en mesure de payer pour récupérer le manoir, mais il devinait qu'Harrington ne se laisserait pas fléchir. Sa fille était perdue aux yeux de la *landed gentry*, une union de bon aloi était donc exclue. À moins de l'obtenir par le chantage…

— La rumeur ne vous a-t-elle pas informé que

j'avais déjà été marié ? le provoqua Zane, les mâchoires volontairement crispées.

— De tels secrets restent rarement… confidentiels, admit Harrington, un bref éclat d'indécision éclairant son regard.

Il sait, songea Zane. Il sait que certains m'imputent la mort d'Isabelle…

— Et cela ne vous alarme pas ?

— Ma fille est coriace, Votre Grâce, lâcha son interlocuteur avec une fermeté incisive. Et un titre de duchesse est le genre de privilèges qui ne se refuse pas au motif qu'une autre n'a pas été assez clairvoyante pour s'y accrocher…

Un silence inconfortable s'installa. L'homme avait recouvré sa morgue, tandis que Zane évaluait sa résistance et essayait de percer ses secrets. Il avait payé très cher pour que la mort d'Isabelle soit attribuée à une mauvaise grippe, et enterrer profondément la véritable cause de son décès. Rares étaient les personnes qui savaient qu'elle s'était jetée dans le vide, dévorée par un mal qui avait anéanti sa joie de vivre et son énergie. Pendant des semaines, elle avait erré comme une âme en peine entre les murs du château, geignant et pleurant dès qu'il osait s'approcher d'elle. Il n'avait pas compris la profondeur de sa tristesse. Il lui avait tout offert, hormis l'émoi d'une foule de parvenus apprêtés qui ne songeait qu'à la fête.

— Qu'est-ce qui vous autorise à croire que je vais accepter ce marché ? aboya-t-il. Le mariage est un acte inéluctable et…

— … Et vous avez besoin d'un héritier, l'interrompit Harrington, sûr de lui. Voyez les choses de façon pragmatique, Votre Grâce. Vous êtes suffisamment riche pour ne pas courir après une dot, alors moi, je dis : ma fille ou une autre, cela change quoi ? Je pense que vous avez tout à y gagner. Et n'oubliez pas que votre mère récupérera son manoir bien-aimé !

— Ce type ne se contentera pas de cet arrangement, le prévint Sage à voix basse.

Zane n'en doutait pas, mais quelle alternative avait-il ? En outre, Harrington avait raison sur un point : le jour où il se remarierait, il ne jouerait pas la comédie de la séduction bienséante. Il avait courtisé Isabelle pour découvrir trop tard qu'elle avait arboré en sa présence une personnalité à l'opposé de ce qu'elle était viscéralement. Il l'avait crue assez forte pour endurer les durs hivers écossais, elle s'était effondrée à la première bourrasque.

Épouser Ly-Ann Harrington reviendrait à commettre une mésalliance, en plus d'une erreur grossière, mais ce n'est pas comme s'il se souciait de l'avis de ses pairs. En outre, il y entrevoyait certains avantages : il s'unirait à une femme qui ne pourrait ni le blâmer ni se plaindre de l'existence solitaire qu'il lui proposerait. Et il ne se sentirait pas redevable ou même forcé de dissimuler sa vraie nature. Elle devrait le prendre comme il était.

— Je pose trois conditions, annonça-t-il après un long moment de réflexion.

— Vous n'êtes pas en position d'exiger quoi que ce soit, Votre Grâce, ricana Harrington.

— Alors, nous arrêterons là cette comédie ! Sage, nous rentrons !

L'autre se décomposa sensiblement et manifesta d'un durcissement du visage qu'il capitulait.

— Tout sera consigné chez un notaire, bien sûr,

souligna Zane avec fermeté. Premièrement, vous n'aurez pas un sou de plus que la rente allouée.

Harrington grimaça, ce qui confirma qu'il avait escompté profiter de la manne qu'il représentait. Pourtant, il acquiesça, même si c'était sans aucun doute possible à contrecœur. Zane, sans perdre de vue la roublardise de son adversaire, en déduisait qu'il tenait sincèrement sa fille s'il était prêt à ce genre de compromis pour garantir sa situation.

— Deuxièmement, les noces se dérouleront en Écosse, chez moi.

— Londres est un endroit plus attrayant à cette saison, objecta Harrington avec un froncement de sourcils contrarié.

— Je réside au château d'Armydale la majeure partie de l'année, et c'est là que devra vivre mon épouse. En troisième lieu, si son honneur n'est pas sauf, le mariage sera nul et non avenu, étant entendu que le manoir restera ma propriété en dédommagement.

Henry tira sur son cigare, le front lisse. Ly-Ann était une associée émérite dans tous les projets qu'il avait fomentés pour recouvrer la bonne fortune. Belle comme le jour, elle avait su séduire les plus réticents, les amenant à lui manger dans la main. Il était fier de son ange, mais conscient que sa fille ne ferait jamais de mariage de bon aloi.

Sa réputation à lui, mais aussi la sienne, classait la jeune femme dans la catégorie des demoiselles à fuir. Le duc de Rosendale représentait sa seule chance d'obtenir la place qu'elle méritait dans la bonne société.

Le problème était de souscrire aux exigences du fiancé. L'argent, Henry ne l'aurait avoué pour rien au monde, il était prêt à y renoncer pour le bonheur de son enfant chérie. Il était doué aux jeux de cartes et s'en tirait à merveille, suffisamment pour envisager l'avenir sereinement, si Ly-Ann était mariée à un riche parti.

Il connaissait assez sa fille pour deviner qu'elle n'apprécierait pas d'aller s'enterrer au fin fond de l'Écosse, mais qu'elle obtempérerait au regard des avantages reçus en échange. Et puis, Zane Mac Fergall finirait lui aussi par succomber à son charme et accéder à ses quatre volontés. Henry pariait que les deux tourtereaux seraient de retour à Londres avant le début de la prochaine saison.

Restait la question de la virginité. Et là…

— Je valide ces conditions, annonça-t-il, le cœur battant à tout rompre d'une satisfaction qui l'inondait jusqu'à la racine des cheveux. Quand signons-nous ?

— Mon notaire vous contactera.

Henry suivit des yeux les deux hommes tandis qu'ils quittaient la pièce, lucide sur la nécessité de rendre une petite visite à la sœur de sa première épouse. Abigaïl ne serait pas heureuse de le recevoir, mais elle n'était pas en mesure de s'opposer à sa volonté.

Depuis qu'il avait ruiné l'honorable famille, elle vivait de sa mansuétude dans une bicoque délabrée. Il évitait avec soin de fréquenter sa compagnie, mais, cette fois, il n'avait pas le choix.

Et Ly-Ann allait devoir le suivre là-bas…

# *Chapitre 3*

*Polperro, Cornouailles*

Prudence considéra l'étal de poisson avec circonspection en resserrant son châle autour de ses épaules minces. Un vent sec balayait le port de Polperro et s'immisçait dans les rues, promettant un hiver rigoureux.

L'humidité prégnante avait déjà incité la plupart des habitants du village à allumer des feux de bois et à faire ronronner les cheminées. Parce que leur réserve de combustible était au plus bas, Abigaïl, sa tante, avait renoncé à chauffer la maison où elles logeaient.

C'était en partie pour cette raison qu'elle était tombée malade et que Prudence prévoyait d'améliorer leur quotidien par l'achat exceptionnel de poisson ou de viande.

— Le turbot est beau, lui glissa Faith à l'oreille. Mais il est un peu cher, non ?

— Moins que le bœuf, répondit Prudence en se frictionnant le front de lassitude. Tante Abby a besoin de recouvrer des forces.

Faith opina de la tête, et un pli soucieux dessina une ride entre ses yeux. Elles étaient aussi lucides l'une que l'autre sur l'état de leur marraine. Aussi impliquées en ce qui concernait la santé de leur tutrice.

Alors qu'Abigaïl avait déjà recueilli Prudence à la mort de sa sœur cadette, elle avait ouvert sa maison, ses bras et son cœur à Faith, quand personne ne souhaitait prendre en charge la petite orpheline, âgée de sept ans. Elle avait bravé des critiques sévères. Certaines de ses connaissances l'avaient incité à abandonner la fillette à son sort lorsque cette dernière s'était révélée de constitution fragile. Une fragilité qui, fort heureusement, n'avait pas perduré au-delà de l'enfance.

Lissant une mèche rousse qui s'échappait de son chignon, Faith soupira. Prudence la savait consciente de la chance qu'elle avait eue de croiser le chemin d'Abigaïl. Et, tout comme elle-même, son amie estimait son tour venu de s'occuper de la femme qui l'avait élevée avec tant de dévotion. Elle s'y attelait d'ailleurs avec ferveur.

— On pourrait aller pêcher cet après-midi, proposa-t-elle.

Prudence approuva en se détournant de l'étal. Après tout, elles n'étaient peut-être pas équipées pour une pêche d'envergure, et l'eau était déjà glaciale, mais elles n'avaient guère le choix. Avec un peu de chance, elles rapporteraient aussi quelques bouts de bois qui aideraient à réchauffer la chambre de leur tante. Ce n'était pas le premier hiver qu'elles redoutaient et, à chaque fois, la maisonnée avait survécu sans mal.

— Miss Prudence, l'arrêta Mary, la poissonnière. Mrs Prewett m'a commandé ce turbot, hier. Il est déjà payé.

Prudence décocha un coup d'œil dubitatif à celle qu'elle considérait comme une sœur, lucide sur le fait que la commerçante mentait. Mary était une brave femme, toujours prompte à aider son prochain. Ce n'était pas la première fois qu'elle glissait une sole ou un beau merlan dans leur panier, affirmant qu'Abigaïl avait réglé la note. C'était impossible, évidemment, puisque cette dernière ne sortait plus de chez elle depuis des années, minée par une santé fragile qui l'avait privée de l'usage de ses jambes.

Prudence songea à refuser, mais c'était un luxe qu'elle ne pouvait s'autoriser. Pas alors qu'il en allait de la convalescence de sa chère tante. Elle esquissa un sourire reconnaissant, prévoyant déjà la façon dont elle s'acquitterait de cette dette. Mary avait une ribambelle d'enfants qu'elle gardait parfois en échange de quelques menus services. C'était un marché inéquitable, une sorte de pis-aller mensonger, qui sauvait cependant les apparences, pour peu qu'elle puisse encore s'y raccrocher.

— Merci, Mary, répondit-elle en ravalant des larmes de gratitude.

— De rien, miss.

Prudence posa le poisson dans le panier de son amie et lui prit le bras pour l'entraîner vers la digue qui protégeait le port et menait jusqu'à la demeure de leur tante. La maison n'avait rien de rutilant. À l'identique de ses voisines, elle offrait une façade grise et des fenêtres étroites. Faith, qui adorait les fleurs, égrenait des pots débordant de couleurs le long des murs aux beaux jours, mais, avec l'automne, rien n'égayait plus les lieux. Rien ne venait plus masquer que des travaux auraient été nécessaires, si la pension d'Abigaïl avait suffi à les entretenir convenablement toutes les trois.

Prudence chassa ces sombres pensées et songea au repas qu'elle allait préparer grâce à la générosité de la poissonnière. Dépendre de la mansuétude de leurs voisins était difficile à accepter, mais elle avait mis sa fierté de côté quand il était devenu évident que sa tante souffrait au-delà du raisonnable. Elle compensait volontiers en rendant des services, épaulée par une Faith toujours enthousiaste.

La bonne société de Polperro la regardait œuvrer avec indulgence, eu égard à son lignage, mais Prudence savait parfaitement que cela lui nuisait. Même si elle était bien née et dotée d'excellentes manières, sa pauvreté écartait, si ce n'étaient les prétendants, du moins la bénédiction de leurs familles.

— On part à la plage maintenant ? proposa Faith, une fois les victuailles déposées dans la cuisine. Martin m'a suggéré un coin où il y a de belles moules.

— Je te suis.

Prudence enfila un vieux manteau en laine par-dessus sa robe et se munit de son matériel de pêche, avant de se diriger vers la digue et l'étendue de galets, en contrebas. Libérée d'un poids, elle huma l'air iodé et soupira de béatitude.

Polperro était le seul lieu qu'elle connaissait, ou du moins dont elle se souvenait. Par-dessus tout, elle aimait la vision du port enclavé au cœur d'une baie déchiquetée qui le préservait du reste du monde. L'horizon chatoyant, lui, était une promesse de jours plus doux, comme l'espoir qui accompagnait les marins prenant la mer.

Certes, elle se sentait parfois un peu à l'étroit face à une communauté calfeutrée avec ses usages étouffants, mais elle reconnaissait volontiers qu'elle tirait le meilleur profit possible de cet environnement. La présence de Faith, son amie de toujours, comptait pour beaucoup.

Une fois sur la place, elle ôta ses bottines et foula le sable en souriant, sans s'attarder sur ses orteils qui se recroquevillaient sous l'action du froid. Lady Loads, la garante des bonnes mœurs de Polperro, lui répétait à l'envi qu'elle ne se comportait pas selon son rang, et déplorait ses manières frustes. Elle aurait probablement hurlé si elle l'avait vue ainsi déchaussée en plein mois d'octobre, barbotant au bord de l'eau.

Lady Loads ne considérait les choses que de la façon la plus conventionnelle qui soit. Elle accueillait Prudence chez elle parce qu'elle appartenait à une famille issue de la *landed gentry*, mais refusait d'entendre les conditions pitoyables dans lesquelles elle vivait.

En définitive, c'était peut-être mieux, car Lady Loads n'avait jamais été méprisante avec elle. Certes, elle exprimait sa désapprobation quand elle la surprenait à assumer des tâches soi-disant indignes de son rang, mais elle s'abstenait de tout commentaire désobligeant.

Bien évidemment, Faith n'avait pas droit à ce genre de compassion. Son statut de pupille pauvre la classait d'office dans la catégorie des personnes sans intérêt, bien que la bonne société de Polperro tolérât sa présence. Un honneur qui n'en finissait pas d'amuser Faith, même si, au fond, elle souffrait de cette attitude.

Prudence longea la ligne dessinée par les vagues sur le sable, s'efforçant d'apaiser le tumulte de ses pensées. Parfois, elle avait envie de fuir Polperro et l'étroitesse d'esprit de ses habitants. Elle aurait aimé vivre dans un monde où chacun de ses gestes n'aurait pas été observé, pour ensuite être jugé à l'aune du comportement que l'on attendait d'elle.

Oui, elle était une lady, mais, dans les faits, elle n'était qu'une sauvageonne qui courait le long des plages dès qu'un rayon de soleil perçait les nuages. Parfois, elle avait le sentiment d'être écartelée entre ces deux mondes qu'elle ne parvenait pas à concilier.

— C'est là, déclara Faith en indiquant un amas de rochers noirs, interrompant ses pensées.

Prudence enleva son manteau et tressaillit sous la virulence du vent, ce qui ne l'empêcha pas de relever le bas de sa robe grise pour s'enfoncer dans l'eau. Des vagues en léchèrent l'ourlet jusqu'au moment où elle se hissa sur un récif recouvert d'algues sombres. Ses pieds ripèrent à plusieurs reprises avant qu'elle se stabilise. Elle oublia rapidement l'inconfort de sa position et les ondes de froid qui faisaient douloureusement frissonner sa peau. Elle s'activa pour réchauffer ses membres transis, consciente que cela ne suffirait pas à endiguer la fraîcheur glaciale qui s'emparait d'elle, mais qu'elle survivrait si elle se dépêchait.

À quelques yards d'elle, Faith claquait aussi des dents, et son chignon s'était partiellement dénoué sous l'effet d'une bourrasque plus violente que les autres, déployant un rideau de feu sur ses épaules.

Elles pêchèrent pendant une heure avant de rejoindre la plage, contraintes par la marée montante. Prudence considéra leur tenue en maugréant. Malgré toutes les précautions prises, sa robe était trempée jusqu'à hauteur de ses cuisses et plaquée contre ses jambes, ce qui accentuait l'engourdissement de ses muscles. Ses cheveux avaient mieux résisté au vent que ceux de Faith, mais des mèches brunes s'échappaient de sa coiffure, flattant l'ovale de son visage.

Elle enfila rapidement son manteau dans l'espoir

de se réchauffer un peu, et darda machinalement un regard morne derrière elle, sur la plage. Elle se raidit en apercevant le cavalier qui approchait au trot, reconnaissable entre tous.

— Pourquoi faut-il qu'il se promène ici, aujourd'hui ? maugréa-t-elle entre ses dents.

— Donne ton panier, exigea Faith. Il voudra te parler et…

— Par politesse, oui ! Il est trop bien élevé pour faire demi-tour, mais, crois-moi, il n'éprouve plus aucun plaisir à devoir bavarder avec moi.

Faith lui pressa brièvement la main, avant de s'éloigner de quelques pas. Prudence lui sut gré de cette délicatesse et redressa le buste, attitude involontairement rebelle qui lui tira un grognement de dérision.

Au fait de sa peur des chevaux, Charles de Kerington s'arrêta à quelques yards d'elle et sauta à terre avec son élégance habituelle. S'il souriait, elle n'en apercevait pas moins le reproche muet au fond de ses prunelles.

— Miss Harrington, la salua-t-il, en s'inclinant légèrement.

— Monsieur le comte.

Les rayons du soleil auréolaient sa chevelure châtain de flammes incandescentes, un fervent hommage à sa beauté. Charles était d'une rare prestance, en digne fils d'une lignée de la pairie[1].

Il possédait un manoir qui surplombait la falaise, au sud de Polperro, et chevauchait régulièrement le long des plages quand il était de passage en Cornouailles. Prudence

1. Noblesse.

l'avait rencontré pour la première fois quelques mois plus tôt, lors d'un pique-nique organisé par Lady Loads.

Bien sûr, elle avait été séduite par le jeune homme, oubliant pour un après-midi qu'elle n'était qu'une demoiselle pauvre. Charles n'avait pas paru dérangé par sa situation et lui avait fait une cour discrète, mais assidue.

Puis, du jour au lendemain, il s'était détourné d'elle. Lady Loads avait fini par lui confesser que la mère du comte s'était élevée contre cette relation naissante, qui l'indignait.

Faisant fi des règles de bienséance, Prudence n'avait pu se résoudre à croire que Charles était aussi versatile dans ses affections, et l'avait sommé de s'expliquer. Il avait bafouillé de piètres excuses avant de détaler, les joues empourprées de gêne. Depuis, ils se croisaient parfois, mais n'échangeaient jamais plus qu'un bref salut ou un regard.

— Votre robe est trempée, constata-t-il en fronçant les sourcils. Ce n'est guère la saison pour s'amuser dans l'eau.

— Je vous remercie de votre prévenance, mais je pêchais.

— Vous… pêchiez ?

Prudence manqua de rire devant son air consterné. C'était cette réalité qui l'avait éloignée de son soupirant. Charles savait qu'elle possédait les manières d'une demoiselle de son monde, mais sa mère avait, elle, repéré cet autre versant d'elle-même, cette image qui seyait si mal au titre de comtesse.

Prudence avait été furieuse en comprenant les raisons du désintérêt soudain de Charles, mais elle avait fini par comprendre qu'elle serait morte étouffée dans le rôle qu'il lui aurait assigné, si elle était devenue sa femme. Il était de ces hommes qui demeuraient fidèles aux traditions, même si tout en lui criait une virilité ardente.

Néanmoins, elle n'était pas naïve au point de ne pas entendre ce que ce désaveu lui susurrait à l'oreille. Malgré son désir de fonder un foyer, elle n'était pas une épouse suffisamment convenable... D'ailleurs, le regard de Charles était en soi la preuve qu'elle s'était fourvoyée en espérant malgré tout.

— Irez-vous chez Lady Loads, demain après-midi ?

Une vague d'amertume balaya sa tristesse. Charles était certes un homme appréciable, il n'en demeurait pas moins attaché à une étiquette inepte. Parce que la discussion prenait un tour qui le déroutait, il préférait changer de sujet.

D'ordinaire, Prudence se souciait assez peu de ce genre de réactions, mais cette fois-ci, cela la blessa profondément. Il avait eu l'intention de demander sa main, elle en était convaincue, pourtant, il ne la connaissait pas : il ne percevait en elle que la demoiselle bien élevée...

— Je ne pense pas, répondit-elle d'un ton neutre qui lui écorcha la gorge.

— Bien, j'espère vous revoir à une autre occasion, alors.

Elle esquissa un geste vague de la tête, persuadée qu'il ferait à l'avenir tout son possible pour ne plus se trouver en sa présence. En exigeant une explication de sa part, elle avait heurté son sens des convenances, bien plus que ne l'avait fait sa situation précaire. Mais, au fond, cela ne changeait rien. Pour les honorables Kerington, elle n'était pas digne d'épouser l'héritier en titre.

Faith l'attendait patiemment sur le bord de la jetée, et elle lui sut gré de garder le silence lorsqu'elle la rejoignit.

Elle était plus troublée qu'elle ne l'aurait admis par sa rencontre fortuite avec son ancien soupirant.

Peut-être parce qu'elle mesurait désormais sans ambiguïté la fragilité de sa position ?

Lady Loads lui serinait qu'elle devait s'unir à un gentilhomme de son rang et s'évertuait à lui présenter tous les célibataires des environs. À un détail près… Ils étaient tous décrépis, comme si ses espérances ne pouvaient se réaliser avec un homme dans la force de l'âge. Au même titre que les vieilles filles, elle était déclassée, juste bonne à combler un parti sans grandes exigences.

Elle avait décliné toutes les invitations, jusqu'à ce qu'elle croise le chemin de Charles. Celui-ci n'était pas recommandé par Lady Loads qui, probablement, avait su dès le départ que cette cause était perdue. Occupée avec sa tante malade, Prudence n'avait jamais vraiment formé de vœux de mariage, mais Charles lui avait donné l'envie d'un autre destin, et elle y avait cru avec une naïveté regrettable.

Aujourd'hui, si elle examinait les choses en face, elle devait admettre qu'elle n'avait pour alternative au célibat auprès de sa tutrice qu'un mariage avec un homme qui ne serait pas rebuté par sa pauvreté.

Un homme qui devrait braver l'opinion des siens et accepter qu'elle ne lui apporte aucune dot…

Qui oserait relever ce défi, étant entendu qu'elle refusait de sceller un pur mariage de convenance avec un inconnu au seul motif qu'il était riche, ou avec un vieillard repoussant ?

La vérité, c'était que son sort était entendu. D'autant que Faith, elle, avait encore une chance d'être heureuse et que Prudence ne voulait pas être un frein à sa félicité conjugale ! Résignée, elle monta la volée de marches qui menait à la digue et affronta le vent glacial en serrant les mâchoires.

— On a des visiteurs, déclara alors Faith d'une voix tendue, en s'immobilisant au milieu de la jetée.

# Chapitre 4

Prudence inspecta les abords de la demeure de sa tante et frissonna, à son corps défendant, en identifiant leurs visiteurs. Si Henry débarquait de temps à autre à Polperro, Ly-Ann se pliait rarement à l'exercice. Pourquoi aurait-elle fait cet effort ?

Pendant des années, celle-ci avait été l'enfant chérie de Jane Fairdchill, la seconde épouse de Henry, qui n'était jamais venue à Polperro. De son vivant, elle avait préféré nier l'existence d'Abigaïl et de ses pupilles, et avait insidieusement amené Ly-Ann à les mépriser.

La présence de sa sœur avait donc quelque chose d'incongru, et une onde d'appréhension se répandit dans les veines de Prudence. Elle n'avait jamais été proche de Ly-Ann. Comment l'aurait-elle pu ? Jane, incapable d'enfanter, avait décidé de l'élever comme sa propre fille, tout en refusant de s'encombrer de sa jumelle.

Elles avaient six ans quand Henry était venu les chercher pour que Jane fasse son choix. Moment cruel gravé en lettres de feu dans son esprit ! Elle était rentrée seule à Polperro, profondément perturbée par la perte de sa moitié et un sentiment de rejet que le temps n'avait pas réussi à atténuer. C'était l'arrivée de Faith qui l'avait sauvée du marasme.

Elle parcourut les derniers yards avec la désagréable impression d'avancer sur un sol mouvant. Faith avait perçu son désarroi et lui agrippait la main, comme pour lui transmettre un peu de sa force.

Henry et Ly-Ann les regardaient approcher, le visage impassible. Prudence songea que cela faisait seize ans que sa sœur avait quitté Polperro et qu'elle ne semblait guère ravie d'y remettre les pieds. À cela rien d'étonnant ! Elle détonnait dans le décor avec son manteau élégant qui flattait sa silhouette parfaite. Ses longs cheveux noirs étaient maintenus en un chignon torsadé qui avantageait son profil altier.

Elles avaient beau se ressembler trait pour trait, Prudence se sentit curieusement laide en comparaison. Ly-Ann portait un vernis de délicatesse qui lui faisait cruellement défaut, quand bien même Abigaïl l'avait élevée selon son rang. N'en demeurait pas moins qu'elle avait grandi dans un monde qui n'avait rien de comparable avec celui de sa sœur. Et ses vêtements détrempés le lui martelaient sans pitié.

— Prudence, l'accueillit Henry d'un ton compassé.

Il la détailla de la tête aux pieds, puis acquiesça d'un air satisfait, comme si l'état de sa robe ne le choquait pas outre mesure. Ou alors se réjouissait-il de la différence notable entre ses deux filles ? se demanda-t-elle dans un sursaut de révolte.

Ly-Ann ne fit pas même l'effort de la saluer. Elle se détourna en bâillant ostensiblement et décocha un coup d'œil méprisant à Faith. Prudence en éprouva un pincement au cœur, mélange de rancune et de colère qui s'effaça sous le regard bienveillant de son amie.

— Entrons ! exigea Henry. J'ai besoin de vous entretenir, Prudence. En toute confidentialité.

Faith ne fit pas mine de ne pas comprendre que ces derniers mots s'adressaient à elle. Elle s'empara du panier et disparut en direction de la cuisine, pendant que Prudence conduisait son père et sa sœur dans le petit salon du premier étage.

D'ordinaire, elle préférait la pièce du rez-de-chaussée, mais le confort y était plus sommaire. Les quelques biens qu'Abigaïl avait pu sauver de son ancienne vie avaient servi à meubler un boudoir cossu, même si la plupart des ornements avaient été vendus ces dernières années.

Abigaïl avait cependant refusé de se séparer des deux éléments majeurs : un divan en brocard épais et un piano droit. Le tissu du sofa était un peu défraîchi, certes, mais il faisait encore illusion. L'instrument sur lequel Prudence et Faith avaient appris à répéter leurs gammes occupait l'espace sous la fenêtre.

Henry et Ly-Ann parcoururent la pièce du regard avec une pitié qui ripa désagréablement sur la peau de Prudence, réaction accentuée par la moue de dégoût de sa jumelle lorsqu'elle s'installa sur le canapé, comme s'il était sale. Résolue à s'exonérer de leur jugement, elle ôta son manteau et prit place sur une chaise, consciente qu'elle tremblait d'une révolte qu'elle ne pouvait libérer au risque de pénaliser sa tante.

— Il fait froid ! pesta Henry. Appelez donc la domestique pour qu'elle allume un feu.

— Nous n'en avons pas, père.

— Et cette gamine qui est arrivée avec vous ?

— Faith est la pupille de ma tante. Nous ferions du feu avec plaisir si nous avions du bois en réserve, mais ce n'est pas le cas.

— Votre mère se retournerait dans sa tombe si elle voyait comment sa sœur vous élève. À quoi utilise-t-elle donc la pension que je lui verse ?

Prudence tiqua face à cette attaque injustifiée et considéra son père sans chercher à dissimuler sa colère. Henry souleva un sourcil narquois, comme si sa réaction l'amusait au plus haut point.

Elle réprima une réplique rageuse, non sans rancœur, consciente que le sort de sa tante résidait entre les mains de cet homme qui n'était son géniteur que par la force des choses. Elle n'avait jamais vécu avec lui, sa mère étant décédée en couches.

Il avait tout de suite sollicité Abigaïl pour assumer la charge des deux bébés vagissants que son épouse lui avait laissés. Puis, il s'était étourdi dans une vie de débauche jusqu'à la ruine, convolant avec sa seconde femme juste avant de sombrer tout à fait.

Il était demeuré une ombre jusqu'à ce qu'il réapparaisse un matin pour les conduire à Jane, puis un fantôme surgissant occasionnellement depuis qu'il avait séparé ses deux filles. Elle n'ignorait pas le genre d'hommes qu'il était, de bonnes âmes s'étaient chargées de l'informer de chacun des scandales qui entachaient son nom.

Peut-être était-ce pour cette raison qu'elle tressaillait toujours d'appréhension sous son regard sévère ? Ou bien parce qu'il avait fini par lui avouer qu'il n'aurait jamais permis que Jane la choisisse, elle, plutôt que Ly-Ann. À ses yeux, elle était la seule responsable du décès de leur mère.

— Nous avons besoin de votre aide, reprit-il d'un ton sirupeux. En vérité, la situation est telle que l'avenir de votre tante dépend de la réponse que vous consentirez à nous apporter.

— C'est-à-dire ?

— Je n'ai plus d'argent, plus les moyens d'entretenir cette maison comme je m'y suis employé jusqu'à présent.

Une main glaciale se referma sur le cœur de Prudence. Certes, la pension allouée par Henry ne leur garantissait pas le strict minimum, mais elles avaient toujours réussi à se débrouiller avec. Sans cette manne, c'était la fin de leur survie précaire. Et, dans son état, Abigaïl n'était pas en mesure de recevoir une telle nouvelle. Elle culpabilisait suffisamment de ne pouvoir leur offrir un cadre de vie digne de ce nom.

— Mais tante Abigaïl n'a que cet argent pour vivre…

Prudence songea qu'elle allait devoir se dégoter un emploi, mais l'état de santé d'Abigaïl exigeait que Faith ou elle-même reste à ses côtés. Et un salaire ne compenserait pas la perte de la pension. Elle ferma les yeux, accablée. Vaille que vaille, Faith et elle allaient devoir trouver une solution !

— Il y a peut-être un moyen d'éviter cela, ajouta Henry après un long silence indigeste. Un moyen qui assurerait de surcroît une rente substantielle à votre tante.

Prudence vacilla sous son regard débordant de cynisme. Il ressemblait à un porcin engoncé dans de luxueux vêtements, mais il transpirait encore l'odeur fétide de la boue. C'était un animal, sans aucun doute possible, et elle n'était pas naïve au point d'ignorer qu'elle incarnait sa proie du jour. Il n'était pas simplement venu la mettre en garde contre sa situation instable, il attendait d'elle quelque chose qu'elle n'avait pas envie d'entendre, augurant que cela ne lui plairait pas.

— Ly-Ann est fiancée avec l'un des plus beaux partis du pays. Un duc ! Le mariage aura lieu dans trois semaines, en Écosse, où la famille de son futur époux possède un château. Il va sans dire que cet homme est en mesure d'octroyer à votre tante une pension annuelle qui vous permettra de ne plus craindre les hivers. Votre sœur a d'ailleurs déjà généreusement décidé de l'entretenir de votre situation.

Prudence enregistra les informations, impassible. Ly-Ann la toisait avec une arrogance amusée, comme si elle se réjouissait intérieurement de ce que leur père allait lui annoncer. L'étau de glace autour de son cœur se délaya dans son corps, tel un présage funeste. Elle n'était plus seulement frigorifiée, son âme tremblait sans qu'elle sache bien pourquoi.

— Mais, pour cela, vous allez devoir contribuer au succès de ce mariage.

— Je ne vois pas bien quelle part je peux…

— Il y a une condition, la coupa Henry, qui nous pose un problème. Une condition qui rendra caduque cette union, si elle n'est pas vérifiée. Bien sûr, cela nous serait préjudiciable, mais ce serait surtout une tragédie pour votre tante.

Prudence se retint de rétorquer qu'elle avait compris la menace qui pesait sur leurs épaules, passablement irritée par les précautions oratoires de son père. Quoi qu'il ait à dire, qu'il le dise ! Elle brava le regard intransigeant, pleine d'amertume. Dépendre d'un homme comme Henry ne lui avait jamais paru aussi désastreux.

— Je vous écoute.

— Vous allez m'accompagner en Écosse et tenir le rôle de votre sœur durant quelques semaines.

— Pourquoi voulez-vous que je remplace Ly-Ann ? N'est-ce pas une victoire pour vous, ce mariage ? Pourquoi céderait-elle sa place ?

— Vous devrez consommer l'union en son nom, répliqua Henry, impassible.

Prudence ouvrit la bouche, puis la referma, ahurie. Ly-Ann ricanait, mais Henry était d'un sérieux dérangeant. Avait-elle bien entendu ? Elle crispa les poings sur sa robe détrempée, refrénant son envie de détaler de la pièce ou de vomir.

— Le duc de Rosendale veut une épouse vierge, précisa Henry d'un ton si neutre qu'il lui fallut une seconde pour assimiler les mots. Et vous l'êtes, pas vrai ? Votre bigote de tante n'aurait jamais permis que vous compromettiez votre chasteté.

— Mais, vous, vous me demandez de m'y résoudre, bafouilla Prudence, livide.

— Pour l'honneur et la pérennité de notre famille, oui. Vous assurerez la situation de votre sœur, en même temps que celle de votre bienfaitrice. Ce qui rejaillira sur vous, cela va sans dire. C'est, à mon sens, un bien maigre tribut quand on pense à tout ce qu'Abigaïl a fait pour vous.

— Je serai perdue…

— Vous avez vingt-deux ans, très chère, et pas de dot. Vous espérez vous marier dans ces conditions ? Quel homme voudrait de vous ?

Prudence déglutit nerveusement. Après sa mésaventure avec Charles, elle mesurait la pertinence des paroles de son père. Mais c'était surtout l'avenir de Faith qui était en jeu si Henry cessait de leur verser une pension. Car, pour subvenir aux besoins de la maisonnée, l'une devrait travailler et l'autre s'occuper d'Abigaïl. Or, Faith avait encore une chance de convoler. Du moins tant qu'elle ne se sentait pas obligée de demeurer auprès de celle qui avait tant sacrifié pour elle…

Prudence frémit, affligée par les perspectives qui se présentaient à elles. Son amie méritait d'être heureuse et avait l'espoir de pouvoir se marier, bien que ses parents lui aient laissé une modeste dot. Elle refusait que son amie s'aliène cette chance à l'aune de son propre bonheur domestique. Ou même de sa réputation.

Si Faith n'avait pas rencontré l'amour, elle aurait pu y réfléchir. Mais cette dernière s'était éprise d'un jeune soldat venu en permission à Polperro pour rendre visite à sa grand-mère. Faith attendait son retour, au printemps prochain, pour convoler en justes noces. Il était hors de question de la priver de son bonheur, alors qu'elle avait tant souffert enfant !

Prudence se résignait sans mal à demeurer auprès de sa tante, même si, au fond de son cœur, elle avait imaginé… Quoi exactement ? Qu'un gentilhomme passerait outre sa pauvreté ? C'était ridicule, bien sûr, mais les rêves avaient cela de magique qu'ils n'avaient pas de limite.

Hormis ceux de la raison et de la bienséance, songea-t-elle avec dérision. En perdant sa virginité, elle abandonnerait tout espoir de se marier un jour, pour peu qu'elle n'en ait jamais eu l'opportunité.

— Combien… Combien de temps faudra-t-il que je demeure là-bas ?

— Je ne saurai le dire avec exactitude, avoua Henry comme si cela importait peu. Cela dépendra de nombreux facteurs. Probablement deux ou trois semaines, quatre tout au plus.

— Le fiancé…, bafouilla Prudence, incapable de croire que cette discussion avait bien lieu. Il se rendra forcément compte que je ne suis pas sa promise.

— Mac Fergall n'a jamais rencontré Ly-Ann. Il n'y a donc aucun risque de ce côté-là ! Tant que vous jouerez votre rôle, tout ira bien. Et je vous préviens tout de suite, je veillerai à ce que vous respectiez notre accord.

De cela, elle n'en doutait pas. Il avait toujours su préserver ses intérêts, peu importent les moyens. Mais, pour une fois, elle oublia de craindre ce qu'il était, pour songer à ce que serait son avenir si elle acceptait sa proposition qui, pour autant qu'elle soit indigne, lui offrait une chance de sauver son foyer.

— Et vous me garantissez que vous octroierez plus d'argent à ma tante ? insista-t-elle.

— Si vous consentez, je lui laisserai une bourse pleine pour affronter l'hiver et j'augmenterai sa pension.

Prudence considéra le port qui s'étendait au-delà de la fenêtre, derrière ses invités, vision qui l'avait toujours apaisée. Néanmoins, cette fois-ci, cela ne fonctionna pas. Le sang battait avec férocité contre ses tempes, lui causant une nausée pressante. Le tissu de sa robe crissa sous ses ongles, tandis qu'elle luttait contre la brûlure de larmes de rage.

— Je vous suivrai lorsque tante Abby aura l'argent, que le plein de bois sera fait et que des réserves de nourriture seront faites pour l'hiver.

— Choix judicieux, commenta Henry sans chercher à dissimuler son contentement. Ly-Ann restera ici le temps que vous accomplissiez votre office.

— Papa, crois-tu que cela soit nécessaire ? l'interrompit la jeune femme, la moue boudeuse.

— Nous ne pouvons courir aucun risque, ma chérie. Tu es trop connue pour demeurer à Londres, et aller en Écosse serait une folie. Si on te repère, notre plan tombe à l'eau, et Zane y a trop d'alliés. Le mieux est que tu attendes sagement ici.

Prudence abandonna son siège, indifférente à la discussion entre sa sœur et son père. Elle avait fait son choix, lucide sur ce à quoi elle renonçait, sans en éprouver de regrets.

Offrir à sa tante et à Faith l'espoir d'une vie meilleure suffisait à apaiser sa conscience. Ignorant les invectives de Henry, elle quitta le salon et dégringola l'escalier au pas de course. Sans même enfiler son manteau, elle sortit sur le port et courut jusqu'aux marches qui conduisaient à la plage.

Le vent, plus mordant que jamais, plaqua le tissu humide de sa robe contre ses jambes, engourdissant encore plus ses membres, mais elle n'en avait cure. Elle avançait sans plus rien voir que les vagues furibondes qui raclaient le sable blond…

# Chapitre 5

Le fiacre progressait à vive allure, bravant une pluie drue qui ruisselait sur la lande d'où émergeaient des rocs massifs. Au milieu des montagnes austères, les vallées étaient d'une magnificence inattendue. Et, quand le soleil parvenait à percer la couverture grise, les eaux du loch, en contrebas, étincelaient d'or.

Cela faisait une heure qu'ils suivaient une voie parallèle aux berges, et même si Prudence était fascinée par le panorama à couper le souffle, elle ressentait du plus profond de son âme le manque des côtes cornouaillaises et de l'odeur de l'océan, comme si une part d'elle craignait de ne plus jamais savourer ce plaisir…

Quitter Polperro avait été difficile, mais il avait surtout été compliqué de rassurer Abigaïl. Plus que tout, Prudence avait tenu à la préserver de la perversité de Henry. Seule Faith avait été mise dans la confidence.

Elle ferma les yeux en se remémorant la réaction atterrée de son amie. Elle n'avait pourtant eu aucun mal à la persuader qu'elle agissait au mieux des intérêts de leur tante, même si elle s'exposait au déshonneur.

Un bien maigre prix, avait-elle estimé.

Faith n'avait pas approuvé, mais n'avait pas été en

mesure de proposer une alternative ou de la convaincre de renoncer.

Le plus pénible avait été pour Ly-Ann, se réjouit-elle intérieurement, en revoyant la tête de sa sœur devant sa garde-robe sommaire.

Afin de ne pas éveiller les soupçons, Henry avait décrété que sa jumelle devait également endosser son rôle. Ly-Ann avait longtemps tempêté face à son père, mais elle avait fini par capituler lorsqu'elle avait mesuré son niveau d'intransigeance. Prudence avait le sentiment qu'elle avait surtout cédé de peur de perdre sa seule chance de vivre dans une opulence monstrueuse.

Henry chevauchait à ses côtés, de plus en plus maussade à mesure qu'il approchait de leur destination. Il avait quitté la calèche après le déjeuner frugal qu'ils s'étaient accordé en bord de voie, non sans l'avoir abreuvée de recommandations et de menaces explicites. Prudence avait failli lui rappeler qu'elle n'était pas en mesure de se rebeller, puis jaugé qu'elle était trop épuisée pour croiser inutilement le fer. La rencontre avec le futur époux de sa sœur était une épreuve qu'elle appréhendait et devait aborder avec le maximum de clairvoyance. Or, après trois nuits d'insomnie, elle n'était pas au mieux de sa forme…

S'emmitouflant dans un plaid épais, elle ferma les yeux, insensible aux ornières qui faisaient trembler l'habitacle étroit. Henry avait acheté cette voiture pour un prix dérisoire, visiblement peu soucieux d'assurer des conditions de voyage satisfaisantes à sa fille. Elle était donc percluse de douleurs à force d'encaisser les soubresauts intempestifs, mais elle avait renoncé à se plaindre. Son père n'avait d'égards pour elle que lorsqu'ils étaient devant des témoins.

Un moindre mal, car, pour sa part, elle n'accordait aucun respect à cet homme qui jouait avec sa vie comme si elle ne valait rien.

D'un geste léger, elle caressa l'étoffe soyeuse de sa robe et ravala un soupir de plaisir. Elle n'avait jamais eu le sentiment d'être frivole ou vaniteuse, pourtant, en enfilant quelques-unes des tenues de sa jumelle, elle avait éprouvé une douce euphorie.

Parce qu'elle était un peu plus fine que Ly-Ann, Faith l'avait aidée à repriser chaque vêtement, sous l'œil critique de sa sœur. Cette dernière avait choisi ceux qu'elle lui cédait, une grimace dépitée sur les lèvres. À force de persuasion, Henry lui avait obtenu six robes de bonne facture, une paire de bottines neuves et un manteau plus joli que véritablement chaud. Sans les plaids que Faith avait glissés dans la voiture à son intention, elle devinait qu'elle serait morte de froid à mesure qu'ils progressaient vers leur destination.

La calèche ralentit subitement, et Henry frappa un coup sec contre la vitre. Il avait le visage rouge et crispé, et Prudence comprit qu'il appréhendait lui aussi de franchir le seuil de la demeure des Mac Fergall. Elle suspendit son geste lorsqu'elle réalisa qu'elle avait commencé à triturer le devant de sa robe de nervosité. Même si cette réaction était compulsive, elle refusait de manifester la moindre faiblesse face à son père.

Pourtant, elle ne pouvait empêcher son cœur de battre la chamade et tout son corps de trembler. Au nom de sa jumelle, elle allait convoler avec un inconnu, un homme qu'elle devait duper jusqu'à leur nuit des noces. À cette pensée, elle se sentit défaillir, consciente qu'elle frôlait là un sujet qu'elle avait préféré occulter, mais qui revenait la perturber, plus ils se rapprochaient du château. Comment allait-elle pouvoir tenir son rôle jusqu'à la couche conjugale ? Les allusions saisies de-ci de-là sur l'intimité existant entre deux époux n'étaient pas de nature à la rasséréner. Pas alors qu'elle avait rêvé de s'abandonner dans les bras d'un gentilhomme pour qui elle éprouverait une affection sincère.

Lady Loads répétait à toutes les jeunes filles qu'elle prenait sous son aile que leur attribution était avant tout d'obéir en tout point à leur mari et qu'au pire, elles devaient fermer les yeux si les choses devenaient désagréables. Mais, dans tous les cas, leurs lèvres ne devaient pas lâcher le moindre gémissement de douleur ou de dégoût, non ! Ces messieurs étaient particulièrement sensibles sur la question de leur capacité à assumer leur rôle d'époux, et la plus infime critique pouvait les déstabiliser durablement.

Elle leur avait même conseillé, un jour, pour satisfaire au mieux leurs compagnons, de trémousser le bas du corps, un peu à la manière d'un poisson que l'on venait de sortir de l'eau. Prudence n'avait pas bien saisi le concept, mais le regard éclairé de certaines jeunes filles lui avait fait comprendre que la recommandation n'était pas inutile.

— On fait une halte, l'informa sèchement Henry en coupant court à ses réflexions. La pluie s'est arrêtée, profitons-en avant que le ciel nous tombe de nouveau sur la tête ! Maudite région !

— Mais nous ne sommes plus très loin du château, non ?

— Certes, mais vous n'êtes pas à votre avantage, après ces heures de voyage. Je tiens à ce que Mac Fergall soit ébloui dès votre première rencontre. Ly-Ann aurait su le charmer d'un regard, mais vous… Bref, nous faisons une halte. Je vais réserver une chambre à l'auberge pour que vous vous apprêtiez convenablement. Et faites-moi le plaisir de sourire ! Votre fiancé s'attend à un minimum d'amabilité.

Prudence se contenta de hausser les épaules. Même lorsqu'elle était vêtue de l'une des robes de Ly-Ann, pomponnée et coiffée à la dernière mode, Henry continuait de la dévisager avec ce rictus plein de sarcasmes qu'elle avait appris à détester. Pas parce qu'elle concédait la moindre importance à l'avis de ce presque inconnu, mais parce qu'il singeait ceux qui la jugeaient constamment depuis qu'elle était entrée en société.

Le fiacre s'immobilisa enfin dans une cour boueuse, au milieu du piaillement de poules qui picoraient le long d'un vieux mur en pierres. En dépit de bourrasques glaciales et d'un ciel toujours plombé, l'odeur de foin embaumait l'air derrière celle, plus âcre, d'un feu de bois.

Prudence descendit précautionneusement de l'attelage et étouffa une plainte de douleur lorsque ses pieds touchèrent le sol. Henry avait tenu à ce qu'ils rejoignent Armydale le plus vite possible, de sorte qu'ils ne s'étaient arrêtés que deux fois, et qu'il lui avait refusé une balade pour détendre ses muscles. Elle se sentait fourbue, vaguement désorientée, et débordait d'un sentiment de colère qui enflait d'heure en heure.

— Tom va descendre votre malle, précisa Henry en se campant devant elle. Je vais demander que l'on vous prépare un bain. Soyez gentille et arrangez-vous au mieux.

Il esquissa un geste dédaigneux de la main, puis tourna les talons pour entrer dans l'auberge, sans vérifier si elle suivait ou non. Prudence avala une longue bouffée d'air, réprimant une furieuse envie de hurler, puis lui emboîta le pas à contrecœur. Qu'elle le veuille ou pas, elle demeurait en son pouvoir tant qu'elle n'aurait pas accompli sa mission. Après… avec un peu de chance, il disparaîtrait de son existence.

Ses bottines s'enfoncèrent dans la terre meuble, et elle maugréa lorsque le tissu de sa robe s'imbiba de gadoue malgré ses efforts pour l'épargner.

— Je peux vous aider, miss ? demanda le cocher en s'inclinant respectueusement devant elle.

— Merci, Tom. Je…

Elle tenta un pas, trébucha et se rétablit en agrippant le bras du vieil homme qui se portait à son secours.

— Permettez-moi de vous guider jusqu'à la porte, miss.

— La malle, Tom ! tonna la voix impérative de Henry dans leur dos, avant qu'il siffle d'agacement. Tenez votre rang, ma chère ! Nous sommes à quelques miles du château, oubliez vos manières de fille sans éducation. Vous êtes la future duchesse de Rosendale, du moins le temps de…

Il laissa sa phrase en suspens, une étincelle sardonique au fond du regard, et l'attrapa par le poignet pour la traîner sans douceur à l'intérieur de l'auberge. En l'absence de clients, la tenancière des lieux, une femme à l'opulente poitrine, nettoyait les tables et déposait des chopes vides dans un baquet en bois. Elle leva la tête à leur entrée et dévisagea Prudence avec une curiosité avide.

— J'vous ai réservé ma meilleure chambre, précisa-t-elle en les voyant se diriger vers l'escalier.

— Le bain ? exigea Henry, visiblement importuné par cette intervention.

Prudence en profita pour se dégager de sa poigne et jeta un coup d'œil envieux au feu qui crépitait dans l'âtre, à quelques yards. Frigorifiée autant que fatiguée, elle rêvait de se lover devant les braises et d'oublier pendant une seconde son avenir incertain.

— Ma servante s'en occupe, répondit l'aubergiste. J'vous prépare à dîner, monsieur ?

— Oui, parfait, je le prendrai ici et…

Prudence frémit de ressentiment à mesure que son père la détaillait avec commisération. N'était-ce pas sa faute à lui si elle semblait aussi peu à son avantage ? En vérité, elle ne supportait plus ses critiques alors que, sans elle, il en serait encore à chercher une solution au problème de Ly-Ann. Elle redressa le buste, déterminée à ne pas se laisser humilier plus longtemps.

— Vous avez une servante capable de la coiffer ? demanda Henry.

— Je peux m'en charger seule ! argua-t-elle en croisant les bras sur la poitrine.

— Ma chère, siffla son père d'une voix mielleuse, une lady ne s'encombre pas de ces tâches. Votre… tante vous le dirait si elle était ici, non ?

La menace vibra dans l'air sans qu'il ait besoin de hausser le ton. Prudence se renfrogna, consciente que l'avenir d'Abigaïl et de Faith dépendait de sa manière de faire face. Elle avait consenti au marché sans sourciller, mais n'était pas toujours douée pour tenir sa langue… Elle se mordit les lèvres d'irritation et pivota vers les marches.

— La porte du fond à droite, lui signala la tenancière, tandis qu'elle s'engageait dans l'escalier.

La chambre était meublée avec une simplicité rustique.

Le lit massif occupait l'essentiel de l'espace, et un bureau avait été installé sous la fenêtre à petits carreaux. Rien qui ne rivalise avec la vue saisissante au-delà : les montagnes verdoyantes se dressaient comme le témoignage d'une grandeur écrasante et lui rappelaient qu'elle était désormais à des jours de chez elle…

Une jeune fille, très mince, à la crinière de feu, versait des brocs d'eau fumante dans un tube en bois devant une cheminée… allumée. À l'idée de pouvoir en profiter, même quelques minutes, Prudence loua le Seigneur et se détendit légèrement.

— Peigi ! aboya l'aubergiste en surgissant dans son dos.

— Oui, madame ? répondit la servante dans un sursaut, le visage figé de crainte.

— Tu vas coiffer cette lady et…

— Mais… je ne sais pas faire, madame. Je…

— Bien sûr que si ! la coupa sa patronne, le regard assassin. Je ne t'ai pas embauchée pour que tu traînasses comme tes bons à rien de frères ! Obéis ou rentre chez toi !

La jeune femme pâlit et baissa la tête. Sa posture trahissait une peur si flagrante qu'elle indisposa Prudence au point de l'indigner. Compassion et pitié se mêlèrent à ses émotions déjà à vif.

— Je suis certaine que Peigi sera en mesure de me satisfaire, assura-t-elle, avant de refermer la porte au nez de l'aubergiste.

Puis elle s'avachit contre le montant, les mâchoires serrées. Face à elle, la femme de chambre tournait en rond, le broc vide à la main, comme si elle était perdue. Des plaques rouges zébraient sa peau au-dessus de son corsage, et ses paupières papillotaient, preuve de son effort pour contenir sa panique. Oubliant ses propres démons, Prudence s'avança jusqu'au bain et trempa les doigts dans l'eau.

— Peigi, pouvez-vous ajouter une bûche ?

— Bien… Bien sûr, miss.

— Et ne craignez rien pour votre place, je suis capable de me coiffer.

Le regard désespéré, Peigi fondit en larmes.

— Je suis désolée, miss… Je… Je n'peux pas perdre ce travail… C'est le troisième en deux semaines et… ma famille… ma famille compte sur moi depuis que papa est mort et…

— Tout ira bien, je vous l'assure.

— Miss Harrington ? l'interpella une voix derrière le battant. C'est Tom, je vous apporte votre malle.

— Posez-la sur le lit, lui enjoignit Prudence en ouvrant la porte. Peigi, vous voulez bien m'aider à défroisser ma robe ?

— Votre père m'a chargé de vous transmettre qu'il vous attend en bas dès que vous serez prête. L'aubergiste dit qu'on est à deux heures du château, et il souhaite arriver avant la nuit.

Un frisson parcourut sa colonne vertébrale, avant que sa détermination ne se transforme en un nœud compact dans sa poitrine. Peu importaient les prochains jours, ses inquiétudes et son désarroi, elle n'avait pas d'autre choix que d'affronter l'avenir la tête haute.

— Parfait ! lâcha-t-elle, déjà affairée à ouvrir sa malle.

— Voulez-vous que j'ajoute de l'eau à votre bain, miss ? s'enquit la domestique.

— Non, j'ai peu de temps. Occupez-vous plutôt de défroisser ma robe et de nettoyer mes bottines.

La servante acquiesça, le visage rembruni et rougi par

ses larmes. Prudence éprouva un nouveau pincement au cœur pour cette jeune fille transie de peur. En dépit de leurs statuts très différents, elle réalisa qu'elle pourrait se sentir un jour prochain aussi acculée qu'elle, un constat qui raviva sa compassion.

— Peigi, tout ira bien…

— Mais vos cheveux, miss…

— Je vous l'ai dit, je suis capable de me coiffer moi-même. Tenez, je vais vous montrer, si vous le désirez. Comme cela, vous saurez comment vous y prendre, si la situation se représente. Qu'en pensez-vous ?

— Je… Vous feriez ça ?

— Parfaitement !

Avec l'aide de Peigi, Prudence se dévêtit et entra dans l'eau tiède. Dans un soupir las, elle s'allongea et renversa la tête en arrière avec l'ambition de s'accorder quelques minutes de répit. Un vœu pieux au regard de ce qui tourbillonnait dans son esprit. Le besoin de se changer les idées lui noua le ventre, d'autant que la panique commençait à la gagner.

— Peigi, vous voulez bien me parler de votre famille ?

Occupée à nettoyer ses bottines, Peigi suspendit son geste, abasourdie.

— Ma famille, miss ?

Prudence lui sourit gentiment en retour. Les joues cramoisies contrastaient avec les taches de rousseur sur le visage poupin, au point que Peigi semblait à peine sortie de l'enfance. Pourtant, elle avait déjà les mains calleuses et les épaules voûtées d'un poids trop lourd à porter pour son âge.

— Vous avez des frères et sœurs ?

— Trois frères, bafouilla la domestique. Connor est

l'aîné, Koran et Mickaël les derniers-nés. Ils sont encore si petits ! Maman répète que les farfadets les ont bénis, vu que ce sont de vrais chenapans. Ils adorent courir sur la lande et disparaissent pendant des journées entières…

Un fragile sourire éclaira ses traits.

— Votre famille habite près d'ici ?

— Nous… Nous avons perdu notre ferme quand papa est mort. Notre Laird a voulu récupérer la parcelle que nous exploitions. On a dû partir et… c'est compliqué de trouver du travail…

— Et louer une nouvelle dépendance ?

— Depuis que l'Écosse est sous le contrôle de l'Angleterre, tout a changé pour nous, miss. Nos chefs de clans sont devenus les propriétaires de nos terres, et ils ont mis les prés en pâturage. Papa disait que c'était plus rentable pour eux…

Peigi déglutit difficilement, le nez baissé sur la paire de bottines qu'elle lustrait avec un vieux chiffon.

— Beaucoup des nôtres ont été chassés de leurs fermes et ont choisi de partir pour le Nouveau Monde. Papa n'était pas d'accord. Pour lui, on était chez nous, ici, et personne n'avait le droit de nous expulser… Mais Connor n'a rien pu faire contre notre expulsion, quand notre père est mort.

— Je suis navrée, Peigi, sincèrement.

— Maman dit qu'on survivra.

Prudence ne put s'empêcher de faire le parallèle avec sa propre situation. Elle ne redoutait pas véritablement de perdre sa maison ou d'être séparée de sa tante et de Faith, mais la menace existait bel et bien. Assez pour qu'elle éprouve pour Peigi une mansuétude spontanée.

Sa colère se réveilla en écho, telle une pierre qui

ricochait sur une nouvelle onde. Si elle ignorait tout de la question écossaise, elle détestait l'idée de se lier, même temporairement, à un homme capable de jeter dans l'indigence une famille entière.

— Votre ferme… Est-elle située sur les terres du duc de Rosendale ? demanda-t-elle, dévorée par le besoin de savoir.

— Non, miss. Nous habitions près d'Inverness. Connor a bien essayé d'entrer au service du duc comme palefrenier, mais il n'a pas l'utilité de nouveaux garçons d'écurie. C'est comme ça. Les places sont rares, les bonnes encore plus…

Elle se tut et se mordilla les lèvres, comme si elle regrettait de s'être autant confiée, puis elle se para d'un sourire vaillant.

— Vos bottes sont lustrées, miss. Je vais ajouter une bûche dans le feu, comme ça, vous n'aurez pas froid quand vous sortirez de l'eau.

Prudence la remercia d'un signe de tête, puis entreprit de se frotter la peau, consciente que Peigi se retranchait dans un silence obtus. Un silence qui ramenait à la surface ses propres préoccupations.

— Qu'on en finisse ! grommela-t-elle en émergeant de la baignoire.

— Attendez, miss, je vais vous aider.

Elle se hâta de se sécher et de se rhabiller. Elle avait opté pour une robe fleurie à la texture si légère qu'elle semblait flotter autour de son corps. Le tissu ne serait pas assez épais pour la préserver du froid, mais aucune de ses tenues ne l'était.

S'installant devant un miroir abîmé, elle entreprit de se coiffer, sans oublier de montrer à Peigi comment entrelacer les mèches après avoir formé un chignon basique. Le résultat n'avait rien des parures complexes et sophistiquées que portaient certaines des invitées de Lady Loads lorsque cette dernière organisait des bals, mais elle avait toujours estimé que la simplicité était une vertu.

— Prudence, vous êtes prête ? clama la voix forte de Henry derrière la porte.

Tandis que Peigi se réfugiait près de la cheminée, Prudence inspira profondément.

— Entrez, père.

Henry l'évalua d'un long regard, plus froid que jamais.

— Cela ira, je suppose. Mac Fergall devrait être satisfait. Nous allons reprendre la route, et je tiens à vérifier une dernière fois que nous nous comprenons…

— Il me semble que la question a déjà été tranchée, le coupa-t-elle, excédée d'en revenir aux mêmes avertissements.

— En effet, mais il se peut qu'à la minute où vous pénétrerez dans la chambre nuptiale, vous ayez quelques réticences à franchir l'ultime pas.

Prudence rougit et décocha un vague coup d'œil à Peigi. La domestique rangeait sa malle, l'air si concentré qu'elle paraissait sourde à l'échange en cours. Pourtant, à l'idée qu'elle entende les paroles humiliantes de Henry, elle se renfrogna.

— Peigi, pouvez-vous aller me chercher un verre d'eau ?

— Le sujet vous indispose, ma chère fille, ricana Henry, sardonique. J'imagine qu'avec une dévote comme tutrice…

— Père ! l'interrompit-elle une fois encore, aussi gênée que choquée.

— Je veux simplement être sûr que nous nous sommes bien compris. Le duc compte avoir une épouse vierge dans son lit le soir des noces, et je prendrais très mal que vous vous défiliez au dernier moment. Soyez sage et obéissez-lui, sinon…

— Vos menaces sont inutiles. J'ai conscience des enjeux et j'ai accepté le marché. Vous devriez vous détendre et…

Vif comme l'éclair, Henry lui saisit violemment le bras et colla son visage enragé contre le sien. Elle réprima un cri de douleur et essaya d'échapper à sa poigne, exercice d'autant plus ardu que son père lui comprimait les chairs avec une férocité inédite.

— Ne me parlez pas sur ce ton, petite idiote ! Et souvenez-vous de qui je suis. Votre destin dépend entièrement de ma clémence. S'il me venait l'idée de vous marier à ma convenance, même au pire goujat qui existe dans ce pays, je serais parfaitement en droit de souscrire pareil arrangement. Retenez bien cela !

Prudence savait qu'il ne plaisantait pas. Qu'en dépit de son sacrifice, il était prêt à l'immoler pour sauver les apparences et préserver l'avenir de sa chère Ly-Ann.

Elle ? Elle n'était qu'un pion sur un échiquier dont elle ne maîtrisait aucune règle. Un fardeau dont il s'était débarrassé dès sa naissance et qu'il avait abandonné une seconde fois, quand il avait œuvré pour que son épouse choisisse sa jumelle.

Elle ne devait jamais oublier cette vérité, quand bien même elle se conformait à ses exigences…

— Nous partons ! gronda Henry en la libérant avec une moue de dégoût. Ne me faites pas attendre !

# Chapitre 6

Prudence resta bouche bée devant le panorama qui s'offrait à elle par la fenêtre de l'attelage. Elle s'était préparée à ce qu'Armydale soit un château impressionnant, mais, niché sur une falaise déchiquetée, il dominait les environs avec une grâce majestueuse et bordait un océan tempétueux. C'était de loin le lieu le plus splendide qu'elle ait jamais vu. Ses tours s'étiraient vers le ciel gris et il était pourvu de tant d'ouvertures qu'elle imagina des pièces baignées de lumière.

Face à la mer démontée, elle sentit son cœur se mettre à cogner contre ses côtes, tandis qu'un fin sourire ourlait ses lèvres. Elle ne put résister au besoin de respirer à pleins poumons l'air vivifiant qui lui flattait les narines à mesure qu'ils se rapprochaient de leur destination. L'odeur des embruns lui fouetta le visage, réveillant un sentiment d'appartenance si fort qu'elle oublia un instant pourquoi elle était ici.

— On arrive, annonça Henry en tapant contre la porte. Souvenez-vous qu'à partir de maintenant, vous êtes Ly-Ann !

Prudence se renfrogna immédiatement, une appréhension sourde revenant la titiller avec force. Elle avait beau agir au mieux des intérêts de sa famille, ce qui n'incluait pas à ses yeux son père et sa jumelle, elle redoutait malgré tout la rencontre avec le fiancé de sa sœur, cet homme à qui elle allait devoir octroyer les privilèges du contact intime.

*Ne pense pas à cela*, se réprimanda-t-elle.

Lorsque le fiacre s'arrêta devant une volée de marches, Prudence tenta de dompter les palpitations désordonnées qui lui martelaient la poitrine. Patientant jusqu'à ce qu'on vienne lui ouvrir la porte, elle descendit en s'appuyant sur la main de Henry, étonnée que des rayons aient enfin réussi à percer la couverture opaque qui les poursuivait depuis le matin. Le soleil n'était pas complètement couché et auréolait les vitres d'une luminosité qui conférait au château une aura de mystère flamboyante.

Incapable de résister à cet attrait et pas encore prête à affronter le comité d'accueil, elle leva les yeux sur la façade, impressionnée par le prestige des lieux. Là où la mer cédait la place à la terre, comme un décor peint sur une toile morose, des montagnes s'étendaient à perte de vue et dessinaient monts et vallées à l'envi. Cet écrin, avec ses couleurs brutes, rappelait que l'histoire de ces terres était entachée de violences et de rudesse. Pourtant, elle se sentit immédiatement séduite par cet environnement sauvage qui ne dissimulait pas son austérité.

À sa droite, les vagues grondaient sous un ressac qui gonflait les flots gris d'une impétuosité ombrageuse. Humant l'air salé, Prudence se promit d'aller découvrir les plages qu'elle devinait en contrebas d'un sentier mal débroussaillé. Cet accès à l'océan la rasséréna, comme si ce détail lui rendait un peu de sa chère Cornouailles et de ses repères.

Henry toussota pour la ramener à l'instant présent, et elle avisa leurs hôtes avec un regain d'anxiété qu'elle aurait voulu étrangler. En terre inconnue, la peur était une faiblesse qu'elle devait repousser…

En dépit de sa détermination, elle manqua de fléchir devant la silhouette massive campée au milieu du perron. Pas moyen de le confondre avec un autre, le maître des lieux était… immense ! Plus colosse qu'homme… Grand et large d'épaules, il s'imposait au milieu du petit groupe avec une évidence qui la percuta violemment, et lui donna une furieuse envie de détaler.

Le duc de Rosendale était tout ce que les gentilshommes qu'elle avait eu la chance de croiser n'étaient pas. Le visage dur et intransigeant, il la toisait avec une inimitié flagrante. Le masque de convenances auquel elle s'était attendue brûlait sur les ruines d'une colère intense. Et, bien que Zane Mac Fergall soit vêtu sobrement, son corps massif et musclé exhalait une vigueur qui n'avait rien de conventionnelle ou même d'appropriée. Parce qu'il se présentait à elle sans redingote et le gilet ouvert ? Ou parce qu'aucun foulard ne venait atténuer la puissance des lignes de son cou ?

Le souffle court, Prudence se retint de reculer d'un pas et choisit de redresser le menton, même si ses jambes flageolaient d'une frayeur qu'elle ressentait jusque dans ses os. Elle avait évidemment présumé que son père et elle ne seraient pas les bienvenus, mais elle avait compté sur la courtoisie de ses hôtes pour garantir les apparences.

En vérité, elle ne s'était pas totalement trompée. Si le duc ne dissimulait pas ses sentiments, ceux qui l'entouraient manifestaient une réserve plus policée. Elle s'attacha à les détailler discrètement, fuyant le regard bien trop pénétrant de l'homme qu'elle allait devoir épouser.

Un couple élégant se tenait en retrait, aux côtés d'une femme d'un certain âge qui paraissait aussi fragile qu'une fleur. Elle tremblait légèrement, le visage hanté et tourné vers l'horizon chatoyant, au point qu'elle avait besoin du soutien de sa voisine pour ne pas s'effondrer.

— Harrington ! fit la voix étonnamment profonde du duc.

— Votre Grâce, persifla Henry en retour. Comme convenu, je vous amène votre fiancée…

La mâchoire crispée, le duc riva le regard au sien. Prudence frémit à son corps défendant, et dut de nouveau fournir un effort considérable pour ne pas décamper. Dieu ! Pouvait-elle vraiment s'en remettre à cet homme aux allures de guerrier impitoyable ? Rien, chez lui, ne suggérait la compassion ou la douceur, tout au contraire.

Maudissant la peur qui serpentait dans ses veines, elle se força à soutenir l'œil venimeux et sourit brièvement, comme si la situation n'avait rien que de très ordinaire. Après tout, c'était une technique éprouvée : nier le problème ne l'effaçait pas, mais cela gommait certains inconforts, comme ces soirs où la faim la tenaillait, mais qu'elle refusait de manger pour ne pas priver sa tante du peu qu'elles avaient. Faith et elle se comportaient souvent comme si leurs estomacs ne criaient pas famine.

— Nous vous attendions hier, précisa le duc en descendant la volée de marches.

— Moi aussi, je suis ravi de vous revoir, ironisa Henry dont la nervosité s'exprima au travers de la poigne de fer qu'il referma sur le bras de Prudence.

— J'aimerais pouvoir en dire autant !

Henry éclata de rire, comme si l'accueil de son futur gendre tenait d'une plaisanterie connue d'eux seuls. Zane Mac Fergall le fusilla du regard en retour, avant de se poster devant elle. Obligée de lever les yeux pour croiser les siens, Prudence se retint de cligner des paupières sous le choc de cette confrontation.

La stature imposante du duc l'avait frappée d'emblée, mais elle comprit que ce n'était pas le moindre détail qui la déroutait chez le fiancé de sa sœur. Il était jeune, plus qu'elle se l'était imaginé, et suintait d'une autorité presque brutale.

En vérité, il étincelait d'une aura qui le rendait tout aussi fascinant que dangereux. Sous une épaisse crinière blonde retenue dans la nuque, son regard vert étincelait d'une lueur farouche qui révélait une nature ombrageuse. Les traits, pour l'heure figés en un masque impénétrable, faisaient écho à la splendeur des paysages, et rappelaient l'héritage de ses ancêtres guerriers.

Elle déglutit nerveusement ; elle n'avait jamais croisé un homme aussi… Elle ne savait même pas comment le qualifier. Dangereux, aurait-elle dit spontanément, mais Zane Mac Fergall n'était pas que cela. Il était d'une beauté à couper le souffle, ce qui rendait son aspect redoutable plus troublant encore.

Elle sursauta lorsque Henry enfonça plus profondément les doigts dans son bras, avertissement qu'elle mesura à sa juste valeur, les lèvres pincées pour ravaler une grimace de douleur.

— Miss Harrington ! la salua Zane, avant d'incliner légèrement la tête et de lui offrir son assistance pour gravir les marches.

Henry la relâcha aussitôt et fit un pas de côté pour

céder la place, mais son regard s'auréolait d'une telle dureté que Prudence subodora qu'il observerait à la loupe chacun de ses gestes.

La peau brûlante là où son père l'avait empoignée, mais pas certaine de confier sa vie à un homme moins sinistre, elle hésita une seconde avant de poser les doigts sur la manche de son hôte. Il ne la dévisageait plus, mais elle se sentait happée par son aura, catapultée dans la gueule du loup sans espoir de rédemption, sans savoir si c'était la peur qui dominait, ou une émotion plus insidieuse.

Les muscles étaient durs sous sa main, preuve supplémentaire de la dangerosité du duc. Déterminée néanmoins à maintenir les apparences, Prudence ourla ses lèvres d'un sourire affable, alors que son cœur menaçait d'exploser dans sa poitrine.

Même si elle n'appréhendait pas tous les tenants et les aboutissants de l'accord signé entre leur hôte et son père, Prudence en connaissait les grandes lignes et intégrait que le mariage de sa sœur était avant tout un bras de fer entre deux personnalités féroces. Désormais, elle n'était plus vraiment sûre que Henry soit capable de remporter le combat. Face à un homme comme Zane Mac Fergall, celui-ci ne faisait pas le poids, et elle se demanda s'il en avait conscience. Si le sacrifice de son innocence n'était pas une erreur monumentale…

Qui pouvait contraindre un colosse comme le duc à un mariage de convenance ? Zane se jouait-il d'eux pour mieux les duper ? Des questions qui la paralysèrent d'effroi et firent trembler sa main… Si son compagnon s'en rendit compte, il n'en montra rien.

Une fois parvenu sur le seuil de l'immense demeure, il ordonna à un homme en livrée de descendre les bagages de leurs visiteurs, puis la mena devant la femme la plus âgée.

— Miss Harrington, je vous présente ma mère, Mrs Barker.

Prudence esquissa une révérence qui lui fut rendue avec discrétion. Elle nota que la mère et le fils arboraient le même regard émeraude, mais là s'arrêtait leur ressemblance. Mrs Barker était petite et aussi fine qu'une brindille, presque trop menue pour sa carrure pourtant déjà délicate. Son visage était constellé de taches de rousseur, lesquelles faisaient écho à sa crinière flamboyante. Néanmoins, malgré une beauté évidente, elle semblait éteinte de l'intérieur, comme si des blessures avaient terrassé sa joie de vivre.

— Et voici Sage et Margaret Devon, mes amis les plus chers.

Le couple sortit de l'ombre, lui destinant une moue moins guindée que celle qu'il avait arborée jusqu'à présent.

Sage Devon la salua d'un signe de la tête. Quoique solidement charpenté, il était plus trapu que son ami. Il affichait le même air hardi que lui, et il n'y avait guère que quand il contemplait sa femme que son regard s'adoucissait de façon imperceptible.

Margaret Devon lui accorda un sourire cordial, agrémenté d'une réserve si raffinée qu'elle ne sut en évaluer la sincérité.

— Soyez la bienvenue, Miss Harrington, l'accueillit-elle, tandis que son époux reportait son attention sur Henry, l'œil glacial.

La tension, déjà palpable, monta d'un cran lorsque son père recula d'un pas pour examiner la façade, à la manière d'un propriétaire terrien évaluant son bien.

— Magnifique château, siffla-t-il entre ses dents. J'imagine qu'il coûte une petite fortune à entretenir.

— Thomas va vous conduire à vos chambres, et nous nous retrouverons dans le salon pour discuter des dernières modalités du mariage, éluda Zane en s'écartant de Prudence, sans même lui accorder un regard.

— Parfait ! s'enthousiasma Henry, indifférent aux éclats de givre qui fusaient des prunelles émeraude.

Prudence ne savait pas si son père était réellement aussi confiant qu'il paraissait l'être, mais, pour sa part, s'éloigner du duc la libéra d'un poids. Elle inspira profondément et s'efforça d'enrayer le tambourinement assourdissant dans sa poitrine. Elle avait cru pouvoir remplir son rôle de fiancée comme on endosse, pour un soir, un masque de carnaval. En réalité, elle avait un peu vite négligé qu'elle allait être confrontée à un homme de chair et de sang.

Zane Mac Fergall n'était pas seulement impressionnant, et une part d'elle était terrifiée à l'idée de s'offrir à lui et de le mystifier. Parce qu'elle devinait que, si la vérité éclatait, il serait alors sans pitié, pour peu qu'il n'ait pas déjà prévu de les emprisonner, Henry et elle, dans les cachots de son château…

# *Chapitre 7*

Campé devant la fenêtre de son bureau, Zane vida le contenu de son verre, l'amertume du pur malt rivalisant avec son humeur maussade. La vue sur les montagnes parvenait généralement à l'apaiser, mais, cette fois, il gageait que rien ne lui ramènerait sa sérénité. Il se frotta durement le visage, comme s'il souhaitait s'extirper d'un cauchemar particulièrement éprouvant, puis gronda d'agacement.

C'était peut-être idiot, mais il avait espéré qu'Harrington renoncerait à son projet, une fois au pied du mur. Que le spectacle des Highlands, escarpés et isolés, inciterait l'imbécile à rentrer chez lui en s'avouant vaincu.

— L'appât du gain sera toujours plus fort que tout pour des hommes comme Harrington, énonça Sage dans son dos, parfait écho de ses pensées.

— Peut-être, mais il aime briller en société, et sa fille aussi. Un titre de duchesse vaut-il le sacrifice d'une vie en pleine lumière ?

— Tu mésestimes l'attrait d'un tel cadeau, gloussa son ami avec une causticité brutale.

Zane pivota vers lui, le visage endurci.

— Les ladies anglaises sont trop fragiles pour nos

contrées, j'en ai fait l'amère expérience. Et que Dieu me protège de revivre pareille bêtise ! Quant à cette Ly-Ann... Elle rêve de bijoux et de bals. J'ai reçu le rapport établi par Walters. Je ne suis pas seulement convaincu qu'elle ne s'adaptera jamais à notre mode de vie, je n'ai aucun doute sur sa prétendue innocence.

— Eh bien, tu récupéreras Carling Hall.

— J'aimerais que ce soit aussi simple, mais je me méfie de ce Harrington. Et de sa fille encore plus !

Zane ravala un juron bien senti, déstabilisé alors qu'il n'aurait pas dû l'être. Il s'était attendu à voir débarquer une coquette au sourire ravageur, il avait accueilli une jeune femme au regard étrangement pénétrant. La détermination de Ly-Ann ne l'avait pas surpris, en revanche, au contraire de la petite flamme téméraire qui scintillait dans ses prunelles azur. Une attitude qui lui conférait une force impossible à ignorer en dépit de sa taille menue.

Il aurait aimé la maudire au premier coup d'œil, alors qu'il avait senti son intérêt s'éveiller. Un intérêt indigeste qui le picotait fâcheusement.

— Elle a l'habitude de mener le monde par le bout du nez, précisa-t-il. Walters m'a dressé un tableau assez peu engageant de ses façons de procéder. Elle poursuit toujours le même objectif : séduire ses proies pour mieux les dépouiller. Ce qui n'a rien d'étonnant vu les méthodes de son père...

— Peut-être espère-t-elle te réserver un sort identique ? ironisa Sage. Les Anglais ont tendance à croire qu'ils peuvent nous dompter, comme si nous leur étions inférieurs ou trop stupides pour déchiffrer les subtilités de leur langage.

Zane se raidit lorsqu'une bouffée de colère se répandit dans ses veines. Isabelle avait été bien près de succomber à ce travers. Juste après leur mariage, elle avait usé de ses charmes pour essayer de le convaincre de s'établir à Londres, mais cela n'avait jamais été à l'ordre du jour pour lui. L'Écosse circulait dans son sang autant que dans ses poumons, au point qu'il ne se voyait pas vivre ailleurs qu'au cœur des Highlands.

C'était ici qu'il était chez lui. Et c'était par amour pour cette terre qu'il travaillait avec quelques autres à faire entrer sa patrie dans l'ère moderne. Alors qu'une femme, une Anglaise de surcroît, se juge capable de le dévier de ce qui constituait son cœur et son âme ? Et tout cela par appât du gain ? Impossible !

— Je vais m'empresser de clarifier les choses avant le mariage, riposta-t-il, sardonique. Si elle s'attend à profiter de ma fortune pour parader à la cour, elle va vite déchanter. Cela l'effrayera peut-être assez pour qu'elle renonce d'elle-même…

— Je te croyais finalement résigné à ce mariage. Ou, du moins, convaincu d'en tirer avantage.

— Je suis bassement matériel, concéda Zane. Après l'échec de mon union avec Isabelle, je comptais épouser une femme solide, capable de me donner des héritiers sans que j'aie à composer avec ses humeurs ou ses exigences. Ly-Ann Harrington est une option intéressante en dépit de l'ascendance désastreuse de son père. Sans compter que ma mère ne se remettra jamais de la perte de son manoir, même si elle affirme le contraire. Je refuse d'avoir sa mort sur la conscience, celle d'Isabelle me suffit !

— Le problème, c'est que tu détestes être contraint, et plus encore par un homme de la trempe de ce Harrington, termina Sage sans avoir besoin de plus d'explications pour saisir ce qui le motivait fondamentalement. Je vais te surprendre, mais elle a fait forte impression à Margaret.

— Je ne saurais trop lui recommander de se méfier, ricana Zane.

— Le père est vénal, mais il est possible qu'une fois loin de son influence, la fille se révèle une épouse convenable…

— Votre Grâce, les interrompit le majordome en s'inclinant respectueusement. Miss Harrington patiente dans le petit salon.

— Conduisez-la ici, exigea Zane, résolu.

— Je te laisse, annonça Sage d'un ton amusé. Souhaites-tu que je m'assure que le père ne vous dérangera pas ?

— Oui. Il a peut-être le sentiment d'avoir toutes les cartes en mains, mais il va vite se rendre compte qu'à Armydale, je suis le seul à donner des ordres ! Et n'accorde pas trop de crédit à sa fille, Sage. Isabelle m'a enseigné que l'innocence est une arme que les ladies anglaises manient à la perfection.

Plus maussade que jamais, il se rapprocha de la cheminée, tandis que Sage quittait la pièce. Il n'avait nulle envie de s'entretenir avec sa fiancée, mais préférait préciser tout de suite les termes du contrat avec la principale intéressée. S'il appartenait à une classe sociale qui nouait régulièrement des alliances de convenances, ce qu'il proposait à Ly-Ann Harrington était un pacte bien moins avantageux que ce qu'elle envisageait vraisemblablement.

Il aurait aimé pouvoir régler le problème du mariage sans avoir à investir le lit d'une femme qui ne l'attirait même pas. Aussi belle soit Ly-Ann, son comportement passé était de ces détails qui le rebutaient. Mais si elle renonçait d'elle-même à leur union, qu'arriverait-il ? Harrington serait obligé de négocier avec lui le rachat du manoir ou de trouver un nouvel acquéreur. Or, il avait assez de contacts pour se mettre sur les rangs sans éveiller les soupçons d'Harrington, si celui-ci cherchait à se venger en cédant la demeure à un étranger. Le facteur risque existait néanmoins, et Zane avait fini par convenir qu'épouser Ly-Ann présentait moins de difficultés.

Concrètement, d'ailleurs, il y avait peu de chances que sa fiancée se dérobe, le moment venu. Il en avait pris son parti et avait bien l'intention de tirer avantage de la situation, quand bien même il devrait supporter une femme qu'il n'estimerait jamais. Après tout, Armydale était une demeure assez vaste pour qu'il la croise le moins possible, s'il le désirait… La seule exigence qui ne serait pas négociable, c'était qu'elle lui fournisse des héritiers en parfaite santé.

Les choses étaient claires dans son esprit, à un détail près : c'était Harrington qui détenait les rênes pour le moment, et Zane éprouvait le besoin viscéral de recouvrer le contrôle des événements. De rappeler à sa future épouse qu'il n'était pas le pantin qu'elle imaginait.

— Votre Grâce, annonça le majordome, Miss Harrington.

Zane ne fit pas un geste pour accueillir la nouvelle venue. Il se contenta de croiser les bras, tandis que la jeune femme fouillait le bureau du regard à la recherche de son père. Le visage troublé, elle marqua un mouvement de recul en découvrant qu'ils étaient seuls.

— Asseyez-vous ! lui ordonna-t-il, conscient de se montrer impoli.

— Mon père…

— Ce qui va s'échanger ici ne le concerne pas, la coupa-t-il, ravi de la voir tressaillir.

Étonné d'apprécier qu'elle relève le menton de défi tout en s'installant, il la détailla lentement. En dépit de sa réputation, sa fiancée affichait une fraîcheur qu'il avait rarement croisée en société. Une simplicité qui, bien qu'il l'attribue à une volonté de le manipuler, renforçait admirablement l'attrait de ses yeux… Tel l'océan sous un soleil estival, ces derniers miroitaient comme s'ils renfermaient mille secrets.

Il se rembrunit, conscient qu'il aurait été fasciné en d'autres circonstances, ou si la femme devant lui ne simulait pas une personnalité loin de la noirceur qui l'habitait. Comment pouvait-elle conjecturer qu'il se laisserait abuser ?

— Bien ! La cérémonie de mariage est prévue pour demain, et je tenais à ce que nous nous entretenions sur les clauses du contrat, lui asséna-t-il durement, écartant toute autre préoccupation.

Prudence avala nerveusement sa salive, un moyen discret de canaliser son anxiété face à l'homme qui la toisait sans aucune compassion. Zane n'était pas seulement imposant, il l'intimidait, avec son air ombrageux qui déversait une agressivité prégnante. Au contraire de la plupart des gentilshommes, il se souciait peu du jeu des convenances. Son visage reflétait très exactement ses pensées, et il paraissait peu enclin à la ménager.

Unc vérité qui lui rappelait qu'elle avait le ventre noué

à l'idée de se mesurer aux épreuves à venir, alors qu'elle se sentait effroyablement démunie.

Résolue à dominer sa nervosité, elle s'était peu attardée dans sa chambre. La vue du lit avait ravivé sa lassitude, mais elle savait qu'elle ne pouvait pas s'accorder le luxe de s'allonger. Épuisée comme elle était, elle aurait sombré avant même d'avoir posé la tête sur l'oreiller de plumes. Elle avait donc versé de l'eau dans un broc pour se rafraîchir, puis elle s'était engagée dans les couloirs, espérant se repérer sans trop de difficultés.

Après l'accueil réfrigérant qui avait illustré que son père n'était pas le bienvenu à Armydale, elle avait décrété qu'elle devait nouer des liens apaisés avec les résidents du château, ne serait-ce que pour faciliter son séjour. Mais, au lieu de l'introduire dans le salon principal comme elle le lui avait demandé, le majordome l'avait dirigée vers le bureau du propriétaire des lieux.

Elle s'installa sur un siège devant la cheminée, ravie de pouvoir s'exposer à la chaleur de l'âtre. Un frisson parcourut sa peau glacée, tandis qu'elle braquait le regard sur celui de son fiancé. Appuyé contre le large secrétaire, les mains dans le dos, Zane l'évaluait avec une insistance impénétrable qui la mettait mal à l'aise.

Elle ignorait pourquoi cet homme la désarçonnait au-delà de tout ce qu'elle avait connu. Évidemment, il lui inspirait une peur primaire qu'elle avait du mal à juguler, mais elle pressentait, derrière, une émotion plus troublante.

En dépit de ses airs farouches de guerrier, il la captivait. Il y avait chez lui quelque chose de si primitif qu'un écho résonnait en elle. Elle avait l'impression que l'habit de duc le gênait aux entournures, comme s'il y était à l'étroit ou pas complètement à sa place. Sa noblesse était pourtant perceptible dans sa façon de se mouvoir ou d'embrasser d'un regard flamboyant ce qui l'entourait, mais elle s'agrémentait d'une once de cette liberté qui lui manquait si cruellement.

Elle nota, sans pouvoir s'exonérer de son magnétisme, que Zane Mac Fergall avait renoncé depuis longtemps à se conformer à ce que la bienséance exigeait. Cela le rendait plus redoutable encore, car nul ne pouvait prévoir comment il réagirait.

Elle n'était pas stupide au point d'être éblouie par un homme, aussi fascinant ou intriguant soit-il. D'autant qu'elle mesurait avec une froideur indigeste les implications de ce qu'elle découvrait à propos du fiancé de sa sœur. Sinistre et d'un contrôle glacial, il n'était pas le genre de personnes à se laisser manipuler par un dandy à la réputation douteuse.

Les rouages de son cerveau s'emballèrent lorsqu'elle songea à ce que leur arrivée lui avait révélé sur la puissance contestable de son père. Elle était désormais convaincue que le duc allait essayer de se dédouaner de ses engagements, ce qui remettait en cause ceux pris par Henry envers sa tante.

En jeune fille bien éduquée, elle aurait dû se contenter des garanties promises. Seulement, elle n'accordait qu'une confiance toute relative à son père. Et chaque minute passée à ses côtés la confortait en ce sens et l'incitait à la plus grande vigilance. Alors, même si elle rechignait à cet entretien en tête à tête, elle songea que c'était peut-être, pour elle, l'occasion de s'assurer que Henry, ou un autre, verserait bien une rente à Abigaïl.

L'idée de formuler à voix haute pareille exigence la

révulsait de bien des manières. Surtout, elle exécrait le rôle que le destin la forçait à incarner, mais elle n'avait pas les moyens de jouer les fines bouches. Et elle était bien résolue à ne pas sacrifier son innocence contre des promesses vaines, même si cela impliquait qu'elle dupe un homme aussi déstabilisant que Zane Mac Fergall.

— Je suis prête à vous écouter, répondit-elle en posant les mains sur ses cuisses, dans une posture qu'elle espérait confiante. Mais je tiens à préciser un point au préalable.

Il haussa un sourcil, et son rictus s'accentua sensiblement tandis qu'il croisait les jambes en position d'attente. Il se moquait d'elle, jugea-t-elle en réprimant une furieuse envie de hurler. Ou plutôt de taper du pied, puisqu'une jeune fille bien élevée ne se discréditait pas de la sorte, comme aimait à le répéter tante Abigaïl.

Elle ne céda pas à la tentation, conscience qu'elle disposait probablement de son unique chance de négocier. Une chance qui s'évanouirait dès que Henry pointerait le bout de son nez.

— À la suite de notre mariage, vous allez verser une rente à mon père, n'est-ce pas ?

— En effet, répondit-il d'un ton détaché.

— Je souhaite…

Elle s'humecta les lèvres de nervosité et détourna les yeux de ceux, trop pénétrants, du fiancé de Ly-Ann. Il semblait vouloir percer ses défenses, la réduire à néant comme si elle n'était, pour lui, qu'un désagrément qui ne méritait aucune compassion. Évidemment, elle comprenait ses réticences au regard des circonstances, mais le souvenir de l'attitude cinglante de la mère de Charles quand elle avait compris que son fils s'intéressait à elle lui revint telle une gifle. Elle en avait plus qu'assez d'être traitée comme quantité négligeable parce qu'en dépit de sa naissance, elle ne possédait pas de fortune.

Alors, oui, elle n'aimait peut-être pas le rôle qu'elle se forçait à endosser, mais, à cet instant, son destin lui appartenait enfin. Elle tirerait certainement peu de Zane Mac Fergall et devrait remplir sa part du marché, mais si elle y gagnait l'assurance qu'Abigaïl et Faith vivraient désormais en paix, elle était prête à vendre son âme au diable.

— Je veux, reprit-elle d'un ton ferme, qu'une rente soit attribuée à ma tante.

Il se mit à rire, si doucement qu'il lui fallut un moment pour réaliser que son torse musculeux se soulevait par à-coups.

— Je ne compte pas revenir sur le contrat signé avec votre père, très chère, ironisa-t-il après une éternité. Mes engagements dépassent, et de loin, ce que j'étais prêt à concéder. Je ne verserai pas un penny de plus à qui que ce soit.

— Alors le mariage n'aura pas lieu ! déclara-t-elle avec une obstination qui lui tordit le ventre. Et avant que vous ne réitériez votre refus, sachez que je ne sollicite qu'une rente de deux cents livres par an.

Elle soupçonna qu'elle avait retenu son attention au regard perplexe qu'il lui décocha.

— Votre tante a de bien maigres exigences…

— Elle ne demande que le droit de vivre paisiblement. Je… Elle m'a élevée, et je lui dois tout.

— Votre père ne s'est donc pas chargé de votre éducation, s'étonna-t-il, le sourcil froncé.

Prudence hésita avant de répondre, mais, après tout, le duc allait devenir l'époux de Ly-Ann. Cette dernière avait beau renier son passé à Polperro, elle ne pouvait pas effacer la femme qui avait pris soin d'elle jusqu'à ses six ans.

— Ma... ma mère est morte en couches et nou... J'ai été confiée à sa sœur aînée. Ma tante vit en Cornouailles. Elle n'a pas de gros besoins, mais aucun revenu et...

— Et votre père ? Il aura largement de quoi subvenir à de telles charges, une fois le mariage consommé et validé.

Le silence buté de sa fiancée rendait Zane songeur. Il savait reconnaître le courage quand il le croisait, mais il détestait l'idée d'associer cette qualité à la femme qui le jaugeait avec autant d'opiniâtreté que de fragilité. En dépit de son ton assuré, ses doigts tremblaient, même si elle ne semblait pas s'en être rendu compte.

Évidemment, il ne croyait pas à cette histoire de tante. Pas plus qu'à la soudaine mansuétude d'une nièce dont l'égoïsme était réputé pour une parente pauvre. Il aurait supposé qu'elle cherchait à se mettre un pécule de côté si la somme n'avait pas été aussi ridiculement dérisoire. En vérité, sa fiancée s'entourait d'une aura de mystère trop épaisse pour qu'il reste inébranlable face à elle.

Alors qu'il aurait dû sauter sur cet ultimatum pour terminer leur entretien et convoquer Harrington, il se découvrait de plus en plus intrigué par le comportement de Ly-Ann. De plus en plus intrigué par ce qu'elle dissimulait derrière son sourire alliant fougue et vulnérabilité.

Il s'ébroua mentalement. Il n'était pas homme à se laisser abuser par une jolie femme. Isabelle l'avait immunisé sur le sujet. Et, grâce à son beau-père, en matière de roublardise, il savait qu'un serpent ne devenait colombe que pour mieux mordre sa proie. L'attitude de Ly-Ann éveillait assez sa curiosité pour qu'il ait envie de découvrir ce qu'elle manigançait.

— Très bien, finit-il par dire. Je pourrais peut-être consentir à allouer cette rente à votre tante.

Elle sursauta, preuve qu'elle n'avait pas auguré d'une capitulation aussi soudaine. Il en tira une satisfaction si vive qu'il eut du mal à réprimer un sourire victorieux. Les Harrington débarquaient peut-être en terrain conquis, ils ignoraient encore de quel bois étaient constitués les Écossais. Ils voulaient jouer ? Eh bien, il leur promettait une partie savoureuse !

Pour l'heure, son objectif était de déchiffrer cette jeune femme, qui le défiait les yeux dans les yeux au lieu d'exploiter ses atouts de séductrice.

La perspective, soudain, de dévorer sa bouche ne lui parut plus aussi accablante.

— Je consentirai, répéta-t-il, dans la mesure où vous accepterez toutes les conditions de notre marché. Au-delà des compensations financières, le mariage intègre… certaines clauses qui ont pu vous échapper. Des clauses qui pourraient vous incommoder, voire vous indigner…

— Ne s'agit-il pas d'une… union traditionnelle ? interrogea-t-elle, soudain si pâle qu'il devina qu'elle accusait le choc.

Zane ricana devant sa mimique troublée. Elle avait beau soutenir son regard avec aplomb, elle se mordillait la lèvre inférieure sous le coup d'une anxiété flagrante. De quoi corroborer son apparente vulnérabilité, s'il n'avait pas perçu la résolution derrière ses airs ingénus. Il se demanda jusqu'à quel point il aurait à la pousser dans ses retranchements pour qu'elle capitule.

Un combat qui, au lieu d'exacerber sa colère, l'excitait !

— Il s'agira d'une union traditionnelle si votre innocence m'est assurée, ironisa-t-il en laminant sa contrariété.

— Avez-vous besoin d'être grossier ? réagit-elle aussitôt, apparemment choquée par sa crudité.

— Très chère, votre petit chantage vient de me prouver que vous n'êtes pas aussi candide que vous prétendez l'être. Il me semble donc surfait de vous investir dans un jeu qui n'a pas de sens. J'ignore ce que vous imaginez tirer d'un mariage avec moi, mais je tiens à être clair : je suis un homme exigeant. Très exigeant. Et à tout point de vue. Si vous espériez retourner à Londres dans les prochaines années, vous pouvez renoncer à ce projet. Nous vivrons ici même. Si le cœur vous en dit, vous pourrez m'accompagner lors de mes visites à Glasgow et à Édimbourg où j'ai quelques intérêts, mais sachez que je ne fraye pas dans la bonne société, ou très peu. En vérité, j'exècre tout ce qui ressemble à des mondanités.

Ly-Ann le fusilla du regard et pinça les lèvres, une façon, devina-t-il, de se retenir de lui répondre vertement. Les ladies ne réagissaient jamais sous le coup de la colère. On leur apprenait à maîtriser ces velléités dès leur plus jeune âge, de façon qu'elles correspondent en tout point à des roses sans cervelle. Curieusement, il apprécia chez Ly-Ann cet élan primaire qui ne la rendait que plus belle.

Il se renfrogna illico, conscient que, dans ce bras de fer qui l'opposait aux Harrington, il ne pouvait laisser le charme de sa fiancée l'aveugler. Sa contrariété grimpa d'un cran devant le silence compassé qu'elle affectait pour étouffer sa colère. Au contraire, il voulait la voir exploser, perdre ce vernis de pudeur qui l'horripilait sans qu'il sache bien pourquoi.

Sans même réfléchir à son geste, il combla la distance entre eux et ressentit un frisson de plaisir à la voir se rencogner dans son siège, le visage figé dans l'expectative.

Ainsi prise au piège, elle lui semblait si minuscule, si délicate qu'il réalisa qu'il pourrait sans peine lui briser la nuque ou lui imposer une totale reddition. Le dos droit, elle soutenait pourtant son regard sans flancher, sans même chercher à se dérober.

Il regretta aussitôt ce rapprochement physique. De près, le bleu des yeux de sa fiancée scintillait d'une aura si pure qu'il eut le sentiment qu'il pourrait s'y noyer. Il cilla, sous le choc, mais ne recula pas d'un pouce.

Contre toute attente, un frisson clairement sensuel se propagea sous sa peau tandis qu'il continuait de la surplomber, un air volontairement glacial sur le visage. Elle ne céda pas, le provoquant au-delà de toute bienséance.

Ou peut-être était-ce tout l'inverse ? réalisa-t-il dans un accès de frustration.

Pris du besoin impérieux de soumettre la femme devant lui ou de lui ôter son masque de dupe, il se pencha brutalement jusqu'à l'acculer, et posa les mains sur les accoudoirs du fauteuil, l'enfermant dans un étau de muscles.

— Votre Grâce ! bafouilla Prudence en se rejetant d'instinct contre le dossier de son siège.

Sa réaction ne perturba pas Zane. Au contraire, il s'inclina un peu plus vers elle, jusqu'à ce que son souffle s'échoue sur une zone sensible de son cou. Sous l'effet de ce contact impertinent, elle tressaillit.

L'imposante silhouette du duc ne lui offrait aucune échappatoire, l'obligeant à réfléchir hâtivement à ses options. Elle distinguait deux solutions qui, l'une comme l'autre, comportaient des failles : la crise de larmes l'établirait comme une dinde incapable de maîtriser ses nerfs ; l'évanouissement était plus prisé en société, elle en convenait, mais elle ne parvenait pas à se résoudre à trahir la moindre faiblesse devant cet homme.

— Voyons, Ly-Ann, nous serons intimes dans quelques heures, ce qui vous autorise à utiliser mon prénom, lui susurra-t-il à l'oreille, la douceur de son souffle lui chatouillant l'épiderme. Saviez-vous que dans l'ancienne tradition des Highlands, le fiancé pouvait prendre sa promise dès que le contrat de mariage était signé, avant même la cérémonie ?

Prudence s'empourpra. Charles lui avait fait une cour discrète, sans jamais outrepasser une certaine réserve. Sans surprise, elle découvrait que Zane n'était pas ce genre d'hommes. Elle s'agita, résistant à grand-peine à son envie de plaquer les mains contre son torse pour le repousser, puis estima qu'elle traduirait sa panique en agissant ainsi. Si son père lui avait enseigné une leçon, c'était bien que toute faiblesse ravissait les loups. Ils s'en délectaient même jusqu'à ce qu'il ne reste rien de leurs proies.

Résolue à lui tenir tête autant que possible, elle riva son regard au sien, refusant de se laisser intimider par l'émeraude incandescente de ses yeux.

— Et que se passait-il, si le fiancé fuyait ensuite la cérémonie ? demanda-t-elle en s'humectant les lèvres.

Il se pétrifia pendant une seconde, les yeux braqués sur sa bouche, puis explosa de rire, son visage soudain transfiguré par une émotion qui manifestait une sincérité si flamboyante que Prudence en perdit le fil de ses pensées. Elle réalisa alors qu'elle respirait son odeur, un mélange de savon et d'un arôme plus piquant, comme s'il sortait des écuries, et qu'une part d'elle rêvait de rester à l'abri des bras de ce géant, aussi redoutable soit-il.

La fatigue, estima-t-elle en se rembrunissant un peu plus. Ou l'excès de peur…

— Eh bien, la jeune fille était perdue, lui expliqua-t-il avec une ironie nonchalante. Mais, la plupart du temps, sa famille traquait l'indélicat jusqu'à ce qu'il tienne son engagement. Évidemment, si la promise n'était pas vierge, c'étaient les proches du fiancé qui réclamaient réparation.

Prudence ne s'y trompa pas : la menace roulait dans les inflexions rauques de la voix du duc. Étonnamment, le voir rire la rassura un peu. Elle ne se leurrait pas : l'homme restait menaçant, mais la détente de ses traits le rendait plus abordable. Moins ténébreux…

— Il est heureux que ce problème ne s'applique pas à notre union, riposta-t-elle avec fermeté. Quant à la nuit de noces, les traditions anciennes ont cela d'intéressant qu'elles sont tombées en désuétude !

Il se redressa soudain. Il l'examinait de nouveau avec la bouche à demi tordue, comme s'il se moquait d'elle. Son œil était plus insaisissable que jamais, mais Prudence comprit sans aucun doute possible qu'il était le genre d'hommes à briser ses ennemis sans aucun état d'âme.

Que la légèreté qu'elle avait voulu discerner chez lui quand il avait ri n'était qu'une illusion de son esprit effarouché. Pourtant, cette brutalité enfouie sous une couche si fine de civilité qu'elle menaçait de se rompre à tout moment, au lieu de la rebuter, réveillait en elle un besoin confus qu'elle ne parvenait pas à déchiffrer.

Une émotion qui lui donnait envie, pour la première fois de son existence, de se reposer sur un autre et de se laisser simplement aller contre lui, rassurée par sa force et sa probité dénuée de faux-semblants.

Ce qui était stupide, jugea-t-elle aussitôt, surtout face à un colosse de la trempe de Zane Mac Fergall. Ly-Ann en avait-elle conscience ? Comprenait-elle qu'elle allait lier son existence à un homme qui ne l'estimerait jamais comme digne du titre de duchesse ?

Comprendre que sa sœur se moquait probablement de ces détails du moment qu'elle pouvait se targuer d'être riche la peina profondément. Elle avait beau ne plus être proche de sa jumelle, elle avait toujours espéré qu'avec le temps, ou en d'autres circonstances, elles finiraient par renouer. Mais ce qui les éloignait ne se limitait pas à quelques miles ou à un mode de vie.

— Peut-être bien, très chère, objecta Zane sans dissimuler la satisfaction qu'il puisait à l'asticoter. Mais, voyez-vous, il est possible que je prenne du plaisir à ce mariage…

Mêlant le geste à la parole, il lui effleura la joue d'une caresse légère, si légère qu'il avait déjà retiré sa main lorsqu'elle songea à s'en offusquer.

— … Ce qui implique qu'une fois que vous serez mon épouse, vous ne m'interdirez jamais l'accès à votre chambre.

Prudence ouvrit la bouche, puis la referma, les pommettes cramoisies. L'expression crue du désir du duc se reflétait dans ses yeux tandis qu'il la détaillait avec une langueur qui n'était pas seulement exaspérante. Chaque cellule de son être réagissait d'une façon qui la désarçonnait, l'incitant à poser les mains là où sa peau la picotait.

— Votre corps sera mien, continua-t-il, intraitable, jusqu'au jour où je déciderai que j'en ai assez ou que je me serai lassé. Néanmoins, ne croyez pas que vous serez alors libre de vos mouvements. Vous me serez fidèle jusqu'à la mort.

— Une droiture que vous vous imposerez en contre-partie ? risqua-t-elle, piquée par le ton autoritaire, mais plus encore par le besoin confus qu'elle sentait naître en elle.

— Ce sujet n'est pas l'affaire des femmes, encore moins des épouses ! En revanche, si vous vous comportez comme il se doit et que vous me donnez les héritiers que je suis en droit d'attendre, il est possible que je tolère que vous vous établissiez un jour à Londres.

Prudence manqua de s'étouffer devant tant de générosité. Même si cela ne la concernait pas et qu'elle devinait que Ly-Ann serait aux anges à cette nouvelle, elle ne put s'empêcher de s'étonner de cette étrange proposition.

— Vous vous sépareriez de vos enfants ?

— Certainement pas ! s'esclaffa-t-il. Nous parlions de vous, Ly-Ann. Mes enfants seront écossais et élevés ici, au cœur des Highlands.

Cette fois, elle ne put dissimuler sa consternation devant tant de cruauté. Elle se leva d'un bond et pointa un doigt sur le large torse du duc, consciente qu'elle dépassait le cadre des convenances, mais c'était bien le cadet de ses soucis. La colère qui embrasait son âme se nourrissait du manque viscéral qui la poursuivait depuis que sa mère était morte.

— Vous sépareriez une mère de ses enfants ? C'est inadmissible ! Vous… Vous…

D'un geste habile et brusque, il referma la main sur son poignet et l'attira contre lui. Sous le choc et la surprise, Prudence lâcha un petit cri, en même temps que ses poumons se vidaient. Elle tenta maladroitement de se libérer, encouragée par une irritation dévorante, puis finit par s'immobiliser quand elle comprit que la lutte était vaine.

Zane était immense à côté d'elle, au point qu'elle devait pencher la tête pour croiser son regard, et son étreinte était impossible à briser. Il l'enveloppait si étroitement qu'elle devinait les battements de son cœur, tout près de son oreille. Percevait la chaleur de son corps au travers de leurs vêtements. Une chaleur qui s'infiltrait à des endroits si intimes qu'elle sentit ses joues lui chauffer.

— Lâchez-moi ! gronda-t-elle.

Zane la dévisageait avec une fougue qui la laissait pantelante sans qu'elle sache pourquoi. Elle avait le curieux sentiment qu'elle s'effondrerait s'il la libérait à cette seconde, mais que ce n'était pas la seule peur qui guidait ses émotions. Non, il y avait autre chose sous cette couche glaciale, un élan qu'elle refusait de décrypter.

— Évidemment, vous serez libre de rester, continua-t-il d'une voix veloutée, comme si elle ne l'avait pas interrompu. Peut-être n'aurais-je finalement pas besoin d'une maîtresse, si vous vous montrez aussi ardente dans un lit…

— Espèce de mufle !

— Je me contente de vous présenter les choses en toute honnêteté, rétorqua-t-il, de nouveau impitoyable. Maintenant, vous savez exactement ce qu'il vous en coûtera de m'épouser…

# Chapitre 8

— Je ne pensais pas que tu réussirais à la faire fuir, plaisanta Sage en pénétrant dans le bureau.

Perplexe, Zane prit le temps de reposer sa plume avant de dévisager son ami. Il était nerveux depuis le matin, assez pour décider de consacrer quelques heures à ses chevaux, loin de l'agitation du château. Lorsqu'il était reparu, bien après l'heure du déjeuner, il avait filé vers ses appartements, déterminé à éviter ses invités indésirables… et sa mère.

Depuis que Corinne avait découvert les raisons de son mariage, elle se mettait à pleurer dès qu'elle le voyait. Il ne lui reprochait rien, mais gérait mal ces effusions qui ne faisaient qu'ajouter à son état de tristesse. La mère pétillante et enjouée d'autrefois n'était plus qu'une ombre, une vérité qui le terrassait d'autant plus qu'il était impuissant à la sortir de son accablement.

— Pardon ? fit-il, sourcils froncés.

— Miss Harrington a semble-t-il disparu.

— Le château est grand, elle doit se cacher, histoire de faire une entrée remarquée le moment venu.

— Une stratégie que l'on pourrait croire tienne,

ironisa Sage, l'œil brillant de malice. Tu comptes te montrer avant l'arrivée de notre cher bon vieux pasteur ?

— Macrath est aussi discret qu'un joueur de cornemuse quand il débarque quelque part, je ne risque pas de le manquer. Et il reste un détail à régler avant son office. Ailse est là ?

— Oui, et c'est d'ailleurs à ce moment-là que nous avons remarqué que ta fiancée n'était pas dans sa chambre. Harrington a fouillé la maison avec quelques domestiques, en vain, avant de partir à sa recherche dehors. Le moins que l'on puisse dire, c'est qu'il est furieux. Je ne suis pas certain que les relations entre sa fille et lui soient si cordiales que cela.

Zane esquissa une moue agacée. Il connaissait assez Sage pour savoir qu'en dépit de son air parfois dur, il cachait un cœur en or. Petit déjà, il était celui qui lui martelait que le pardon était une voie plus appréciable que le ressentiment. Il n'avait pourtant pas eu une existence facile, abandonné par un géniteur qui préférait boire plutôt que s'occuper de son unique enfant. Sa mère, elle, était morte d'une mauvaise grippe alors qu'il avait à peine quatre ans.

Le père de Zane avait recueilli le jeune garçon pour payer une dette d'honneur. L'oncle de Sage était un ami qui lui avait un jour sauvé la vie. Décédé depuis, alors qu'il combattait les Français, il avait laissé Sage sans autre famille.

Contre toute attente, Sage et Zane s'étaient tout de suite bien entendus et avaient développé une relation plus fraternelle qu'amicale. Les années n'avaient pas altéré ce lien, bien que John Barker se soit employé à les séparer, lorsqu'il avait épousé la veuve éplorée du duc.

Malgré son jeune âge, Zane s'était opposé à l'exil de son camarade et avait obtenu gain de cause. Une victoire qui lui avait valu d'être relégué à Armydale pendant que John traînait Corinne dans la bonne société.

Ces années s'entachaient de douleur et d'amertume pour lui. En perdant son père, il avait fait une croix sur l'insouciance de son enfance, d'autant qu'il avait eu le sentiment que sa mère disparaissait également de sa vie. Terrassée par le décès de son époux, cette dernière s'était métamorphosée en une ombre larmoyante.

Ce bouleversement intime avait conforté sa nature solitaire et renfrognée, mais son caractère s'était surtout endurci après le remariage de sa mère. Son exclusion à Armydale l'avait longtemps mis en colère, puisqu'il le privait cette fois définitivement de sa mère, mais il était conscient qu'il n'aurait pas supporté de vivre plus longtemps avec John Barker. L'homme, indigne des espoirs de Corinne, s'était montré féroce avec lui dès leur première rencontre.

Cette brutalité n'avait pas seulement viré à la violence dès le mariage prononcé. John avait usé d'armes bien moins conventionnelles que ses poings ou un fouet pour dompter le garçon rebelle qu'il était alors. Il l'avait parfois maintenu des jours entiers, enfermé dans des endroits sombres et humides, sans nourriture, déterminé à briser sa volonté.

Du temps où le couple résidait encore au château, Zane s'était évertué à cacher son dos lacéré et ses hématomes douloureux à sa mère, mais il avait dû serrer les dents à plus d'une reprise. Il avait surtout compris, malgré son jeune âge, que la société détournait sans difficulté les yeux des malheurs qui ne la concernaient pas.

Sans Sage, il ignorait ce qu'il serait devenu : plus acariâtre encore, c'était certain, et probablement misanthrope.

— Elle a réussi à te charmer, constata-t-il sans émettre le moindre jugement.

— Je n'irai pas jusqu'à affirmer cela, opposa son ami, pragmatique. Mais je soupçonne Harrington d'être pour beaucoup dans son comportement frivole. En dehors de sa présence, elle est aimable et simple.

— Je suis moins confiant que toi sur la question. Ly-Ann a certes du répondant…

— Ah oui ? le coupa Sage, plus malicieux que jamais.

Zane préféra l'ignorer et se campa devant la fenêtre, mains nouées dans le dos. Il avait mal dormi, ressassant son entretien avec sa fiancée. Qu'elle le provoque les yeux dans les yeux l'avait déconcerté, mais moins que l'impulsion soudaine d'écraser ses lèvres sur les siennes. En dépit de ce que représentait Ly-Ann Harrington, il l'avait désirée. La part la plus prosaïque de son esprit lui certifiait que cela rendrait leur mariage plus agréable. Celle qui soupçonnait une manœuvre finement élaborée le mettait en garde contre ces charmes bien trop rafraîchissants.

Devant lui, les falaises étalaient leur magnificence, avant de céder le terrain à l'océan ombrageux. Sous un ciel gris, la mer démontée rugissait sous l'assaut d'un vent qu'il devinait glacial. Le paysage était brut et farouche, à l'image de cette part de lui qui ne s'apaisait qu'au milieu de ces étendues indomptées. Sous le coup d'un soulagement physique, ses poumons se gonflèrent, comme libérés d'un poids qui l'oppressait depuis le matin.

C'est à ce moment-là qu'il l'aperçut, esseulée sur le sentier escarpé qui menait à la plage. Sa silhouette était battue par les bourrasques, le tissu de sa robe violemment plaqué sur ses jambes menues. Malgré la distance, il discernait la pointe de ses chaussures, tandis que Ly-Ann relevait ses jupons pour marcher plus librement. Sans soupçonner que le chemin était dangereux, elle avançait, déterminée à vaincre les éléments.

Où allait-elle ? Et pourquoi s'entêtait-elle, alors que le temps incitait à demeurer tranquillement près du feu ?

Il n'aurait pas dû se soucier de cette lubie, mais il ne put se retenir de crisper les poings lorsqu'il avisa Harrington qui fonçait sur sa fille, visiblement furibond. Ly-Ann avait dû l'apercevoir, mais, au lieu de l'attendre sagement, elle hâtait le pas pour gagner le sentier. Comme si elle le fuyait…

— Cet accès à la plage est dangereux, gronda Sage en se postant sur sa droite, probablement alerté par son air sinistre.

— Je m'en occupe, répondit Zane, déjà sur le seuil. Assure-toi qu'Aisle monte dans la chambre de Ly-Ann. Qu'on en finisse enfin avec cette corvée !

Il enfila son manteau avant de se diriger vers la falaise. Harrington n'avait pas encore emprunté le chemin. Il campait au bord du précipice, comme s'il hésitait à s'élancer à la poursuite de sa fille. Une sage précaution, estima-t-il lorsque les nuages, trop lourds, décidèrent de libérer leur surplus en martelant le sol. La pente qui conduisait à la plage était abrupte et glissante par temps de pluie. Trop pour s'y risquer sans une bonne raison.

— Revenez ici ! hurlait son futur beau-père, sa voix emportée par le rugissement du vent.

— Bon sang ! Harrington ! l'alpagua Zane en arrivant à son niveau.

Ly-Ann avait déjà descendu la moitié du chemin, la main arrimée à la paroi rocailleuse pour s'aider. Indifférente aux braillements de son père et au grondement de la mer en contrebas, elle progressait avec une détermination qui hérissa Zane. Plus que tout, il abhorrait les idiotes sans cervelle qui mettaient leur vie en jeu par simple caprice.

— Cette petite étourdie ne m'entend pas ! vitupéra Harrington, exaspéré.

Trempé jusqu'aux os, il jura entre ses dents, avant d'agiter les bras, fataliste. Zane étouffa un ricanement acerbe devant l'image glorieuse du dandy qu'un infime coup de vent et quelques gouttes renvoyaient à l'état de larve tremblante.

— Je me charge de la ramener.

— C'est ma fille, se rebella Harrington, piqué au vif. Et le mariage…

— … Aura lieu comme prévu si tant est que Ly-Ann reste vivante jusque-là, le coupa-t-il. Rentrez, maintenant !

Harrington darda un regard empreint de reproches vers Ly-Ann, puis abdiqua dans un grognement résigné, le visage contracté de rage. Il s'éloigna en maugréant, et Zane songea que l'homme serait capable de tuer si besoin. L'idée grotesque qu'Harrington complote pour l'assassiner après le mariage l'avait évidemment effleuré, mais elle ne le tourmentait pas : il s'était assuré que, sans successeur mâle pour hériter de sa fortune, son titre et Armydale reviennent à l'un de ses lointains cousins. Il s'était également assuré qu'Harrington le sache. Tant qu'il n'avait pas de fils, la menace se mourait d'elle-même.

N'en demeurait pas moins la dangerosité de l'homme. Celui-ci n'était pas seulement un fieffé coquin, il était aux abois. Et Zane savait trop ce qu'un scélérat au bord du précipice était capable d'entreprendre. Là aussi, John l'avait éduqué à la manière forte.

D'un geste énervé, il balaya l'eau qui ruisselait sur son visage et resserra les pans de son manteau autour de son corps massif. L'humidité avait traversé l'épaisseur du tissu, mais il s'en moquait. Au contraire de son invité, il aimait ce temps maussade et cette expression primaire de la nature qu'il affectionnait tant.

Sans chercher à interpeller Ly-Ann, il s'engagea à son tour sur le chemin. Sa connaissance parfaite du terrain lui permit de parvenir à destination en quelques minutes. Sa fiancée s'était déjà éloignée, plus rapide qu'il ne s'y serait attendu, et longeait la ligne déchirée des vagues qui s'écrasaient sur le remblai de galets. Elle s'arrêtait parfois, pour ramasser un coquillage, et repartait, le visage offert aux embruns et à la pluie.

— Ly-Ann ! la héla-t-il une fois parvenu à quelques pas derrière elle.

Il fallut à la jeune femme une poignée de secondes pour réagir et pivoter vers lui. Les traits statiques, elle pointa le menton en avant, preuve qu'elle était sur la défensive et consciente de l'avoir irrité. Cette pensée le ravit. La repartie de sa fiancée et son refus de capituler devant lui le galvanisaient autant qu'ils l'intriguaient. Et il appréciait l'idée de la pousser de nouveau dans ses retranchements.

Il dut admettre surtout qu'elle était plus belle que jamais, délestée de la perfection attendue d'une jeune fille. Enlacée par un vent qui lui rosissait les joues, et détrempée par une pluie qui s'apparentait désormais à un mauvais crachin, elle ne cherchait pas à recoiffer les mèches qui s'étaient échappées de son chignon, ni à camoufler les lignes de sa silhouette révélées par les bourrasques.

Le souvenir de son corps pressé contre le sien et de la chaleur de ce contact le faucha avec une violence inédite. En dépit de ses doutes sur la probité de sa fiancée, Zane ne pouvait s'empêcher de réagir devant sa beauté naturelle et la sensualité qui émanait d'elle, sans qu'elle en paraisse consciente.

*Reprends-toi !* tonna une voix sarcastique dans sa tête. *Elle sait parfaitement l'effet qu'elle produit sur les hommes. Tout cela n'est que mise en scène.*

Peut-être, mais il y décelait quelques avantages. Après tout, si Ly-Ann voulait jouer, il était prêt à riposter de la façon la plus délicieuse qui soit. Il laissa son regard dériver sur les lèvres rendues plus brillantes par la bise et ne dissimula pas qu'il rêvait de goûter le sel épars sur sa peau.

Elle se troubla en écho, en même temps qu'elle portait une main à sa poitrine, geste vain pour se protéger.

— Dois-je faire savoir à votre père que nous annulons le mariage ? la provoqua-t-il sciemment.

Prudence étrécit les yeux, heurtée par l'arrogance du ton. La veille déjà, elle avait eu le sentiment d'être un jouet entre les mains de Zane, un sentiment qu'elle n'avait pas apprécié du tout. Elle s'était levée de mauvaise humeur, incapable de demeurer assise sagement en attendant l'heure inéluctable où elle devrait échanger, au nom de sa sœur, des vœux qu'elle jugeait pervertis.

Au comble de la contrariété, elle avait décidé d'aller se promener, indifférente aux vents qui fouettaient la falaise et à la pluie qui s'annonçait à l'horizon. La mer l'avait attirée inexorablement, et elle avait recouvré un peu de sa sérénité en parcourant la plage, le bruit des vagues emplissant son esprit d'une paix qui s'était évanouie à l'instant où elle avait croisé le regard incisif de son fiancé.

Il semblait éprouver un malin plaisir à aiguillonner ses nerfs. Mais elle n'était pas sans défense. Elle avait été horrifiée et scandalisée lorsque son père lui avait expliqué le marché passé avec le duc, mais, à présent, elle était heureuse d'être au courant de la nature de l'échange engagé. Refoulant sa culpabilité à utiliser des arguments que Henry n'aurait pas dédaignés, elle répondit effrontément :

— Vous perdriez votre manoir.

— Peut-être suis-je prêt à courir le risque ?

Un frisson d'appréhension se répandit sous sa peau. Il soutenait son regard avec crânerie, si sûr de lui qu'elle se mit à douter.

— Non, finit-elle par riposter, consciente qu'elle cherchait avant tout à se rassurer. Votre mère est trop attachée à cette demeure. Vous lui briseriez le cœur en renonçant.

Des éclairs de rancœur jaillirent des prunelles émeraude, sans pour autant qu'un seul trait du visage ne tressaute. Elle devina la menace, plus honteuse que jamais de s'être alignée sur la médiocrité de son père. Cela ne lui ressemblait pas, et la fureur de Zane résonnait comme l'écho de ces paroles qu'elle n'aurait pas dû prononcer.

Elle faillit baisser les yeux, incapable pourtant de s'y résoudre. Dans la guerre qui opposait Henry au duc, elle devait se battre à armes égales pour espérer s'en tirer sans trop de dommages. Surtout, elle ne pouvait courir le risque de voir le mariage annulé. Sans cette maudite union, elle retournerait à Polperro en ayant gâché leur seule chance de survivre avec dignité.

— Vous êtes consciente que vous perdrez cet insignifiant pouvoir que vous croyez posséder dès que le mariage aura été consommé ? gronda-t-il d'une voix si basse qu'elle eut du mal à l'entendre.

— Vous avez été très clair, hier.

Le sourire de Zane la prit au dépourvu. Quoique manifestement railleur, il illuminât son visage jusqu'à transformer les menaces énoncées en quelque chose de plus insidieux. Prudence devina aussitôt qu'il se remémorait les avertissements lancés sur les droits conjugaux, et ne sut comment réagir face à la chaleur qui lui cuisait les joues.

Elle n'était pas idiote et avait vu des animaux s'accoupler. L'idée de devoir dormir dans le même lit que Zane et de lui céder son corps ne lui avait jamais paru aussi réelle. Aussi dangereuse. Ce n'était pas uniquement la peur de s'abandonner à un homme qui ne ferait que passer dans sa vie (elle avait accepté cette idée dès l'instant où elle avait donné son accord à son père), mais plutôt le vertige qui la saisissait à la pensée qu'elle désirait découvrir ce plaisir dans ses bras.

Était-elle folle ? Ou simplement si désespérée qu'elle essayait de se convaincre que son sacrifice n'était pas dérisoire ? Que le seul homme qui la toucherait jamais l'attirait plutôt qu'il ne la rebutait ?

— Je suis heureux que nous nous soyons compris, déclara Zane, tandis que sa colère s'estompait pour céder la place à une émotion plus brûlante.

Ly-Ann le soupesait avec une raideur palpable, même si son anxiété était flagrante. Il ignorait si c'était conscient ou machinal, mais elle se mordillait la lèvre inférieure lorsqu'elle était soucieuse. Un tableau qu'il aurait trouvé adorable s'il avait été certain de pouvoir s'y fier…

Entre provocation et frustration, il combla la distance qui les séparait et l'attira contre lui, indifférent au léger cri de révolte qu'elle poussa. Une part de lui se détendit immédiatement à son contact, savourant l'empreinte de son corps contre le sien. Peu importait que cette réaction l'indispose ou qu'il ait du mal à en saisir le sens, il s'en délecta : il s'était tenu à l'écart des femmes trop longtemps.

Les joues empourprées et l'œil incertain, Ly-Ann appuyait les paumes sur son torse sans pour autant essayer de le repousser.

— Ce soir, vous serez mienne, susurra-t-il en frôlant sa peau du bout des doigts.

— Si je vous épouse, vous engagez-vous à verser une rente à ma tante ? éluda-t-elle d'un ton si désespéré qu'il manqua se laisser mystifier, l'esprit embrumé par un désir si virulent qu'il lui raidissait le corps.

— Il ne tient qu'à vous que notre mariage soit entériné, lui rappela-t-il, impitoyable.

Elle le jaugea d'un regard accusateur, avant d'essayer de s'éloigner de lui. Il la maintint fermement contre lui, résolu à récupérer le contrôle de son existence en commençant par dompter cette beauté qui l'irritait autant qu'elle l'attirait. Il se demanda soudain s'il serait capable de la libérer, quand bien même leur union se consumerait sur les cendres mensongères de son innocence.

Il se traita mentalement d'idiot. Contre toute attente, Ly-Ann avait réussi pour partie à le charmer ; il refusait de lui concéder plus. Si elle n'était pas vierge, leur mariage serait annulé, et il la jetterait hors de chez lui, avec son scélérat de père, sans aucun scrupule !

— D'ailleurs, avant même que nous ne prononcions nos vœux, lui asséna-t-il durement, vous allez vous soumettre à un examen. Une guérisseuse va vérifier que vous êtes bien pure.

— Vous êtes…

— … Prévoyant ? ironisa-t-il. Je ne cède rien au hasard, en effet. Dès qu'Aisle aura confirmé ce point, nous pourrons prêter serment et…

Il laissa s'installer en eux un silence pénible. Une pluie fine ruisselait sur leurs visages, les isolant du reste du monde. Les yeux écarquillés, Ly-Ann luttait contre la panique et, cette fois, il ne douta pas de sa sincérité. Celle-ci suintait par tous les pores de sa peau avec bien trop de virulence, renvoyant sa fiancée à sa juste place : celle de proie. Une proie qu'il rêvait de goûter en dépit de son amertume.

— Vous serez mienne, termina-t-il avant de se pencher sur elle.

Il plaqua alors sur la sienne une bouche implacable et déterminée. Les poings contractés contre son torse, Ly-Ann se raidit autant que possible, mais ne se déroba pas, comme si elle menait un combat intérieur entre désir et envie de fuir. Zane en profita pour mordiller les lèvres pulpeuses et investir le nid douillet lorsqu'elle lâcha un gémissement ténu.

Elle ne se montra pas audacieuse comme il s'y attendait. Au lieu de partir à l'assaut de sa langue, elle le laissa conduire la danse, s'enhardissant doucement à mesure qu'il l'incitait à s'abandonner. Cette timidité aurait dû l'irriter, elle renforça au contraire la puissance de son désir. L'encouragea à exiger plus, tandis que ses mains ceinturaient les hanches menues. À l'embrasser encore et encore, malgré le froid et le vent qui les enveloppaient étroitement.

Le corps tendu du besoin de la posséder totalement, il s'écarta soudain, sidéré par la violence de cet élan. Ly-Ann le contemplait d'un air éperdu, les lèvres rougies des baisers qu'ils venaient d'échanger. L'innocence faite femme, songea-t-il avant de se souvenir de ses paroles et de qui elle était. Il se rembrunit instantanément, fustigeant sa propre faiblesse.

— Allons-y ! ordonna-t-il, résolu à ne plus se laisser abuser.

[illegible]

[illegible]

[illegible]

# Chapitre 9

Le pasteur Macrath avait beau être un homme d'Église, il avait déplu à Prudence dès l'instant où elle avait croisé son regard étréci. Le visage rubicond et l'œil perçant, il s'était campé devant elle à son entrée dans la petite chapelle du château, et l'avait dévisagée comme s'il rêvait de l'écraser sous le talon de sa chaussure. Puis, sans attendre qu'on les présente ou même la saluer, il s'était lancé dans un sermon étrillant son comportement passé.

Bien que la semonce s'adresse à Ly-Ann, Prudence en avait eu le souffle coupé et aurait été cruellement humiliée si les invités, en vérité les seuls résidents d'Armydale, avaient assisté à ce moment déplaisant. Sans tenir compte de l'air outré du pasteur, elle avait fini par lui tourner le dos et s'était réfugiée à l'autre bout de la pièce en triturant la robe qu'elle avait choisie pour la cérémonie.

D'une simplicité remarquable, sa tenue se distinguait par la qualité du tissu. Elle n'avait jamais porté de vêtement aussi fluide et léger et avait souri au contact de la soie tout aussi douce de sa chemise. Ainsi armée, elle s'était sentie assez forte pour rejoindre son fiancé. Une erreur dont elle avait rapidement pris conscience.

Macrath s'était métamorphosé dès l'arrivée de Zane,

versant dans une obséquiosité dégoulinante, même s'il ne s'était pas privé de continuer d'accumuler à haute voix les remontrances discourtoises à son sujet. Personne n'avait estimé nécessaire de le faire taire, et Prudence avait subi son indélicatesse jusqu'au cœur de la cérémonie qu'il avait, fort heureusement, expédiée.

Elle avait vécu ce moment dans un brouillard de rancœur. Entre l'examen intime qu'elle avait dû endurer et l'évident dédain des invités, elle s'était sentie jugée et condamnée sans que la présence de Henry lui apporte le moindre réconfort. Son père s'était contenté de hocher la tête, satisfait, lorsque la guérisseuse avait confirmé qu'elle était bien vierge, et il avait plastronné à chaque mot rituel énoncé par le pasteur.

Zane, lui, ne s'était pas déridé une seule seconde. Il lui avait à peine jeté un coup d'œil avant de s'intéresser à tous, sauf à elle. En dépit des circonstances, Prudence ne s'était pas attendue à se marier sous le poids d'une réprobation qui avait réussi à la miner, alors qu'elle rêvait d'un peu de paix.

Elle avait ravalé une amertume brûlante et crispé les poings, pressée de retrouver la solitude de sa chambre. Mais, au lieu de la laisser vaquer librement, Zane lui avait saisi le bras dès la fin de la cérémonie, et la retenait devant un Macrath plus caustique que jamais.

— Bien, conclut ce dernier en la toisant durement, voici une affaire rondement menée. Votre Grâce, voulez-vous que je me porte garant du bon déroulé de la nuit de noces ?

Prudence tressaillit sans être certaine d'avoir compris ce que suggérait l'homme d'Église, mais, à sa mine égrillarde, elle comprit que la réponse était du genre déplaisant. Comme un écho de ses angoisses, Zane lui destina une brève œillade réfrigérante, tout en resserrant son étreinte. Son impassibilité la picotait, d'autant qu'il avait prononcé ses vœux, les yeux rivés sur le pasteur, la touchant le moins possible.

— Plaît-il ? demanda-t-il, perplexe.

— Dans les anciens usages, il était de pratique courante que les membres de la famille ou de l'entourage proche assistent à l'union charnelle des épousés. Ils pouvaient ensuite attester de la virginité de la mariée.

Zane leva un sourcil, abasourdi par le toupet du pasteur. Macrath n'était pas particulièrement apprécié dans la région, en partie parce qu'il ne savait pas toujours rester à sa place, mais cette proposition…

Dans son dos, le ricanement grinçant de Sage était à l'image de la démangeaison qui lui irritait la peau.

Ou était-ce le contact de la main de Ly-Ann sur son bras ? En entrant dans la chapelle, il s'était promis d'ignorer la jeune femme. Pourtant, il n'avait pu demeurer indifférent devant son air outré et son port altier. Son indignation silencieuse l'avait charmé à son corps défendant, ravivant le souvenir enivrant de ses lèvres contre les siennes. Alors, oui, d'une certaine façon, il avait apprécié que Macrath la malmène, sans pouvoir s'empêcher, paradoxalement, d'être contrarié.

Refrénant la pulsion perfide de contempler sa nouvelle épouse et de percer ses secrets, ce qui incluait de la secouer si nécessaire pour qu'elle se révèle enfin sans fard, Zane maugréa entre ses dents. Il détestait l'idée d'être manipulé, mais ne pouvait juguler d'un claquement de doigts l'intérêt qu'elle éveillait en lui.

Pire, il mourait d'envie de goûter de nouveau à sa bouche et de s'attarder sur le grain de sa peau satinée. Ly-Ann ne lui facilitait pas la tâche : si elle avait gardé sa dignité durant toute la cérémonie, il percevait à présent les tremblements de sa main au travers du tissu de sa chemise, au point qu'il rêvait de l'entraîner loin de la chapelle pour substituer à sa colère du pur désir.

Des sentiments qui, logiquement, auraient dû le contenter, puisqu'ils allaient faciliter sa nuit de noces… Alors pourquoi appréhendait-il ce moment ? Quant à l'idée saugrenue de Macrath… Il manqua jeter l'homme hors de chez lui, mais se rappela juste à temps qu'il avait encore besoin de lui. Et que le pasteur avait prouvé sa loyauté, en dépit de ses irritants défauts.

— Aisle s'est chargée de la vérification d'usage, déclara-t-il d'un ton ferme.

— Bien sûr, minauda Macrath. Mais la véritable garantie ne vous sera donnée que pendant la nuit de noces et…

— Et je suis à même de gérer cet aspect des choses !

— Votre Grâce, je voulais simplement…

Agacé par son insistance, Zane ne le laissa pas terminer et tourna les talons pour se rendre dans la cour du château. La pluie avait cessé de tomber, remplacée par un brouillard épais. Au loin, les montagnes disparaissaient sous cette couverture humide pour n'être plus que de pâles fantômes dans le soir déclinant.

Il aspira à pleins poumons l'air ambiant, la poitrine oppressée par un poids qui l'indisposait autant que le souvenir du regard de reproches que lui avait adressé

Ly-Ann, quand il n'était pas venu en soutien contre les sarcasmes de Macrath. Il aurait aimé être capable de la dédaigner sans autre forme de procès, mais, bien qu'il soit resté imperturbable, il ne parvenait pas à se défaire du sentiment qu'il aurait dû voler à son secours.

Parce qu'elle l'avait ému dans sa détresse ? Parce qu'il en arrivait à ne plus percevoir la malice derrière son masque d'innocence ? Parce qu'il la désirait un peu plus chaque jour ? L'idée de la posséder aurait dû l'apaiser, mais au contraire, le poids dans sa poitrine s'alourdissait.

Il maîtrisait ses émotions depuis qu'il avait appris à encaisser les coups. Quand il avait compris que John se nourrissait de sa peur, de ses cris de douleur et de sa révolte, il avait scellé les lèvres et enduré les sévices sans un mot. Les châtiments physiques s'étaient transformés au fil des années et de l'éloignement en des supplices plus difficiles à gérer. Son beau-père avait en effet pris un malin plaisir à faire souffrir sa mère ou Sage pour le punir.

Il s'était, en écho, endurci au point que peu de chose le touchait vraiment. Corinne, Margaret et Sage comptaient parmi les rares personnes à qui il accordait son attention ou sa confiance. Pourtant, il n'avait pas cillé quand Margaret avait épousé son meilleur ami, alors qu'il s'était épris d'elle plus jeune.

Les femmes, avait-il fini par admettre, n'étaient qu'un moyen de plaisir ou une façon de perpétuer une lignée. Pour le reste... Eh bien, même Isabelle n'avait pas atteint cette part de lui qu'il refusait d'exposer aux yeux du monde. Il avait certes apprécié de s'unir à une jolie femme au sourire ensorcelant, mais la défunte duchesse n'avait jamais représenté autre chose qu'un agrément utile. Du moins pas après qu'elle avait révélé son vrai visage.

Alors pourquoi Ly-Ann parvenait-elle à le déstabiliser à un niveau fondamental ? Parce qu'elle ne se contentait pas d'éveiller son désir. Il était assez honnête avec lui-même pour convenir qu'il éprouvait l'envie inepte de la protéger. Macrath avait confirmé cette inclination, mais c'est en voyant Harrington la bousculer à plusieurs reprises qu'il s'était découvert cet élan ridicule.

Et il était d'autant plus furieux qu'il était conscient de se fourvoyer avec une femme aux mœurs détestables.

Il hâta le pas, sans se soucier de qui suivait ou non. Sa mère avait tenu à préserver les apparences en sortant leur plus belle faïence pour le dîner, mais il ne rêvait que de se débarrasser de ces civilités et de filer vers les écuries.

Ce ne fut qu'une fois sur le seuil du château qu'il réalisa qu'il enserrait toujours le bras de Ly-Ann et qu'elle le talonnait, les yeux écarquillés d'un mélange de peur et de ressentiment. Le bleu azur paraissait presque violet sous la lumière du crépuscule, et des ombres soulignaient la finesse de ses traits.

*Dieu qu'elle est belle !* songea-t-il, avant qu'une colère ardente se déverse dans ses veines, l'encourageant à régler la question de son union avec cette sorcière sans tergiverser.

— Montez dans votre chambre vous préparer pour la nuit ! exigea-t-il durement, avant de la planter là sans plus d'égard.

Parce que le geste l'apaisait, Prudence passa pour la énième fois sa brosse dans ses longs cheveux. Sa femme de chambre avait fini par sortir, dépitée qu'elle refuse son aide au-delà du déboutonnage de sa robe. En vérité, Prudence ne souhaitait pas montrer sa vulnérabilité à qui que ce soit. Or, à l'instant, elle se sentait… sur le point de se briser en mille morceaux.

La journée avait été difficile, pas uniquement parce qu'elle avait dû participer à ce simulacre de mariage, mais aussi, et surtout parce qu'elle éprouvait une solitude amère.

Plus que jamais elle aurait aimé avoir Faith à ses côtés. Pouvoir se confier à elle et rire de ses peurs et du saut dans l'inconnu qu'elle s'apprêtait à faire.

Déglutissant nerveusement, un moyen dérisoire pour disloquer la boule dans sa gorge, elle reposa la brosse et commença à se tresser les cheveux, s'obligeant à vider son esprit. Au loin, les vagues, renforcées par un vent qui sifflait jusqu'à s'enrouler autour des tours du château, se fracassaient contre les falaises, nimbant la nuit d'une familiarité qui l'apaisa progressivement. Les tempêtes ne l'avaient jamais effrayée, mais celle qui tonitruait en elle…

— Non ! ordonna une voix étouffée derrière elle.

Elle sursauta. Elle n'avait pas entendu la porte s'entrebâiller, peut-être parce que ce n'était pas celle donnant sur le couloir. Zane était appuyé contre l'encadrement d'une ouverture cachée. Sa posture était si nonchalante qu'il n'en paraissait que plus imposant. Il s'était débarrassé de sa redingote et de son gilet, et avait déboutonné sa chemise, au point qu'elle apercevait la peau du haut de son torse. Habillé d'une fine toison blonde, son épiderme était hâlé, comme s'il l'avait exposé à la lumière du jour, contrevenant à toutes les règles de la gentry.

Un frisson serpenta le long de sa colonne vertébrale, tandis qu'elle notait ces détails qui alimentaient sa peur. Quand Zane l'avait embrassée, elle avait été incapable de le repousser, happée par un besoin impossible à définir. Et, alors qu'elle le contemplait, plus sauvage et viril que jamais, elle s'étonnait d'être attirée malgré elle. Oui, il l'effrayait, mais moins que l'étrange sensation qui pulsait dans son ventre.

— Non ? répéta-t-elle, perplexe.

— Vos cheveux, finit-il par préciser. Laissez-les libres.

— Mais…

Les mots moururent dans sa bouche. Zane avait quitté sa place et avançait vers elle avec un air déterminé qui ne dissimulait pas la lueur ardente dans son regard. Comme s'il souhaitait la dévorer… Un effet renforcé par la lumière des bougies et du feu, dont les ombres le faisaient paraître plus magistral encore. Presque trop…

Elle recula sur son siège, les doigts refermés sur le haut de sa chemise de nuit. Habituée aux tissus plus couvrants, elle se sentait mise à nu sous le vêtement fluide.

Zane s'arrêta au pied du lit. Il avait visiblement enfoui plusieurs fois la main dans son épaisse chevelure, et des mèches bataillaient dans sa nuque, le rendant moins guindé et sévère. Une illusion qui ne perdurait pas face à l'intensité de son regard…

— Venez là ! ordonna-t-il.

Ly-Ann le considéra une longue minute avant d'obtempérer, les épaules si crispées qu'il devinait la tension qui l'animait. L'idée de la jeter en travers du lit et de se ruer sur sa bouche le percuta avec une urgence telle qu'il tressaillit. Son… épouse réveillait en lui bien plus que des réactions physiques horripilantes, elle ravivait cet instinct dominateur qui résonnait dans l'histoire de sa lignée. Oui, il désirait conquérir cette femme et la posséder jusqu'à ce qu'elle admette être sienne…

Une ineptie qui n'en finissait pas de le décontenancer. Isabelle avait été son épouse de façon bien plus évidente et, jamais, il n'avait éprouvé pareil chambardement intérieur.

L'envie de s'isoler dans son bureau pour avaler un verre ou deux de plus l'allécha assez pour qu'il fasse un pas vers la porte. Il renonça pourtant, résolu à régler au plus vite la question de la validité de ce mariage. Quant à la pulsion qui lui enjoignait de prendre Ly-Ann pour apaiser sa faim… Non, ce n'était rien de plus qu'une inclination brute qui s'évaporerait dès l'acte consommé.

Après tout, n'avait-il pas été capable d'étouffer son désir pour la seule femme qui avait vraiment réussi à lui faire éprouver quelque attachement ?

Le problème, c'était que Ly-Ann possédait sur lui un pouvoir que Margaret n'avait jamais eu. Dans sa chemise de nuit virginale, ses longs cheveux bruns cascadant sur ses épaules, elle était irrésistible. D'autant que le fin tissu ne masquait pas grand-chose de sa silhouette filiforme, et dessinait des ombres là où ses mamelons étiraient le vêtement.

Seigneur ! Elle était l'incarnation de la tentation. Une tentation qu'il avait décidé de savourer, même s'il devait le regretter au petit matin.

Il allongea la main et frôla du bout des doigts la joue d'albâtre. Ly-Ann tressaillit, mais ne se déroba pas. Il pouvait lire l'appréhension dans ses immenses yeux bleus, rien qui ne l'alarme vraiment. Isabelle s'était aussi montrée intimidée, une fois dans l'obscurité de leur chambre ; une attitude, cela étant, qu'elle avait conservée tout au long de leur mariage. Il avait fini par ne plus l'importuner qu'épisodiquement, tenaillé par le souhait d'avoir un jour un héritier. Ce souvenir raviva une pression douloureuse dans sa poitrine. Dieu qu'il avait maudit Isabelle pour avoir entraîné dans sa chute l'enfant qui grandissait paisiblement dans son ventre !

Grimaçant, il barricada la porte de sa mémoire. À l'instant, seul comptait le désir que lui inspirait Ly-Ann. Qu'elle ne soit qu'une étoile dans son ciel de solitude ou la femme qui resterait à ses côtés, il entendait profiter de chaque minute en sa compagnie. Se repaître de sa bouche et du contact de sa peau.

L'unique chose qu'il ne s'autoriserait pas, en revanche, serait de la porter dans ses propres appartements et de la renverser sur son lit. Peu importe que les draps puissent être changés et son souvenir s'affadir avec le temps, il ne voulait pas se rappeler d'elle chaque soir. Pas alors qu'il ne parvenait pas à détourner les yeux d'elle…

Incapable de se contenir plus longtemps, il l'attira contre lui. Un léger cri s'échappa des lèvres roses, ce qui exacerba son envie de les goûter. Il céda à cette pulsion sans plus tergiverser et écrasa sa bouche sur celle de son épouse, conquérant là où il avait été patient un peu plus tôt dans la journée.

Tout en l'embrassant, il remonta les mains le long de ses hanches et caressa ses flancs minces, avant de dénouer le lien qui maintenait sa chemise en place. Ly-Ann se recula aussitôt d'un pas, les doigts refermés sur le tissu léger.

— Je veux vous voir, souffla-t-il en comblant la distance qu'elle lui avait imposée.

— Je ne…

— Je ne ferai pas l'amour à ma femme, cachée sous des couches de vêtements, la prévint-il d'un ton ferme, mais dénué de glace. Je veux vous voir.

Tandis qu'il parlait, il l'accula contre le lit et l'incita à s'allonger. Les yeux largement écarquillés, elle obéit sans relâcher la pression sur sa chemise.

— Vous n'avez pas à avoir peur.

En réponse, elle s'humecta les lèvres, pouliche effrayée qui, pourtant, soutenait son regard sans faiblir. Auréolée de son épaisse chevelure, elle était belle, trop pour qu'il résiste au besoin de la toucher. Lentement, il se pencha pour lui caresser le pied et faufiler une main sous son vêtement pour parcourir la peau douce de sa jambe.

Elle ne pipait mot, mais il détectait la tension dans chacun de ses muscles. Il avait été déterminé à la posséder rapidement, il rêvait maintenant de la conquérir jusqu'à ce qu'elle gémisse dans ses bras, éperdue et folle de désir.

Il ôta sa chemise avec des gestes heurtés, pressé de la rejoindre et de l'enlacer étroitement. À l'idée de son corps pelotonné contre le sien, il sentit son sexe durcir un peu plus, une excitation qui vira à la douleur lorsque le regard de Ly-Ann s'attarda sur ses muscles bandés.

Prudence avait cessé de respirer. Zane exposait son torse large, si musclé que des vallons se dessinaient sur son épiderme bruni par le soleil. Elle savait qu'elle aurait dû être choquée, ou du moins intimidée par cette quantité de peau brillante, mais elle éprouvait une curieuse envie, celle de la toucher et de découvrir la sensation de cette soie sous ses doigts.

Repliant un peu plus la main sur sa chemise de nuit, elle s'évertua à ne pas bouger lorsque Zane s'installa à ses côtés. La puissance de sa stature la submergea de façon déroutante quand il lui barra l'unique source de lumière de la pièce. Les ombres, au lieu de masquer ses muscles, renforçaient leur roulement. Elle comprit qu'il lui offrait ainsi l'occasion de l'effleurer, mais elle n'osa pas s'y risquer, étranglée par une peur primitive.

Pourtant, lorsque la paume de Zane remonta le long de sa cuisse pour se caler finalement sur son ventre, elle ne broncha pas. Là où il la frôlait, son épiderme la chauffait d'une façon qu'elle ne s'expliquait pas, mais le besoin d'en obtenir davantage la tenaillait assez pour qu'elle soit obligée de pincer les lèvres afin d'étouffer d'infimes soupirs.

À cette seconde, elle aurait aimé se cramponner à son indignation ou à sa colère de l'après-midi, mais elle était incapable de détacher les yeux de la bouche magnifiquement ourlée. Ou du torse parfaitement ciselé.

— Touchez-moi, l'encouragea Zane en se saisissant de sa main pour la poser sur lui.

Elle cilla et hésita une seconde de trop, perdant l'occasion de s'éloigner du corps trop massif pour ne pas l'envahir. Elle aurait dû se sentir écrasée, mais l'étrange pression dans son ventre, plus délicieuse qu'affolante, s'accrut au contraire.

Elle déplia les doigts pour découvrir timidement un carré de peau si chaud qu'elle eut l'impression de se brûler. Zane esquissa un sourire satisfait, qui changea de son rictus habituel. Il l'aida à s'enhardir, à savourer le contact de ses muscles durs et à s'habituer progressivement à sa stature hors norme.

Pourtant, quand il se pencha vers elle pour tirer sur les pans de sa chemise, elle résista et lâcha un cri scandalisé. Il n'insista pas et s'empara de sa bouche, plus ensorceleur que jamais. Prudence se retrouva pressée contre lui, le cœur battant à tout rompre, et surtout incapable de former une pensée cohérente.

Si elle avait craint que l'animosité du duc s'invite dans son lit, elle découvrait, abasourdie, qu'il possédait des armes bien plus pernicieuses. Entre ses bras, elle se liquéfiait, appréhendant les prémices d'un plaisir dont elle ignorait tout, mais qu'elle réclamait malgré la confusion de ses sens.

Zane fit subrepticement glisser sa chemise et déposa une kyrielle de baisers sur sa poitrine avant même qu'elle comprenne qu'ils étaient à présent peau contre peau. Il ne se contenta pas de l'embrasser… Vibrant d'une contraction qui s'intensifiait au niveau de son entrejambe, elle s'arqua sous sa langue, lorsqu'il aspira l'un de ses mamelons et le suçota avec vigueur.

Ses mains n'étaient pas en reste… Elles la façonnaient, la caressaient, l'enflammaient… Prudence cessa de réfléchir pour s'abandonner à cette déferlante de délices, oubliant même de sursauter quand des doigts audacieux se faufilèrent entre ses cuisses.

Elle gémit, happée par la virulence de sensations qu'elle ne chercha pas à maîtriser ou endiguer. La pression s'accumulait en elle, tant et tant qu'elle se tortillait contre Zane, loin de toute pudeur. Tout ce qui lui importait, c'était sa bouche contre la sienne, le plaisir qu'il lui procurait avec ses mains et le contact incandescent de sa peau.

Dans une exclamation sortie du plus profond de son être, elle se cambra violemment, emportée par une vague qui la laissa amorphe et désorientée.

Zane était assez lucide pour admettre qu'il n'était pas insensible à l'expression égarée de Ly-Ann. Entre surprise et volupté, elle le fixait de ses grands yeux innocents, renforçant son érection douloureuse. Donner du plaisir, il savait s'y employer, mais amener une femme à l'orgasme sans chercher à en tirer profit, c'était une première pour lui.

Une première qu'il espérait reconduire tant le spectacle de la jouissance de Ly-Ann l'avait fasciné. Elle ne s'était pas seulement abandonnée en toute candeur, elle s'était accrochée à ses épaules comme s'il était son pilier, lui écorchant la peau comme si le plaisir avait été trop intense pour être contrôlé. Sa réaction primaire, dénuée de tout faux-semblant, rassasiait en lui cette part de solitude qu'il avait appris à étouffer et comblait les blessures qu'Isabelle avait assénées à son orgueil, sans qu'il n'admette jamais cette vérité à haute voix.

*C'est ridicule*, se répéta-t-il en songeant que les regrets risquaient de supplanter l'amertume, si la virginité de Ly-Ann ne se confirmait pas.

Sans s'éterniser sur cette pensée, il bascula sur le corps souple et délié, en appui sur les coudes pour ne pas l'écraser. Ly-Ann arborait un sourire alangui et une confiance qui le toucha en plein cœur lorsqu'elle posa une paume sur sa joue. La tendresse entre eux, il n'en voulait pas. Mais cette faim insatiable qui le consumait littéralement ? Pas plus !

L'amertume le submergea comme une compagne bien plus facile à gérer que les émotions dont il ne savait que faire.

Inspirant profondément pour apaiser l'embrasement de son âme, il se cala entre les cuisses de Ly-Ann et renversa la tête en arrière pour ne pas croiser son regard tandis qu'il la pénétrait. Son gémissement de douleur l'arrêta. Le statufia littéralement. Serrant les dents, il s'efforça de juguler son besoin de la posséder d'un coup de reins brutal, et reprit sa lente progression, incapable d'endiguer le plaisir incendiaire à se lover dans le fourreau étroit.

À l'instant où, d'instinct, elle lui laboura les épaules de ses ongles et qu'elle pinça la bouche pour étrangler un nouveau cri de souffrance, il sut qu'il venait de poser un pied en enfer…

Un enfer au goût de paradis…

# Chapitre 10

L'étalon se montrait récalcitrant. Alors que Zane avait réussi à lui mettre une longe et à le faire trotter en cadence pendant un long moment, il refusait à présent de se plier à ses consignes et accélérait l'allure, comme s'il appréciait de le faire tourner en bourrique.

Il privilégiait l'établissement de relations de confiance avec ses pur-sang lorsqu'il les débourrait et les dressait ; il était donc assez chevronné pour savoir que l'attitude de l'animal ne reflétait que ses tourments intérieurs.

Pour ne rien arranger, le vent cinglait à l'extérieur de la grange avec une virulence qui maltraitait les planches de bois. Le cheval s'ébrouait à chaque fois que la porte tremblait avant de claquer violemment.

De guerre lasse, Zane finit par rejoindre son étalon et lui flatta l'encolure pour le rassurer. La robe était à peine humide, preuve qu'il n'avait pas forcé, mais le puissant animal apprécia le lent brossage qu'il lui prodigua.

— Tu abandonnes déjà ? s'étonna Sage, qui dégourdissait une jument pleine.

— Je ne suis pas assez concentré.

— Parce que tu hérites d'une nouvelle duchesse ?

Zane grogna, puis s'attaqua à la crinière du cheval

avec une application qui ne suffit pas à expulser Ly-Ann de ses pensées. Il jura à voix basse, terrassé par ce que leur nuit avait révélé. Moins que la confirmation de sa virginité, c'était son attitude qui l'avait désarçonné. Elle s'était accrochée à lui pendant qu'il la possédait, la bouche plaquée contre son cou, comme si elle s'évertuait à garrotter ses gémissements de plaisir. Il avait aimé chacune de ses caresses timides, chacun de ses frémissements incoercibles. Et il avait dû se faire violence pour la quitter après leur danse passionnée, plus remué qu'il ne l'avouerait jamais à personne.

— Ce qui est fait est fait, finit-il par lâcher du bout des lèvres.

— Si je peux me permettre de te donner un conseil, poursuivit Sage en le considérant avec une acuité dérangeante, mets Harrington à la porte le plus vite possible. Ta chère et tendre épouse n'a pas l'air de ressembler au portrait qu'on nous en a dressé, et je soupçonne son père d'être en partie responsable de sa réputation…

— Peu importe ! Ma femme, reprit Zane d'un ton intransigeant, devra désormais tenir son rang. Que son père soit dans son sillage ou pas… Cependant, tu as raison, il me tarde qu'il déguerpisse d'Armydale.

— Tu es d'un naturel sévère, mais je ne t'ai jamais vu aussi énervé. Même quand tu as signé ce maudit contrat, tu étais moins à cran.

Zane souleva un sourcil moqueur, même si la remarque le piquait. Sage le connaissait trop bien pour ne pas deviner qu'il était tourmenté. Le problème, c'est qu'il ignorait quoi penser de la situation. Une Ly-Ann dépravée aurait été plus facile à gérer. Une Ly-Ann froide et arrogante tout autant. Mais elle se révélait pleine de surprises et si différente du portrait établi par son enquêteur qu'il subodorait plus que jamais une entourloupe.

— Tu devrais peut-être lui accorder le bénéfice du doute, conclut Sage, sans doute conscient qu'il n'obtiendrait pas d'autres réponses.

Après une nuit agitée, Prudence se résigna à gagner le petit salon, non sans avoir largement traîné dans sa chambre. Lire l'avait occupée un moment, puis elle avait fini par admettre qu'elle manquait de concentration pour savourer à sa juste valeur les traits d'esprit de la comédie shakespearienne qu'elle venait d'entamer.

S'il n'avait tenu qu'à elle, elle serait partie se promener sur la plage, mais le temps avait de nouveau viré à la tempête et, cette fois-ci, elle n'avait pas osé braver le vent redoutable.

Si elle devait être tout à fait honnête, l'idée de croiser Zane l'avait aussi retenue de descendre le large escalier de marbre trop tôt. Après l'avoir déflorée, il avait quitté son lit sans un mot ou un regard, la laissant vaguement désorientée. Elle avait certes accompli sa mission, se libérant d'un poids écrasant, pourtant elle se découvrait pétrie de sentiments ambivalents. Elle était à jamais compromise, une vérité plus amère désormais qu'elle était entérinée, mais elle avait l'impression singulière d'avoir vécu une expérience extraordinaire dans les bras du mari de Ly-Ann.

Si Zane s'était montré moins doux et patient à la fin de leur étreinte, il lui avait ouvert les portes d'un monde où le plaisir détrônait toute autre sensation physique qu'elle avait pu un jour éprouver. Une surprise qui l'avait laissée mutique et encore plus affamée du contact de son amant.

Et ce besoin, par son absence de réciprocité, lui cuisait la peau… Parce qu'elle avait le sentiment de s'être totalement livrée à un homme qui, en dépit de l'intensité de ses caresses, n'avait finalement qu'utilisé son corps ? Son départ précipité n'aurait pas dû la dérouter, elle s'y était même préparée, mais après leur étreinte passionnée, elle aurait voulu se pelotonner contre son torse puissant. Pour se rassurer ? Pour donner du sens à son sacrifice ? Pour le simple plaisir de se sentir aimée, même pour un bref instant ?

Le pire était de se découvrir un besoin non pas de protection, mais d'être épaulée et enlacée au cœur de la nuit, dans ces moments fugaces où les ombres effaçaient la force qu'elle s'imposait au quotidien. Dans ces instants où elle n'était qu'une petite orpheline affamée de tendresse. Abigaïl l'avait élevée avec conscience, mais n'avait jamais réussi à combler ce besoin que Prudence avait cru disparu. Vérifier qu'il n'en était rien la gratifiait du désagréable sentiment d'être vulnérable.

Une vulnérabilité qu'elle avait été surprise de détecter en résonance chez Zane lorsqu'elle avait aperçu son dos balafré. Sa peau, de ses épaules à la cambrure de ses fesses, était lardée de cicatrices qui, bien que pâles, dessinaient un maillage inégal, comme s'il avait été fouetté. Elle n'avait pas osé l'interroger sur la nature de ces blessures lorsqu'il s'était raidi sous ses caresses.

— Ly-Ann, l'accueillit Margaret d'un ton entre gêne et surprise.

Alors qu'elle était occupée à broder, la jeune femme déposa son ouvrage pour se lever, et ébaucha une rapide révérence. Prudence la vit ensuite hésiter, son regard se dirigeant vers la porte comme si elle rêvait de s'y ruer.

— Vous m'excuserez, mais je dois retrouver mon mari.

Elle détala comme si elle avait le diable aux trousses, laissant Prudence aussi sidérée que mortifiée. Des sentiments qu'elle n'eut pas le temps d'approfondir puisque Henry la rejoignit, la démarche instable et l'œil trouble, prouvant qu'il avait passé sa nuit à boire.

Elle amorça un geste involontaire de recul et se réfugia derrière un sofa, tandis que son père pénétrait dans la pièce. Ce n'était pas tant la peur qui lui raidissait la colonne vertébrale qu'un dégoût manifeste pour l'homme qui aurait dû prendre soin d'elle, au lieu de l'offrir en pâture pour nourrir ses plus vils instincts.

— Vous voilà ! l'apostropha-t-il, un sourire grivois sur les lèvres. Compliments, très chère, le mariage est consommé et acté ! Je n'en attendais pas moins de vous, évidemment, mais je vous félicite pour votre promptitude... Finalement, le duc n'aura pas résisté longtemps à vos...

— Allez-vous repartir pour Polperro ? le coupa-t-elle, choquée par son outrecuidance.

— D'ici quelques jours, oui. J'ai d'abord quelques affaires à régler à Inverness. Je repasserai par ici avant de me rendre en Cornouailles, histoire que vous vous prépariez.

Prudence acquiesça d'un simple mouvement de tête. Il lui tardait de regagner sa maison, de retrouver sa tante et, surtout, Faith. Son amie lui manquait au point qu'elle éprouvait une pointe de tristesse à chaque fois qu'elle songeait à elle.

— Cela étant, ajouta-t-il, j'ai surpris l'air du duc, quand il a quitté votre chambre, cette nuit...

Il ricana, le regard si égrillard qu'elle frémit de répugnance.

— … Vu votre capacité à gérer la situation ici, je ne saurais trop vous recommander de continuer votre numéro de charme. Il est possible que… votre époux finisse par vous manger dans la main.

Il sortit sur ses mots, son rire grivois résonnant désagréablement aux oreilles de Prudence, tandis qu'il s'éloignait.

— C'est donc votre objectif ? s'enquit une voix rocailleuse dans son dos.

Prudence sursauta et plaqua, dans un même mouvement, ses paumes sur sa poitrine. Zane était campé derrière elle, appuyé au chambranle d'une porte dérobée, et son œil tempétueux la foudroyait sans pitié. Elle pâlit, mais refusa de capituler devant son air accusateur.

— Je n'ai aucun but, affirma-t-elle.

— Votre père semble persuadé du contraire, ou alors il fomente des projets bien plus ambitieux que les vôtres. Je ne me laisserai pas duper, chère épouse. Vous êtes peut-être entrée innocente dans mon lit, mais je suis désormais convaincu que votre âme est aussi pervertie que celle de votre père.

— Voilà une pensée peu charitable, ironisa Prudence en se retenant de hurler. Il est donc regrettable que nous soyons à présent unis par les liens du mariage.

— Pas tant que cela, objecta-t-il, de nouveau paré de son sourire tourmenté. Vous ne pourrez pas manipuler votre monde, au château. Quant à votre père, je suis en mesure de le priver de sa suffisance.

Avant même d'avoir terminé sa phrase, Zane combla la distance qui les séparait et se planta devant elle, le visage si contracté de détermination qu'elle sentit son ventre se tordre d'appréhension. Lorsqu'il lui caressa la joue, si tendrement qu'elle en hoqueta de surprise, elle devina que le pire était pourtant à venir. Que son père s'était trompé en s'estimant capable d'affronter pareil colosse. Zane allait le briser, et Henry risquait de l'entraîner dans sa chute.

— Et je tirerai au moins un avantage de notre union, murmura-t-il d'un ton si impératif qu'il lui donna la chair de poule. Vous réchauffez mon lit à la perfection…

Cette fois-ci, ce fut au tour de Prudence de le foudroyer du regard, sans que cela semble le perturber le moins du monde. Au contraire, il se rapprocha d'elle, jusqu'à ce que son souffle s'échoue sur sa bouche.

— D'ailleurs, susurra-t-il avec langueur, couchez-vous nue, ce soir. Je ne pense pas que je serai d'humeur à faire preuve de patience.

# Chapitre 11

La pluie n'avait pas cessé depuis la veille. Renforcée par un vent tonitruant, elle martelait les vitres du château avec une vigueur qui faisait courir des frissons glacés sur la peau de Prudence. Les cheminées crépitaient pourtant joyeusement dans chaque pièce, mais elle ne parvenait pas à se réchauffer.

L'ironie de la situation ne lui échappait pas : chez sa tante, elle avait eu froid parce que l'âtre restait vide. À Armydale, alors qu'elle jouissait de tout le confort possible, elle se sentait néanmoins plus dépourvue que jamais.

Se frictionnant les bras dans l'espoir vain de lutter contre ce mal insidieux, elle se posta devant la fenêtre et contempla l'horizon gris, navrée d'avoir dû, pour la seconde journée de suite, renoncer à une balade sur la plage. Faisant fi de toute prudence, elle avait malgré tout tenté le coup, emmitouflée dans le manteau trop léger de Ly-Ann, et s'était résignée à faire demi-tour quand une bourrasque avait failli l'emporter.

Elle s'était finalement repliée dans le salon principal, son livre à la main, mais le silence commençait à lui peser. La solitude aussi. Les habitants du château l'évitaient avec un talent incontestable. Elle était même surprise qu'ils ne la boudent pas pendant les repas. Ils se montraient alors aimables, lorsqu'ils lui adressaient la parole autrement que pour les politesses d'usage. En vérité, le seul avec qui elle interagissait un minimum était Zane, mais cela tenait avant tout au fait qu'il la rejoignait dans son lit.

À son corps défendant, un frisson sensuel la parcourut, tandis que le souvenir de leur dernière nuit remontait à la surface. Zane n'avait pas menti en la prévenant, la veille : il s'était emparé de son corps avec une ferveur qui, au lieu de l'effrayer, l'avait émoustillée.

Elle plaqua la main sur son visage brûlant, pas franchement ravie de céder à de telles émotions. Vu la situation, elle se fustigeait même pour son comportement inconvenant. Elle n'aurait pas dû éprouver de plaisir dans les bras de son amant, d'autant qu'il était l'époux légitime de sa sœur et pas le sien. La vérité, c'est qu'elle n'avait pas sa place à Armydale, ni dans le lit de Zane.

Elle se rembrunit. D'ici quelques semaines, elle retournerait à son existence. Il lui suffisait de prendre son mal en patience et… d'oublier que Zane Mac Fergall lui liquéfiait les sens à un point qui l'effrayait.

— Votre Grâce, intervint le majordome, la tirant de ses pensées, Mrs Archibald demande à être reçue.

— Mrs Archibald ?

— Suzanne Archibald, l'épouse du capitaine Archibald. Ils vivent à la caserne de Dornie. Elle vient vous présenter ses respects pour votre mariage, Votre Grâce.

Prudence se mordilla les lèvres, désorientée par cette visite inopportune. Elle n'aurait pas dû envisager de s'attribuer les hommages des voisins du duc, mais, après des jours à ruminer seule entre ces murs, elle estima qu'un peu de compagnie ne lui nuira pas.

— Faites-la entrer.

Mrs Archibald n'était pas beaucoup plus âgée qu'elle, mais Prudence sut d'emblée qu'elle ne s'en ferait pas une amie. Après une révérence plus obséquieuse que cérémonieuse, la nouvelle venue détailla l'intérieur du salon avec un intérêt tangible, et termina son inspection par l'examen de sa robe. Robe qu'elle jugea manifestement trop simple, étant donné le sourire éblouissant et légèrement supérieur qu'elle lui renvoya, tout en caressant le devant de son propre vêtement.

Le terme « coquette » la définissait parfaitement, bien que sa posture surjouée soit de celles qui l'avaient toujours passablement agacée.

— Mrs Archibald, je vous en prie, asseyez-vous.

— Merci, Votre Grâce.

Elle s'installa, si pétrie de manières exagérées que Prudence manqua de s'esclaffer. Chez Lady Loads, elle avait eu l'occasion de croiser des jeunes filles qui, déterminées à briller en société, se paraient de gestes pompeux et surfaits. Non pas qu'elles ne soient pas sympathiques, mais leurs priorités tenaient plus à la couleur du ruban qu'elles allaient porter sur leur chapeau qu'à une volonté de sincérité. Or, Prudence prônait cette qualité comme essentielle.

Suzanne Archibald n'était, pour sa part, pas centrée sur de telles futilités. Son œil intéressé se focalisait sur les objets précieux de la décoration. Prudence ne pouvait lui reprocher cette fascination tant le château regorgeait de splendeurs, mais elle la trouvait tout à fait inappropriée.

— Vous excuserez mon empressement à venir vous

présenter mes hommages, expliqua son invitée avec un sourire entendu, mais cela fait si longtemps que nous attendions que le duc se remarie. J'ai dit à mon époux : peu importe le temps, je vais à Armydale, très cher ! Il est de notre responsabilité d'accueillir convenablement la nouvelle duchesse !

Prudence tiqua sans rien révéler de son étonnement. *Nouvelle duchesse* ? Personne n'avait fait mention devant elle d'une première femme. Pas même son père. L'information n'aurait pas dû la perturber, mais… elle l'était !

— Et comme nous sommes anglaises toutes les deux, ajouta Suzanne sur le ton de la confidence, j'ai pensé que vous auriez l'utilité d'avoir une alliée. Isabelle ne cessait de me répéter qu'elle se sentait seule et désœuvrée…

— Votre époux est capitaine, c'est cela ? éluda sciemment Prudence.

— Oui, en effet. Il a été muté ici il y a sept ans. Il a la charge des nouvelles recrues. L'Angleterre a besoin de soldats, et l'Écosse regorge de gaillards solides et hargneux. Si vous voulez mon avis, il n'y a que la discipline pour dresser ces… Enfin, vous voyez…

— Je n'en suis pas certaine, objecta Prudence avec une naïveté feinte qui ne masquait pas totalement sa sidération.

— Comme je vous comprends, pérora Suzanne. Ce sont des affaires d'hommes, n'est-ce pas ? Et les Écossais sont si… Enfin bref ! Laissons cela ! Puis-je vous demander si vous habitiez à Londres, avant de venir ici ? J'adore Londres ! Je crois que c'est ce qui me manque le plus, depuis que nous nous sommes installés à Dornie. Mais je suis rassurée désormais ! Votre présence parmi nous va rendre la société plus… attrayante !

— Vous m'en voyez flattée.

— Mais, très chère, c'est bien normal ! Entre Anglais, nous devons nous serrer les coudes. Et j'espère que nous aurons l'occasion de nous rencontrer souvent. Tenez, je vais demander à mon mari d'organiser un bal ! Vous serez nos invités d'honneur et…

Prudence perdit le fil de la logorrhée avant même d'avoir pu réclamer qu'on leur serve le thé. Suzanne Archibald n'était pas seulement bavarde et d'une curiosité qui frisait l'impolitesse, elle l'assommait de remarques toutes plus superficielles les unes que les autres. Si elle avait espéré tromper l'ennui avec cette visite, elle s'en mordait amèrement les doigts.

— Votre Grâce, l'interpella une domestique en apportant un plateau de douceurs.

— Merci, Patty.

— Patty, nous…

Margaret se figea sur le seuil et ébaucha un sourire plus contraint que sincère en embrassant la scène du regard. Prudence la soupçonnait de ne venir dans cette pièce qu'assurée qu'elle n'y était pas et, donc, d'être désagréablement surprise de l'y trouver à cet instant. D'autant que la présence de Suzanne l'empêchait de s'esquiver comme elle s'y employait, chaque fois qu'elles se croisaient.

— Suzanne, salua-t-elle leur invitée d'un ton qui manquait de chaleur.

— Margaret.

— Vous vous joignez à nous ? proposa Prudence, priant silencieusement pour que son invitation reçoive un oui.

— Je ne…

— Dites-moi, Margaret, la coupa Suzanne un peu sèchement, êtes-vous toujours à la recherche d'un cottage ? Il y en a un à louer dans les environs de Dornie, sur la route qui mène à Gairlock. Cela vous éloignerait d'Armydale, mais vous auriez enfin votre chez-vous.

— Merci, mais nous ne cherchons pas à quitter le château, rétorqua Margaret, soudain pétrifiée.

— Voyons, Armydale est désormais entre de bonnes mains, insista Suzanne sans se soucier d'être discourtoise. Vous ne rêvez pas d'avoir votre propre maison, plutôt que de vivre de la mansuétude d'un… ami ?

Prudence soupesa Suzanne du regard, perplexe. L'animosité entre les deux femmes empesait l'atmosphère. Margaret n'était plus seulement statique, elle avait pâli, et ses yeux lançaient des éclairs, même si elle se retenait d'exprimer à voix haute sa colère. Leur invitée, elle, sirotait son thé, l'air si sûr d'elle que cela l'intrigua davantage, autant que cela l'irrita. Peu importait que Margaret lui batte froid, Suzanne n'avait pas à s'autoriser ce genre de réflexions sous leur toit.

— Margaret est ici chez elle, objecta-t-elle avec fermeté.

— Cela va sans dire, s'adoucit Suzanne, mais un jeune couple a besoin d'intimité.

— C'est tout l'avantage de résider dans un château immense, ironisa Prudence. Nous pouvons vivre ensemble sans jamais nous croiser. Margaret, une tasse de thé ?

— Je… Merci, j'avais oublié que je devais rejoindre Mrs Barker pour l'aider à préparer ses bagages, déclara celle-ci avec raideur. Suzanne.

— J'envie votre courage, lâcha cette dernière une fois Margaret hors de la pièce.

— Mon… courage ?

— Peu de femmes toléreraient la maîtresse de leur mari sous leur toit.

— Mrs Archibald ! s'insurgea Prudence, choquée.

Suzanne secoua la main, les yeux écarquillés, comme si elle mesurait l'horreur de ses paroles. Prudence ne crut pourtant pas une seconde à sa contrition, sidérée que cette femme se permette de tels commentaires, alors qu'elles ne se connaissaient pas.

Une part d'elle, cependant, grondait de colère à l'idée que ces commérages aient un fond de vérité. Margaret pouvait-elle être… Non, décida-t-elle avec aplomb.

— Oh ! non, très chère, minauda Suzanne en lui saisissant la main, n'y voyez aucune médisance de ma part, mais Isabelle était mon amie et… elle a profondément souffert de cette situation, au point qu'elle a fini par mourir de chagrin. Il ne me semble donc pas correct de vous laisser dans l'ignorance de cette abomination.

— Tant de prévenance me… sidère, railla Prudence, consciente que son interlocutrice était trop imbue d'elle-même pour percevoir la subtilité de son message.

— Mais c'est ainsi que se comportent les amies, ce que nous serons bientôt, j'espère.

Elle aurait aimé la détromper, mais son intuition lui disait que Ly-Ann allait adorer cette persifleuse à la langue acérée…

# Chapitre 12

Depuis la visite de Mrs Archibald, l'ambiance au château avait changé. Prudence ne pouvait pas prétendre qu'elle s'attirait plus de sympathie de la part des habitants des lieux ou qu'elle était plus entourée, d'autant que Mrs Barker était rentrée à Carling Hall, mais elle observait les échanges avec plus d'attention et notait des détails qui lui avaient échappé jusqu'à présent.

Zane continuait de la retrouver toutes les nuits, pour fuir sitôt qu'il l'avait possédée. Il regagnait ses appartements sans un regard pour elle, alors même qu'il jouait avec son corps avec une passion qui n'excluait pas la douceur. Une douceur qui la laissait le plus souvent affamée. C'était une réaction ridicule, mais elle se demandait s'il ne profitait pas de sa retraite pour rejoindre Margaret… Sur le fond, elle ne parvenait pas à y croire. Au-delà de l'adultère, Zane aurait ainsi trahi son meilleur ami ? Non ! La situation lui paraissait trop scandaleuse pour être véridique.

Néanmoins, elle ne pouvait nier la complicité qui régissait les relations entre son mari par procuration et la jeune femme. Cette dernière le tutoyait et s'autorisait des familiarités qui, en société, auraient été mal interprêtées. Prudence refusait pourtant catégoriquement d'y détecter un indice de leur malhonnêteté.

Elle ignorait ce qui la poussait à récuser aussi énergiquement cette hypothèse, mais elle avait le sentiment qu'il en allait de son intégrité. Être la maîtresse de l'époux de sa sœur était déjà assez humiliant pour qu'elle ne soit, en plus, qu'une alternative dont il riait, une fois dans les bras de celle qu'il aimait.

*Voilà que tu te laisses encore emporter*, ressassa-t-elle mentalement, tandis qu'elle marchait d'un bon pas sur la falaise. *La vérité, c'est que tu exclus la perspective que Zane se montre aussi passionné avec une autre, ou qu'il soit capable de singer un désir aussi ardent avec toi, alors qu'il fantasme sur une autre.*

Elle n'avait tout simplement pas envie qu'il soit l'amant d'une autre. L'idée, même, qu'il embrasse le corps de Margaret – ou de sa sœur – comme il se délectait du sien la… révulsait. Profondément.

Elle n'était pas naïve, elle avait conscience qu'elle était en train de se fourvoyer, voire de s'illusionner. Elle ne représentait rien pour Zane, mais le besoin de conférer du sens à son sacrifice, ou du moins de le rendre moins condamnable, la tenaillait quand, au cœur de la nuit, elle se débattait dans la solitude de ses draps froids.

Retroussant le nez, elle se morigéna violemment. Elle avait accepté son sort et devait arrêter de… rêvasser ? Oui, c'était exactement cela ! Son avenir incluait une tante malade et une maison fourmillant de courants d'air. Avec un peu de chance, et cela la comblerait assez pour justifier tous ses actes, Faith épouserait son fiancé le printemps venu et commencerait une nouvelle vie.

Elle descendit la volée de marches vers la plage, heureuse

de pouvoir enfin offrir son visage aux embruns, après six jours de tempête. La mer scintillait sous un soleil éclatant, renvoyant à l'état de souvenirs sa tristesse des derniers jours.

Ravie de jouir d'une totale liberté dans un cadre qui n'en finissait pas de la fasciner, elle se mit à courir et échoua, à bout de souffle, dans une crique minuscule. Sans se soucier de salir son manteau ou du froid qui lui engourdissait les membres, elle se laissa tomber sur les galets et renversa la tête en arrière pour scruter les nuages épars qui encombraient le ciel au-dessus d'elle.

Pendant un instant, elle oublia tout ce qui la perturbait, du mensonge qu'elle cautionnait aux frémissements de tout son être, dès que Zane se faufilait dans son lit.

Pendant un instant, elle balaya scrupules et ressentiment, colère et honte.

Pendant un instant, elle s'autorisa à respirer sereinement et à profiter de cette parenthèse d'éternité qui s'offrait à elle.

Le hennissement d'un cheval la tira de sa torpeur, alors qu'elle suivait une embarcation des yeux. Elle bondit aussitôt sur ses pieds et s'écarta du chemin du puissant étalon, trop éblouie par les rayons épars pour discerner autre chose qu'une silhouette mouvante.

Contre toute attente, l'animal ne poursuivit pas sa course. Il s'immobilisa à quelques pas d'elle, tandis que, la main en visière au-dessus des yeux, elle reconnaissait enfin le cavalier. Son cœur rata un battement, avant de s'emballer.

Zane sauta à terre, l'expression impétueuse, comme s'il l'avait surprise en fâcheuse posture. Une attitude qui sonnait telle une redite dans leur relation, songea-t-elle, envahie néanmoins d'une culpabilité ridicule.

— Que faites-vous ici ? l'alpagua-t-il, le front sévère.

— Je me promène.

Il la considéra un long moment sans broncher, puis désigna d'un geste grandiloquent le ciel, lequel s'était assombri à l'horizon depuis le début de sa flânerie. Prudence y jeta un bref coup d'œil avant de revenir au duc, consciente qu'il transpirait de réprobation. Elle ravala un grondement contrarié, peu encline à céder devant ces réprimandes qu'elle endurait depuis qu'elle était arrivée à Armydale. Quoi qu'elle fasse, Zane l'observait avec une amertume colorée de rancœur.

Elle aurait souhaité hurler à la face du vent son agacement, comme cela lui arrivait parfois à Polperro, mais sa gorge était sèche, perturbée qu'elle était par le spectacle que lui offrait son amant. Faisant fi des convenances comme à son habitude, Zane avait retiré sa redingote, et sa chemise pendait sur son pantalon, les pans largement ouverts sur son torse. Sa peau et ses cheveux étaient encore humides, comme s'il s'était baigné, de sorte que le tissu collait à son épiderme d'une façon suggestive.

Prudence sentit ses tétons se durcir et une faim dévorante lui nouer le ventre. Seigneur ! Comment pouvait-elle désirer un homme qui ne lui montrait aucun intérêt en dehors du lit ? Un homme qui n'était pas sien, de surcroît ?

— Il va pleuvoir, la rudoya-t-il. Vous seriez mieux au château.

— Le soleil est encore bien présent, et un peu d'eau ne me tuera pas, objecta-t-elle, agacée par cette remontrance qui s'ajoutait à toutes celles qu'il lui avait déjà adressées.

— Armydale n'est finalement pas à votre convenance ? ricana-t-il en retour. Vous espériez partager votre temps avec une société plus intéressante ?

— Quelle société ? Figurez-vous que mes exigences sont assez restreintes en la matière. Que l'on me parle serait suffisant et plus qu'appréciable.

— Suzanne Archibald n'a pas satisfait vos besoins de persiflage ? riposta Zane, le visage si caustique qu'elle en hoqueta de stupeur.

Comment osait-il lui reprocher l'attitude de cette femme ? Elle avait enduré sa bêtise, les lèvres pincées, pendant des heures, sans que quiconque ne vole à son secours.

— Elle, au moins, ne m'a pas dédaignée ! D'ailleurs, sans ses… indiscrétions, j'ignorerais encore que vous avez eu une première épouse !

— Mon passé ne vous concerne pas, très chère ! Et je ne saurais trop vous encourager à peser chacun des mots qui sortent de la bouche de cette vipère.

La colère lui brûla les joues. Elle en avait assez de lutter contre les réticences de Zane. Assez de se comporter poliment dans la perspective qu'on lui accorde la même courtoisie.

— Donc, je ne dois pas discuter avec celles que vous assimilez à des vipères, mais attendre sagement que l'un des habitants d'Armydale me considère avec assez de bienveillance pour daigner se souvenir que j'existe ?

— Il me semble que nous communiquons tous les deux, la provoqua-t-il, le regard braqué sur ses lèvres.

Elle sentit qu'elle s'empourprait davantage. Chaque soir, il la sommait de venir à lui et de lui offrir sa bouche, comme si, au travers de ces ordres, il se réappropriait leur mariage. Sa voix, veloutée, mais impérative, suffisait à faire courir des frémissements de plaisir sur sa peau et, bien que consciente de capituler trop vite, elle obtempérait, portée par le besoin de le sentir contre elle et d'oublier la glace qui sinuait dans ses veines.

Elle se vilipendait pour cette faiblesse, avant de se souvenir que cet homme serait à jamais son seul et unique amant. Quel mal y avait-il à ce qu'elle s'octroie le droit de profiter de leur alchimie au lit, alors que, bientôt, elle dormirait dans des draps froids ?

— Vous exigez et donnez des ordres, feula-t-elle. Ce n'est pas ce que j'appelle un échange.

— Qu'attendez-vous de moi, Ly-Ann ? siffla-t-il d'une voix trop onctueuse pour ne pas être dangereuse. Que je vous respecte ? Mais, très chère, cela se mérite !

— Je vous parle de politesse et de courtoisie, tempêta-t-elle, soudain lasse. J'ai bien compris que vous ne vouliez pas de moi ici, mais je ne disparaîtrais pas par votre seule volonté. Et je ne pense pas mériter votre hargne ni votre mépris.

— Venez là ! ordonna-t-il d'une voix sans appel, après quelques secondes de silence.

Zane songea qu'elle allait refuser. Curieusement, l'idée le galvanisa. Le menton dressé en signe de révolte, Ly-Ann le fusillait du regard. Chaque soir, elle se dotait d'un visage aussi buté, même si elle finissait languide dans ses bras. En vérité, il devait se faire violence pour la quitter et ignorer la blessure qui irisait ses yeux magnifiques, lorsqu'il désertait son lit.

— Encore et toujours des ordres ! grommela-t-elle.

— Venez là, Ly-Ann ! répéta-t-il, plus tranchant que jamais. Ne m'obligez pas à me déplacer jusqu'à vous.

Sa reddition, bien que récalcitrante, réveilla en Zane un sentiment de puissance si corrosif qu'il eut du mal à museler un sourire victorieux. Isabelle l'avait fait rire, avant de le décevoir, mais jamais il n'avait éprouvé avec elle ce besoin de possession viscéral. Il ne comprenait pas cet instinct irrépressible qui le poussait à désirer Ly-Ann, alors qu'elle ne lui inspirait que du dédain. Du dédain, mais pas de l'indifférence…

Il l'enlaça dès qu'elle se campa devant lui et baissa la tête pour capturer sa bouche. Un goût de sel traînait sur ses lèvres, mais rien ne valait sa saveur. Ni cette flamme qu'elle ne parvenait pas à brider, malgré ses poings crispés contre son torse.

— Vous êtes mienne, lui asséna-t-il en la maintenant fermement contre lui. Si votre sort vous déplaît, rappelez donc votre père. Je suis persuadé qu'il saura faire preuve de cette bienveillance que vous réclamez.

Impitoyable, il reprit la bouche tentatrice et la savoura longuement, ravi de sentir Ly-Ann s'attendrir entre ses bras. Il la relâcha à contrecœur, rêvant de lui ôter sa robe pour partir à la conquête de sa peau, puis réalisa qu'elle tremblait.

— Vous avez froid, constata-t-il. Seigneur ! Pourquoi êtes-vous sortie avec un manteau aussi léger ?

— Je n'en ai pas d'autres.

— Je vous ramène, nous irons plus vite à cheval.

Elle eut un mouvement de recul, les yeux écarquillés et rivés sur son étalon.

— Je nc sais pas monter.

— Votre père a manqué quelques leçons dans votre éducation…

— Je vous l'ai dit, il n'y a pas participé, et l'équitation est un luxe que ma tante ne pouvait se permettre.

— Ah ! Oui, j'oubliais : votre parente, pauvre et désespérée.

— Vous êtes…

— … Un mari prévenant et à l'écoute ? la contra-t-il, avant qu'elle ne libère sa rancœur. Sachez que j'ai acté hier le versement de la rente pour votre tutrice.

Bravant sa peur du cheval, elle le dévisagea, les yeux ronds comme des soucoupes. Son naturel, si surprenant chez une femme habituée à frayer parmi la bonne société londonienne et à user de ses charmes, n'en finissait pas de le désarçonner. Il l'avait soupçonnée de tous les vices, mais elle ne mentait pas en affirmant se montrer raisonnable. Depuis son arrivée, elle était même un modèle de vertu. Enfin, sauf dans son lit, où elle se révélait d'une passion flamboyante.

— Merci, répondit-elle avec une simplicité qui excluait toute minauderie.

— Rentrons maintenant ! déclara-t-il, soudain mal à l'aise.

Il se hissa sur son cheval et invita Ly-Ann à s'approcher, s'amusant de lire sur son visage une appréhension sincère.

— Je vais vous donner des leçons d'équitation, précisa-t-il en la soulevant pour l'installer devant lui, en amazone. Et nous allons régler la question de vos vêtements. L'hiver est rude par ici…

Elle s'appuya contre son torse, si contractée qu'il enroula une main autour de sa taille pour la maintenir contre lui et l'empêcher de chuter.

*Qui essayes-tu de tromper ?* se tança-t-il mentalement. Il avait envie de la sentir blottie contre lui. Avait envie de l'envelopper dans l'arceau de ses bras pour être certain qu'elle ne lui échapperait pas. Mais il n'avait rien à craindre, non ? Parce qu'elle lui appartenait !

# *Chapitre 13*

L'aube pointait à peine derrière la silhouette des montagnes lorsque Zane s'installa pour déjeuner. Sage lui tenait généralement compagnie à cette heure précoce, mais, pour une fois, il manquait à l'appel. Au contraire de Ly-Ann qui le rejoignit, l'air si pétillant dans sa robe émeraude qu'il resta un instant à admirer la grâce de ses gestes.

Pourtant, ce fut avec une réticence manifeste qu'elle s'assit en face de lui, après avoir croisé son regard. Il songea qu'il se montrait peut-être un peu trop rigide avec elle. Après tout, elle produisait des efforts notables pour s'acclimater à sa nouvelle vie, et il ne l'avait pas entendue une seule fois geindre ou larmoyer.

— Nous commençons ce matin, la prévint-il, quand elle porta sa tasse de thé à ses lèvres.

— Quoi donc ?

— Vos leçons d'équitation.

Elle réagit comme s'il y attendait, vu la terreur qu'elle avait manifesté devant son étalon. Elle reposa la tasse sur la table, les doigts tremblants, et écarquilla les yeux d'appréhension.

— Si tôt ? Ne pourrait-on pas…

— Vous devez braver votre peur des chevaux, la coupa-t-il avec une patience empreinte d'amusement. La jument à laquelle je pense est très douce. Vous n'aurez aucune difficulté à vous habituer à elle et, une fois que vous serez suffisamment en confiance, vous pourrez la monter. Cela demandera vraisemblablement quelques semaines. Il est donc nécessaire d'entreprendre ce travail maintenant, avant les grands froids.

— Très bien, grommela-t-elle entre ses dents.

Il sourit. Il l'avait vue en colère, parfois avec des éclairs de vulnérabilité dans les yeux ou le visage irradiant de désir, mais la frayeur dont elle témoignait à cet instant révélait un aspect de sa personnalité qui lui était encore inconnu. Curieusement, il retint avant toute chose la sincérité qui émanait d'elle, un tableau charmant, au point qu'il eut envie de l'étreindre pour la rassurer.

— Je vous conseille d'emprunter l'un des manteaux de Margaret. Il fait froid, ce matin.

Il patienta jusqu'à ce qu'elle ait fini de manger, toujours aussi surpris de la voir dévorer avec un appétit féroce. Il ne s'en plaignait pas : son corps s'était arrondi depuis son arrivée, et il raffolait de ses nouvelles courbes voluptueuses. Agripper ses hanches pleines pendant qu'il allait et venait en elle ou engloutir ses seins charnus étaient devenus ses passe-temps favoris. À cette idée, son sexe durcit, le renvoyant à un désir incandescent. Seigneur ! Même en dehors de leur chambre, elle le tentait ! Il dut se faire violence pour ne pas la basculer dans ses bras et l'emporter dans son lit.

Chassant cette pulsion indésirable, il vérifia qu'elle se couvrait suffisamment avant de l'entraîner vers les écuries. L'air piquant acheva de lui éclaircir la tête. Comme il s'y attendait, l'humidité renforçait l'effet de fraîcheur qui glissait sur son épiderme. Fort heureusement, le vent était tombé dans la nuit, de sorte que la température restait supportable.

Il décocha un coup d'œil à Ly-Ann, perplexe. Elle ne se plaignait jamais du froid, mais il devinait à la carnation souvent trop pâle de sa peau qu'elle n'était pas à son aise à l'extérieur dans ses vêtements printaniers. Et ce n'était pas tant qu'elle soit arrivée à Armydale aussi peu pourvue qui le questionnait, que son aptitude à endurer les désagréments sans desserrer les dents. La frivolité supposée de son épouse ne collait pas avec le tableau qu'elle lui offrait au quotidien, et nombre détails venaient renforcer sa conviction que quelque chose lui échappait à son sujet.

— Margaret s'est engagée à vous accompagner chez la couturière du village d'ici à la fin de la semaine, lui indiqua-t-il, en ramenant ses pensées à des éléments plus concrets. Ne regardez pas à la dépense, je désire que vous soyez équipée pour l'hiver.

Elle ne répondit pas, pas plus qu'elle ne marqua un enthousiasme prégnant à l'idée de renouveler sa garde-robe. Il étrécit les yeux, troublé. La capacité de Ly-Ann à se couler dans son monde était stupéfiante, mais il ne parvenait pas à se convaincre complètement qu'elle était sincère. Ou peut-être était-ce tout l'inverse, estima-t-il avec aigreur, ce qui expliquait qu'il soit aussi suspicieux. Ne pas réussir à cerner celle qui partageait son lit et le rendait fou de désir le mettait en rage.

— Bien, dit-il une fois devant la stalle de Sky.

La jument qu'il avait sélectionnée arborait une robe marron plutôt commune et des flancs larges qui lui avaient valu d'être exploitée comme poulinière par son ancien propriétaire. Séduit par son regard d'une très grande douceur et furieux du sort qui lui était imposé, Zane l'avait récupérée à bout de forces après une énième gestation qui avait failli la tuer.

— Sky est la monture parfaite pour vous, expliqua-t-il en pénétrant dans la stalle. Elle est d'une nature calme et adore les cajoleries. Venez.

Ly-Ann soupesa avec raideur la paume qu'il lui tentait et finit par répondre à son invitation, les traits crispés, témoins de son appréhension. Il sourit, mais se garda de se moquer. Il avait grandi au milieu de chevaux et comprenait que ces bêtes puissantes puissent effaroucher.

Quand il referma les doigts sur la main de Ly-Ann, il ne put s'empêcher d'apprécier qu'elle lui fasse assez confiance pour braver ses angoisses. C'était insignifiant, et peut-être bien ridicule, mais cela comptait assez pour qu'une partie de son cerveau enregistre l'information.

Sky s'ébroua avec sa bonhomie habituelle devant l'invasion de son box, mais ne bougea pas d'un pouce lorsqu'il commença à lui caresser l'encolure. Au contraire, elle étira le cou vers lui pour en réclamer davantage.

— Il y a une brosse derrière vous, indiqua-t-il. Pouvez-vous me la passer ?

Prudence s'exécuta sans perdre de vue l'animal. Sky avait beau être rondelette et avoir l'air nonchalante, elle était impressionnante. Et ses sabots, soupçonna-t-elle, avaient la capacité de la propulser hors de la stalle en une fraction de seconde.

Sa peur des chevaux lui paraissait démesurée lorsqu'elle

y réfléchissait, mais, en leur présence, elle n'oubliait jamais de se tenir à distance. Elle ignorait d'où lui venaient ses appréhensions, mais elles étaient tenaces. Trop pour qu'elle apprécie à sa juste valeur les efforts de Zane pour l'habituer à la jument. Des efforts inutiles, qui plus est, puisqu'elle serait partie avant même qu'il la hisse sur une selle.

— Voulez-vous essayer de la brosser ?

Refuser était alléchant, mais il ne la laisserait pas se défiler. Il était déterminé à ce qu'elle se familiarise avec ses chevaux, et elle commençait à mesurer son niveau d'obstination en toute chose. Un défaut qui l'agaçait prodigieusement, même si elle découvrait, au fil des jours, qu'elle appréciait ce travers. Parce que, si son amant se révélait entêté et irascible, il pouvait aussi manifester une souplesse déroutante dans sa manière de procéder. Comme le premier soir dans sa chambre, il œuvrait pour obtenir son dû, mais n'usait ni de violence ni de menace.

Sa voix aux accents impératifs savait se faire velours quand c'était nécessaire, au point qu'elle ne parvenait pas à lui résister. Pire, elle commençait à faire confiance à cet homme qui n'employait jamais de méthodes fallacieuses pour conquérir ce qu'il désirait, même s'il lardait, dans l'affaire, les contours d'une bienséance rassurante. Sa sincérité était finalement à son image : sauvage et brute.

Elle s'approcha de la jument, prête à détaler au moindre signe d'hostilité. Zane laissa fuser un petit rire, puis il l'attira contre lui et cala son dos contre son torse, l'enveloppant dans la chaleur de son corps. Elle se détendit imperceptiblement.

— Je vais vous montrer, lui murmura-t-il à l'oreille.

Il plaqua la main contre la sienne et l'orienta vers la robe soyeuse de Sky. Avec des gestes lents, il la guida, tandis qu'ils brossaient ensemble le pelage épais.

— Regardez comme elle apprécie…

Prudence se força à contempler la jument, mais son esprit vagabondait dans une tout autre direction. Zane avait enroulé un bras autour de sa taille, dans une attitude si protectrice qu'elle ressentait au creux de son ventre une étrange sensation de bien-être. Peu importe le ton sur lequel ils se défiaient, il demeurait avec elle d'une mesure versant souvent dans quelque chose qui, sans être de la douceur ou de la bienveillance, lui donnait l'impression d'être en sécurité.

Elle n'aurait pas dû s'attarder sur cette idée, ou même la gratifier d'une consistance tangible, pas alors que sa présence à Armydale était une parenthèse dans sa vie, mais elle s'accorda pendant une seconde le droit de savourer cette sensation. Et d'oublier qu'elle se découvrait affamée de cette certitude qu'elle n'était plus démunie pour affronter les vicissitudes du monde.

Son corps la trahit et se raidit légèrement tandis qu'elle mesurait l'écart entre ses rêves désuets et la réalité de sa condition.

— Faites-moi confiance, lui répéta Zane, son souffle frôlant la courbe de son cou, et je vous garantis que tout ira bien.

Le cœur lourd, Prudence raffermit son emprise sur la brosse et se concentra sur le mouvement régulier. Zane parlait de l'instant présent, mais elle ne put s'empêcher de se projeter sur son avenir. Elle aurait aimé s'accrocher à la promesse d'un lendemain meilleur, mais présageait que, contre toute attente, son passage à Armydale ne la laisserait pas indemne. Pas alors qu'elle commençait à regretter de ne pas avoir rencontré Zane dans d'autres circonstances…

# Chapitre 14

— Ce n'est plus très loin ! précisa Margaret en soulevant le bas de sa robe pour que la boue du chemin ne la salisse pas. Une fois que nous aurons traversé les bois, nous serons au village. Ce n'est pas très grand, mais nous avons la chance d'avoir une couturière très douée.

Prudence enjamba à son tour le ruisseau qui courait au milieu de la lande. Sous les rayons d'un soleil timide, la végétation luxuriante se parait de tant de nuances de vert qu'elle savourait la balade avec un plaisir libérateur. Au milieu des montagnes, le sentiment d'infini la galvanisait, à l'image de la vision de l'océan.

Le cœur presque léger, elle supportait l'attitude réfrigérante de Margaret d'autant mieux que son existence à Armydale s'était sensiblement améliorée depuis que Zane avait commencé ses séances d'équitation. Les silences gênés quand elle pénétrait dans une pièce s'étaient transformés en morne acceptation, et elle mesurait ces progrès avec soulagement.

Alors que, devant elles, la lande cédait le champ à une épaisse forêt, derrière, le château se nichait au centre d'un paysage à couper le souffle. Le regard de Prudence dériva vers l'unique bâtisse qu'elle apercevait alentour, une bicoque perdue au milieu d'une étendue sauvage et accidentée.

— Qui habite ici ? demanda-t-elle, curieuse.

— Personne. Une famille louait cette ferme il y a quelques années, mais elle a choisi de s'expatrier.

— Vraiment ? Je croyais les Écossais très attachés à leurs terres.

— Ils le sont, mais la pauvreté n'a jamais été aussi présente dans nos campagnes, déplora Margaret avec tristesse. Beaucoup ont décidé de tenter leur chance dans le Nouveau Monde.

Elle accéléra le pas, visiblement peu désireuse de s'étendre sur le sujet. Prudence respecta son silence et la rejoignit en profitant du paysage qui venait de changer. Le chemin serpentait le long d'un cours d'eau chantonnant, au milieu d'arbres dont le feuillage atténuait l'intensité de la luminosité. Le vent s'était apaisé, limitant l'âpreté de la vigueur automnale.

Fascinée par le jeu des reflets à la surface du ruisseau, elle musarda un instant sur la rive, le visage offert aux rayons du soleil, jusqu'à ce qu'un cri lui fige les sangs. Elle pivota sur ses talons et repéra, stupéfaite, une Margaret allongée sur le sol, les jambes englouties dans ce qui ressemblait à un trou.

— Mon Dieu ! Margaret !

Empoignant ses jupes, elle courut vers elle, alarmée de ne pas la voir se relever ou répondre à ses appels. Sa compagne de promenade était tombée dans une cavité qui, d'après les branchages épars autour d'elle, avait été comblée de façon rudimentaire.

— Margaret ! répéta-t-elle en s'agenouillant près d'elle.

Cette dernière, paupières closes, était livide et ne

bougeait pas. Prudence paniqua définitivement à la vue de la tache de sang qui mouillait sa tempe blafarde. Les gestes saccadés, elle épongea la plaie sans cesser d'implorer Margaret d'ouvrir les yeux. Elle manqua de s'évanouir de soulagement lorsqu'un gémissement sourd jaillit des lèvres pâles. Margaret était à peine consciente, mais respirait…

— Votre bourse ! hurla une voix dans son dos.

Sursautant violemment, Prudence s'affaissa avec maladresse sur les fesses avant d'affronter, la poitrine meurtrie par une peur primaire, un jeune homme à l'allure dépenaillée. Le cheveu roux hirsute et muni d'une fourche en guise d'instrument d'intimidation, ce dernier la toisait méchamment, prêt à attaquer.

— Votre bourse ! répéta-t-il plus fort.

En une fraction de seconde, Prudence comprit qu'elles étaient tombées dans un traquenard. Elle tressaillit lorsque leur assaillant se rapprocha, le fer de son arme pointé vers elle avec insolence. Il était jeune et sa main tremblait, mais elle pouvait lire une farouche détermination dans son regard noir. Il était aux abois…

— Je vous la donne, mais de grâce, mon amie a besoin d'aide…

Il s'essuya la bouche d'un revers de manche brusque avant d'affermir son emprise sur sa fourche.

— Lancez-la, ordonna-t-il.

Prudence ne chercha pas à résister. Elle obtempéra, effrayée à l'idée que son assaillant ne se contente pas de son argent. Elle aurait pu essayer de fuir, mais refusait d'abandonner Margaret, alors que la jeune femme représentait une proie facile. Les paupières papillotantes, elle semblait heureusement émerger des limbes.

— Connor ? s'éleva une voix douce. Qu'est-ce que tu... Miss Harrington ?

Surprise, Prudence mit quelques secondes à identifier la jeune fille qui venait de les rejoindre en surgissant des fourrés. Décoiffée et les joues recouvertes de terre, elle ne ressemblait plus à la domestique qui l'avait aidée à l'auberge, mais le feu de ses cheveux restait reconnaissable entre tous.

— Peigi ? souffla-t-elle, sidérée.

Celle-ci lâcha un cri outré en remarquant Margaret allongée sur le sol et injuria le bandit qui, penaud, baissa légèrement la garde.

Probablement alertée par le bruit, une femme plus âgée émergea à son tour des bois, la robe si sale et déchirée qu'elle menaçait de tomber en lambeaux. Elle détailla la scène, les yeux écarquillés, puis fusilla à son tour le voleur du regard.

— Connor Finnigan ! aboya-t-elle, le ton si dur que Prudence vit les épaules du garçon s'affaisser un peu plus.

— On en a besoin, se défendit-il en ramassant la bourse, un désespoir prégnant dans la voix.

— Tu as attaqué ces femmes pour les détrousser ? hoqueta Peigi, abasourdie. Maman ! C'est Miss Harrington, la lady qui m'a évité de perdre ma place.

— Pour ce que ça t'a rapporté, gronda Connor, exsangue. Cette saleté d'aubergiste t'a quand même jetée dehors comme une malpropre sans te verser ton dû !

— S'il vous plaît, plaida Prudence en basculant sur les genoux. Gardez l'argent si vous le voulez, mais... mon amie... elle a vraiment besoin d'être secourue. Elle saigne et...

Jurant entre ses dents, la mère de Peigi se précipita

vers Margaret, s'accroupit à ses côtés et palpa son visage, avant de lui relever la tête avec douceur.

— Il faut la sortir de ce trou. Connor, viens m'aider !

Margaret fut délicatement ramenée sur l'herbe fraîche près du ruisseau, et allongée sur le manteau de Prudence.

— Connor, va mouiller ce mouchoir, lui ordonna encore sa mère. Je ne pense pas qu'elle soit en danger, miss. Elle s'est évanouie sous le choc…

Puis, considérant son fils, elle lâcha une nouvelle bordée de jurons.

— Je m'appelle Beth Finnigan, miss, et je vous assure que vous ne risquez plus rien. Mon gredin de fils est un imbécile, mais il n'est pas méchant. C'est juste que…

Prudence dévisagea Peigi et se remémora ses confidences, à l'auberge. Une famille jetée dans le dénuement, voilà ce qu'elle avait devant elle. Connor avait dû penser que le vol résoudrait leurs problèmes…

— Un cheval approche, prévint-il à cette seconde, le front plissé d'anxiété. Il faut partir, maman.

— Nous n'abandonnerons pas cette jeune femme blessée sans nous assurer qu'elle soit secourue ! objecta Beth avec obstination. Peigi, place ses pieds sur tes genoux.

Puis elle frictionna avec vigueur les mains de Margaret et essuya de nouveau son visage lorsqu'une plainte fusa de sa bouche.

— Voilà, doucement, miss, murmura-t-elle.

— Merci pour votre assistance, dit Prudence, soulagée.

— Vous avez aidé ma fille, miss, alors que vous ne lui deviez rien. Ça compte, vous savez… Nous sommes pauvres et mon fils a peut-être cru que ça l'autorisait à s'emparer de ce qui ne lui appartient pas, mais nous sommes honnêtes.

Prudence comprenait ce langage et cette fierté tapie sous une couche de crasse et de misère. C'était parfois la seule chose qui maintenait debout.

Elle se redressa avec vivacité, prête à s'interposer, lorsque Zane immobilisa son cheval près du cours d'eau, furibond.

— Seigneur ! Que s'est-il passé ? cria-t-il en bondissant de sa monture.

— Margaret a fait une chute… et cette famille s'est portée à notre secours, débita-t-elle d'une traite, sans oser croiser son regard.

L'indifférence de Zane à son égard n'aurait pas dû la désarçonner, mais elle la meurtrit pourtant. Sans se soucier d'elle ne serait-ce qu'une seconde, il s'agenouilla près de Margaret et caressa son visage avec une tendresse si intime que Prudence sentit son cœur se serrer d'une émotion douloureuse.

— Zane, souffla Margaret d'une voix fragile.

— Tout va bien, je suis là.

Il lui saisit la main et la porta à sa bouche, si concentré sur elle que Prudence eut l'impression qu'ils s'isolaient du monde. Leur complicité n'était pas seulement flagrante, elle témoignait d'une vérité poignante. Trop pour que sa poitrine ne se contracte pas un peu plus.

— Margaret ! hurla Sage derrière eux.

— Elle est secouée, le rassura Zane en cédant la place, mais je ne pense pas que sa blessure soit grave.

— Je vais bien, murmura Margaret avec un pâle sourire.

— Je te ramène à la maison, et nous allons faire chercher le médecin, répondit son mari, intransigeant, avant de la soulever dans ses bras.

Prudence les suivit du regard tandis que Zane aidait son ami à installer Margaret en travers de ses cuisses sur son cheval. La jeune femme avait repris des couleurs, mais elle paraissait encore ébranlée, le visage contracté d'angoisse, comme si elle avait du mal à se rappeler le déroulé des événements.

Alors que le couple s'élançait sur la lande, Zane rebroussa chemin pour la rejoindre, si suspicieux qu'elle dut lutter pour ne pas baisser les yeux. Il ramassa sa bourse au passage et s'immobilisa une seconde devant l'endroit où Margaret avait chuté.

— Voilà un trou bien étrange. On pourrait croire qu'il a été creusé exprès.

— C'est ce que j'ai supposé aussi, répondit Prudence sans se démonter. Heureusement que les Finnigan sont venus à notre secours, sinon je n'aurais jamais réussi seule à en sortir Margaret.

— Évidemment ! Et c'est un hasard bien commode.

Le ton était empreint de doutes si explicites qu'une onde froide dévala la colonne vertébrale de Prudence. Elle se força à décrisper les poings et se para d'un sourire innocent.

— Il ne s'agit pas vraiment de hasard, en fait, expliqua-t-elle. J'ai rencontré Peigi lors d'une halte dans une auberge et… je lui ai proposé de venir à Armydale pour devenir ma femme de chambre. N'est-ce pas, Peigi ?

Elle inclina légèrement la tête et braqua un regard intense dans sa direction, essayant de transmettre à la jeune fille son message. Celle-ci l'examina pendant une seconde, abasourdie, puis hocha vigoureusement du chef.

— Oui, miss, confirma-t-elle à voix haute, la bouche tremblotante.

— Et vous veniez avec toute votre famille ? s'enquit Zane, sarcastique.

— Eh bien, reprit Prudence en s'humectant les lèvres, l'autre soir, vous avez mentionné que vous aviez du mal à former de bons palefreniers, et il se trouve que Connor, le frère de Peigi, est doué avec les chevaux.

— C'est vrai, monsieur, approuva Connor après un léger sursaut.

Prudence parcourut la distance qui la séparait de Zane et plongea dans son regard, déterminée à mener son stratagème jusqu'à son terme.

— Les Finnigan ont dû quitter leur propriété au décès du père, expliqua-t-elle à voix basse. Ils n'ont plus de toit et... je me disais qu'ils pourraient s'installer dans la ferme que l'on aperçoit de la route... Elle est vide et...

— Vous plaisantez ? fit-il, les yeux étrécis de méfiance.

— N'est-ce pas le rôle d'un duc d'accorder sa mansuétude à ceux qui se trouvent dans le besoin ? Les Finnigan ne demandent pas l'aumône, mais du travail et un toit.

Zane la considéra en silence, si taciturne que Prudence songea qu'elle avait échoué à le convaincre.

— Très bien, répondit Zane après un long silence. Après tout, vous êtes ma duchesse, et je m'en voudrais de réprimer un tel élan de générosité. Surtout venant de votre part...

Il haussa un sourcil sardonique devant la moue indignée que Ly-Ann lui opposa à ces mots, et durcit volontairement le ton.

— Mais soyez sûre que je ne leur accorderai aucun

traitement de faveur. S'ils ne travaillent pas pour gagner leur pain, ils quitteront mes terres !

— Cela va sans dire, répliqua-t-elle avec hauteur.

L'œil tempétueux, elle était tellement vibrante de vie qu'il sentit son corps réagir avec vigueur. S'ils avaient été seuls, il n'aurait pas hésité une seconde à la museler d'un baiser passionné. Il réprima cet élan, conscient qu'une autre vérité, bien plus gênante, affleurait derrière le désir : il commençait à admirer sa femme et son entêtement rafraîchissant...

— Enfilez mon manteau, ordonna-t-il pour dissimuler son trouble.

Et, joignant le geste à la parole, il l'enveloppa dans le vêtement épais, incapable de résister à son besoin de l'attirer au creux de ses bras.

# Chapitre 15

Sept jours après l'incident dans la forêt, Margaret s'était complètement rétablie, même si Sage continuait de la couver d'un air protecteur dès qu'elle bougeait. Bien que plus discret, Zane veillait lui aussi sur elle, accentuant chez Prudence le sentiment d'être la spectatrice d'une tragédie qui l'excluait.

Son seul réconfort tenait au fait que les Finnigan s'étaient installés dans la ferme au milieu de la lande. Peigi avait rejoint son service, pendant que Connor investissait les écuries. Le jeune bandit s'était métamorphosé en employé modèle et se révélait, fort heureusement pour elle, plutôt doué avec les chevaux.

Beth avait décidé de son côté qu'elle ne pouvait accepter la bonté du duc sans contribution. Elle œuvrait là où l'on avait besoin d'elle, tout en gardant un œil sur ses cadets, des jumeaux intrépides qui n'aimaient rien tant que traîner dans la cour d'Armydale.

Zane les avait observés avec une réserve prudente, mais avait fini par baisser la garde, satisfait de leur investissement. Prudence était cependant persuadée qu'il n'avait pas cru un traître mot de ses mensonges pour protéger la famille. Mais, au moins sur ce point, elle n'éprouvait aucune culpabilité à avoir travesti la vérité.

— Votre Grâce, l'interpella Peigi en revenant des cuisines avec un plateau de thé. Votre père vient d'arriver et il demande à être reçu. Il patiente dans le petit salon.

Prudence se renfrogna illico et aspira une profonde bouffée d'air pour apaiser les battements erratiques de son cœur. Le retour de Henry signifiait qu'elle serait bientôt libérée de cette mascarade, mais une part d'elle rechignait avec virulence à cette idée. Et elle n'était pas bien certaine de désirer sonder ce sentiment.

— Merci, Peigi.

— Voulez-vous que j'apporte votre thé en bas ?

— Oui, merci.

Lissant le devant de sa robe pour raffermir son courage, elle quitta sa chambre pour rejoindre son père. Fidèle à lui-même, il affichait une morgue insolente. Il avait dû toucher une partie de la rente allouée par Zane, car il avait remplacé ses vêtements usés par une tenue de premier choix. Sa redingote, tout comme son pantalon, avait été taillée dans le meilleur tissu et dévoilait la chaîne d'une montre à gousset que Prudence ne se souvenait pas avoir jamais vue.

— Ly-Ann, siffla-t-il avec un air trop affecté pour ne pas être désobligeant. Le mariage vous réussit, apparemment. Le duc n'est pas présent au château, m'a-t-on signalé ?

— Il s'est absenté pour la journée.

— Bien, bien, nota-t-il, son rictus moqueur s'élargissant sensiblement.

Prudence lui renvoya la politesse, pressée que leur tête-à-tête s'achève. Ils n'avaient pas simplement rien à se dire : l'homme la révulsait, et son attitude plus conquérante que jamais l'indisposait sans qu'elle soit capable de mettre le doigt sur ce qui la chiffonnait. Son père l'avait toujours ébranlée, mais son œil porcin s'agrémentait d'une confiance qu'elle ne lui avait jamais vue. Pas même lorsqu'il fanfaronnait autrefois…

Elle laissa Peigi leur servir le thé, puis congédia la jeune fille, peu désireuse qu'elle écoute leurs échanges.

— Partez-vous bientôt pour la Cornouailles ? demanda-t-elle, déterminée à paraître détachée.

— Dans l'heure, répliqua-t-il sans la quitter des yeux. J'imagine que cela vous soulage ?

— Quand pensez-vous être de retour ? éluda-t-elle.

Il la considéra en silence pendant un instant, puis haussa les épaules avec désinvolture.

— J'ai gagné quelques biens à Inverness et je prévois de m'arrêter à Londres pour m'assurer de leur validité, mais cela ne prendra pas plus de quelques jours. Quelques semaines tout au plus, si on compte le temps de trajet.

— Le voyage de retour ? s'enquit-elle en déglutissant péniblement.

Il se rapprocha d'elle, un rictus amusé sur les lèvres.

— Je vous ramènerai directement, n'ayez crainte. Renoncer à tant de splendeur ne sera pas trop difficile ? se moqua-t-il en détaillant sa robe neuve et la parure à son cou.

— Les personnes comptent plus que les lieux, dit-elle sans bien saisir pourquoi son cœur se contractait douloureusement à ces mots.

Ou peut-être ne le savait-elle que trop bien ? Fermant son esprit à ce genre de pensées, elle se concentra sur son père et les consignes qu'il débitait rapidement. Elle nota qu'il exigeait qu'elle reparte avec la seule robe qu'elle portait à son arrivée, et qu'il lui interdisait de transmettre la moindre nouvelle à Faith dans l'intervalle.

— Si vous vous montrez raisonnable jusqu'à notre départ, je verserai une somme supplémentaire substantielle à votre tante dès que nous atteindrons Polperro.

— Je me suis assurée qu'elle soit à l'abri du besoin, lâcha Prudence en réalisant son erreur à l'instant où elle refermait la bouche.

— Pardon ? Qu'avez-vous fait, petite idiote ?

— Rien de dommageable pour vos intérêts ! J'ai simplement obtenu une rente annuelle pour elle.

Contre toute attente, il explosa de rire.

— Seigneur ! Qui aurait pu croire que la si dévouée et innocente Prudence réussirait à retourner le cerveau de cet abruti de Mac Fergall ! Vous devez être sacrément douée au lit… Bravo ! Mais vous devriez encourager votre… époux à s'occuper de sa propre famille avant d'aller secourir des mendiantes comme Abigaïl.

— Ma tante n'est pas…

Prudence se statufia, offusquée par la suffisance abjecte de son père. Un cigare à la main, il humait le tabac froid, manifestant une telle décontraction que toutes ses alarmes internes se mirent à brailler. S'il n'avait pas souvent fait de halte à Polperro, elle n'en avait pas moins appris à décrypter la menace qu'il représentait à chaque fois qu'il avait essayé de les mystifier.

— Pourquoi dites-vous cela ? murmura-t-elle, intriguée.

— Mrs Barker est une femme pleine de ressources, ricana-t-il.

— Que vient faire Mrs Barker là-dedans ?

— Je me suis arrêté à Carling Hall, figurez-vous,

en revenant ici. Barker n'a peut-être plus d'argent à miser, mais il a su trouver une alternative qui satisfait grandement la société qui se presse chez lui…

Prudence ouvrit la bouche, puis la referma, consternée. John Barker n'avait pas assisté à son mariage, relégué à Carling Hall comme un malpropre, mais elle avait surpris assez de conversations, depuis son arrivée à Armydale, pour deviner quel genre d'hommes il était. Si Zane n'en ignorait rien, avait-elle découvert, il n'avait pu empêcher sa mère de repartir chez elle.

— Soyez plus clair ! exigea-t-elle, apeurée pourtant à l'idée d'entendre la suite.

— Ne me donnez pas d'ordres ! s'offusqua Henry en lui saisissant violemment le bras. Vous n'êtes pas duchesse ! En vérité, vous n'êtes rien et vous retournerez bientôt à la solitude de votre existence médiocre.

Le regard malveillant, il la jaugea sans complaisance et ricana lorsqu'elle lâcha une plainte de douleur.

— Mais soyez certaine que, si vous me trahissez, même ce simulacre de vie vous paraîtra bienheureux. Ne me décevez pas, Prudence !

— Qu'avez-vous fait à la mère de Zane ? insista-t-elle malgré la poigne qui n'en finissait pas de lui meurtrir les chairs.

Il garda le silence pendant une éternité, puis un rictus conquérant, et déplaisant surtout, incurva sa bouche mince.

— Eh bien, disons qu'elle est encore bien belle pour une femme de son âge, gloussa-t-il. Et sa peau… d'une douceur si parfaite… Voilà le genre de dédommagements qui ne se refuse pas autour d'une table de jeu !

— Mon Dieu ! s'insurgea Prudence, accablée par ces révélations. Vous… vous…

— Je suis un homme, riposta-t-il en la relâchant enfin, son dédain fiché sur les lèvres. Et j'aime que l'on me paye ce que l'on me doit ! Mais, non, soyez rassurée, je n'ai pas outragé la mère de votre duc. Je ne suis pas stupide, je sais ce qu'il m'en coûterait. D'autres, cependant, n'ont pas fait preuve de la même retenue. Il me semblait intéressant que votre époux en soit informé.

Il éclata de rire, si retors dans son expression que Prudence comprit qu'il savourait les malheurs de Corinne Barker au moins autant que l'idée que Zane n'ait pas été capable de la protéger.

— Quant à vous, n'oubliez jamais que, tout comme Mrs Barker doit obéir à son mari, votre avenir m'appartient. Maintenant que vous êtes déshonorée, je pourrais vous réserver un sort à l'avenant…

La menace n'était pas nouvelle, mais le poids de la détermination de Henry ne lui avait jamais paru aussi abrupt. Elle pâlit et recula d'un pas, assommée par le silence tonitruant qui les enveloppait.

Heureux d'avoir été compris, son père courba l'échine avec moquerie et déguerpit dans un éclat de rire sardonique.

Prudence s'affala dans un siège, le souffle court. Elle aurait dû paniquer en ce qui concernait son propre sort, mais Corinne Barker occupait toutes ses pensées. Ce que son père avait insinué… Non, elle ne pouvait croire que cela soit vrai… Pourtant… Incapable de rester inactive, elle sauta sur ses pieds et se mit à marcher de long en large.

Il fallait qu'elle alerte Zane ! Qu'elle le persuade

d'aller chercher sa mère pour la ramener, là où elle serait à l'abri. Qu'elle...

Elle lança un coup d'œil par la fenêtre. Il était encore tôt et, si Zane avait promis de rentrer avant la nuit tombée, cela lui laissait de longues heures à patienter. Énervée, elle s'élança vers les falaises, nourrie par le besoin viscéral de s'apaiser au contact de la mer.

Des larmes de rage lui brûlèrent les yeux tandis qu'elle maudissait ce père qui n'en finissait pas de l'écœurer. Sa tante lui avait certifié qu'il n'avait pas toujours été ainsi, qu'il avait réellement aimé sa mère, mais chaque jour lui apportait la preuve de son égoïsme et de sa cupidité. Et, comme une idiote, elle s'en était fait la complice.

Lorsqu'elle regagna le château, elle était épuisée physiquement, mais pas son esprit.

— Sa Grâce est-elle rentrée ? s'empressa-t-elle de demander au premier domestique croisé.

— Il est dans sa chambre.

Un espace qui lui était interdit...

Bravant cet ordre explicite, Prudence fonça vers les appartements de Zane et pénétra dans la pièce sans s'annoncer, de peur d'être éconduite. Le lit immense attira derechef son attention. Drapé de rideaux épais, il occupait l'essentiel des lieux et baignait dans une lumière diaphane. Elle nota machinalement les vêtements abandonnés sur le sol et se mordit les lèvres lorsque le doux suintement de l'eau l'avertit que Zane se détendait dans un bain, dans le boudoir voisin.

Elle s'approcha à pas mesurés, consciente qu'elle se faisait le témoin d'une intimité qui lui était refusée. Elle se demanda, la bouche pleine d'amertume, si Ly-Ann aurait accès à ce genre de privilèges. Ou si Margaret pouvait d'ores et déjà s'en glorifier.

La vision de Zane, en tout cas, réactiva en elle un besoin primitif. Elle s'enfonça les ongles dans la paume pour résister à son envie de caresser les épaules nues qui s'exposaient devant elle.

Il lui tournait le dos, immergé dans un tub assez grand pour lui permettre de s'allonger entièrement. Sa tête reposait sur un coussin de serviettes, tandis que ses cheveux humides ruisselaient sur sa nuque. Sa carrure, qu'elle connaissait pourtant sur le bout des doigts, ne lui avait jamais paru aussi puissante alors qu'il était détendu. La faute à la lumière du jour qui auréolait sa peau d'une énergie à laquelle les flammes d'un feu de bois ne parvenaient pas à rendre hommage ?

Aucun homme ne l'avait jamais troublée comme lui, en tout cas. Pas même Charles, dont elle s'était crue éprise…

Elle cessa de respirer lorsqu'il se pencha en avant, probablement pour savonner son corps, et sentit son cœur se serrer comme à chaque fois que son regard s'attardait sur les marques qui zébraient sa peau. Bravant sa timidité, elle lui avait demandé, un soir, d'où elles venaient, mais il s'était refermé comme une huître, témoignant d'un rejet qui la meurtrissait encore profondément.

Une main plaquée sur la poitrine, elle poussa un léger soupir douloureux. Zane l'entendit pourtant. Vif et alerte, il émergea du tub, prêt à bondir sur elle. Prudence fit un bond en arrière, fauchée par un mélange de peur et de sidération. Elle l'avait déjà vu nu et caressé jusqu'à plus soif, mais, à cette seconde, elle comprit qu'elle serait incapable de permettre à un autre de la toucher aussi intimement. Elle avait certes perdu ce droit en l'accueillant dans son lit, mais elle n'en prit véritablement conscience qu'à cette seconde où il lui apparut la peau humide et les muscles saillants.

Et cette révélation n'avait rien à voir avec la bienséance, non… c'était beaucoup plus primaire. Comme une reconnaissance instinctive qui l'effaroucha assez pour qu'elle égare le fil de ses mots. Son dos lacéré ne diminuait pas la force de cette attraction, tout au contraire, parce qu'il manifestait une vérité toute simple : avant d'être ce colosse puissant, il avait été maltraité et soumis au pouvoir d'une volonté pervertie.

Une vérité qui lui donnait envie de connaître ses secrets et de panser ses blessures…

— Est-ce votre beau-père, le responsable ? osa-t-elle de nouveau demander, son esprit ayant formé assez d'hypothèses pour qu'elle en arrive à cette conclusion. Est-ce lui qui vous a battu ?

— Ly-Ann ! tonitrua-t-il, accusateur.

Le prénom de sa jumelle, telle une gifle magistrale, la ramena sur terre. Lui rappela que tout ce qui touchait à l'intimité de cet homme ne lui appartenait pas. Et que cela ne changerait jamais…

Elle détourna le regard, peinée, et regagna la chambre principale, incapable d'endiguer le tremblement de ses mains.

— Je… je suis désolée… je… J'ai besoin de vous parler.

— Ça ne pouvait pas attendre ? râla-t-il. Sortez de mes appartements et…

— Non !

— Non ? répéta-t-il d'un ton dangereux. Je vous ai dit que…

Il la rejoignit tout en nouant les pans de son peignoir, l'œil si sombre qu'elle manqua de détaler. Puis elle se rappela les paroles de son père et le dégoût qu'elle avait éprouvé à l'idée que…

Elle ouvrit la bouche pour se justifier, mais il ne l'entendait pas de cette oreille. Il referma les doigts sur son bras pour la rapatrier vers la porte, appuyant sans le savoir à l'endroit exact où Henry l'avait rudoyée. Elle lâcha un cri de douleur, avant de sceller les lèvres lorsqu'il braqua un regard inquisiteur sur elle.

— Quoi ? fit-il en la libérant aussitôt.

— Rien, je…

— Rien ? gronda-t-il.

Elle n'eut pas le temps de s'opposer à lui ou d'anticiper son geste. Zane la saisit par le poignet et tira sur sa robe pour dénuder son buste. Elle se retrouva à moitié déshabillée devant lui et se statufia en même temps que lui lorsqu'ils repérèrent l'énorme bleu qui lui zébrait la peau.

— Qui vous a brutalisée ? s'enquit-il avec fureur.

Le spectre de ses cicatrices flotta une seconde entre eux, avant qu'il ne grogne pour attirer son attention sur son hématome. Peu importe ce qu'il avait vécu, elle comprit qu'il ne tolérerait jamais qu'elle ou quiconque soit malmené sous son toit.

— Je…, bafouilla-t-elle, touchée par ce qu'elle lisait dans ses yeux.

— Qui ?

— Mon père… mais il ne l'a pas fait exprès. Il m'a saisie un peu fort, c'est sans importance.

— Vous êtes mon épouse ! Il n'a pas le droit de vous toucher, surtout si c'est pour vous blesser ! Est-ce habituel ? Vous a-t-il déjà…

— Non ! le coupa-t-elle avec impatience. Écoutez, vraiment, ce n'est pas grave.

Il ne l'écoutait plus. Grommelant entre ses dents, il lui effleurait le bras avec une onctuosité qui l'ébranla intimement. Colosse aux manières frustes, il se montrait toujours d'une extrême douceur lorsqu'il la caressait. Et il réveillait systématiquement des frissons d'une délicieuse sensualité sous sa peau, comme s'il maîtrisait tous les secrets de son corps.

Lorsqu'il rompit enfin le contact, elle frémit sous le lent regard lascif qu'il promena sur sa poitrine à demi dévêtue. Elle remonta sa robe avec des gestes maladroits, ce qui l'amusa visiblement. Mais pas longtemps…

— Où est-il ? exigea-t-il de savoir, bras croisés sur son torse massif, en une expression si buttée que Prudence dut contenir un sourire entre attendrissement et exaspération. Personne ne vous rudoiera sous mon toit, encore moins votre abruti de père !

Il l'obligea à s'asseoir sur le lit et sortit d'une commode un flacon de crème.

— J'utilise cela pour les ecchymoses. Cela soulage de la douleur. Baissez votre robe, Ly-Ann.

— Laissez ! Je peux m'en charger et…

— Ne vous obstinez pas ! Votre pudeur est rafraîchissante, mais je connais chaque courbe de votre corps.

Les joues de Prudence s'enflammèrent, mais pas de gêne. Zane avait terrassé sa timidité au fil des nuits, mais en la soignant, il investissait un domaine qui flirtait avec une autre forme d'intimité. Et, alors qu'elle avait admis sans difficulté son désir pour lui et le pouvoir qu'il possédait sur ses sens, elle ne savait pas comment gérer cet étrange revirement. Pas plus que la révélation qu'il avait un jour été la victime d'un monstre.

Indifférent à ses tourments intérieurs, Zane appliquait la crème sur sa peau avec la même concentration redoutable qu'il employait pour toute chose, comme si elle lui était précieuse. Sa respiration s'accéléra à mesure qu'il dessinait des cercles de plus en plus larges sur son épiderme.

Il ne s'arrêta pas là. Après avoir reposé le flacon il se pencha pour picorer son cou de baisers, puis lui mordilla le lobe de l'oreille, tandis qu'il insinuait une main sous le tissu de sa robe. Il lui engloba un sein et le malaxa jusqu'à ce qu'elle lâche son vêtement et s'expose à son regard brûlant.

— Voilà qui est mieux, déclara-t-il dans un souffle. Je vais m'occuper de vous, avant d'aller dire deux mots à Henry.

Prudence cilla, tirée d'une torpeur enchanteresse par l'implacable réalité.

— Il est parti. Je… Il faut que je vous parle de votre mère.

— Quoi, ma mère ? aboya-t-il, de nouveau sur ses gardes.

Elle grimaça. Quelle serait la meilleure façon de présenter les choses sans paraître désobligeante ?

— Mon père s'est arrêté à Carling Hall avant de venir ici.

— Il sait pourtant que John n'a plus rien à miser.

— Eh bien, il semblerait que ce ne soit pas tout à fait vrai…

Zane haussa les épaules avec désinvolture et quitta le lit pour aller se servir un verre. Prudence en profita pour se réajuster, regrettant déjà l'étreinte réconfortante de ses bras.

— J'ai nommé un intendant qui a tout pouvoir, si d'aventure John essayait de vendre les meubles, annonça-t-il avec confiance. Quant aux objets de valeur, il n'y en a plus un seul sur place.

Elle se mordilla les lèvres, plus gênée que jamais.

— Il en reste pourtant un…, murmura-t-elle en s'empourprant.

— Allez-vous enfin être claire, Ly-Ann ? s'impatienta-t-il.

— Seigneur ! Je… Il semblerait que votre beau-père… Qu'il propose… Qu'il utilise votre… mère pour payer ses dettes de jeu.

— Qu'il utilise ma mère ? répéta-t-il, soudain pâle comme la mort.

Prudence plaqua son poing contre sa bouche lorsque le verre vola dans les airs pour exploser contre le mur derrière elle. Zane n'était pas seulement furieux, il débordait d'une violence qui la laissa pantoise. Pourtant, au lieu de ruer, il demeurait statique, les muscles du visage figés en un masque impitoyable, comme s'il s'efforçait de brider ses émotions.

Refusant qu'il se consume de rage, elle dompta son appréhension pour se rapprocher de lui. Elle appuya avec douceur une main sur son bras et riva son regard au sien.

— Allez la chercher, murmura-t-elle. Sans tarder.

Zane la toisa bizarrement, avant de frôler la ligne de sa mâchoire. Puis, d'un geste brusque, il la ramena contre son torse et courba la tête pour s'emparer de sa bouche. Il l'embrassa brutalement, exigeant d'elle qu'elle se soumette.

Prudence décela pour la première fois un autre besoin derrière cette vigueur dévorante, celui de se rassurer ou de s'ancrer dans un monde où les sensations remplaçaient les émotions comme la colère. Bouleversée, elle glissa les mains sur la nuque de Zane et se laissa soulever et plaquer contre le mur. Elle offrit sa fougue et sa tendresse, en même temps que son corps et sa bouche.

Cela sembla le rasséréner, assez en tout cas pour qu'il s'alanguisse progressivement contre elle. Il finit par reculer d'un pas, fourragea dans sa chevelure encore humide et lui destina un regard empreint d'une telle faim qu'elle tressaillit.

— On en reparlera, déclara-t-il d'une voix plus rauque qu'à l'accoutumée. Attendez-moi ici ! Je veux vous trouver dans ma chambre à mon retour !

# Chapitre 16

La caresse légère d'une main sur son visage…

Un souffle chaud dans son cou…

Prudence émergea du sommeil en battant des cils, désorientée pendant une fraction de seconde lorsqu'elle réalisa qu'elle n'était plus seule dans la chambre de Zane. Depuis qu'il était parti, deux jours plus tôt, elle respectait ses consignes et se couchait dans son lit, priant pour qu'il revienne sain et sauf de son expédition.

Lorsqu'il apparut dans son champ de vision, à la lueur d'une chandelle, le regard si intense qu'elle cessa de respirer, un nœud se relâcha dans sa poitrine.

— Vous êtes là, bafouilla-t-elle, soulagée au-delà des mots.

— J'arrive à l'instant.

— Votre mère ?

— Elle est ici, mais… Nous en parlerons plus tard.

Les yeux de Zane brillaient d'une telle avidité qu'elle déglutit péniblement, happée par le besoin viscéral de le toucher. Il ne lui en laissa pas le temps. Grimpant souplement sur le lit, il s'installa à califourchon au-dessus d'elle, l'emprisonnant sous son corps massif. Une fois de plus, au lieu de se sentir écrasée ou dominée, elle eut l'impression d'être enveloppée dans un arceau de volupté brute et de pouvoir se lover contre cet homme qui semblait taillé pour affronter n'importe quelle tempête.

Qu'elle sache désormais qu'il n'avait pas toujours été le roc qu'il incarnait la touchait à un niveau fondamental. Même s'il ne montrait jamais ses faiblesses et ne lui révélerait jamais ses secrets les plus intimes, il avait vécu son lot de malheurs, ce qui, non seulement le rendait plus accessible, mais expliquait aussi sa réserve réfrigérante ou qu'il manifeste de la tendresse à son égard en dépit de cette épaisse couche de glace… Son cœur n'était pas de pierre, mais abîmé.

Pour l'heure, les cheveux en bataille, il luttait contre un ouragan qui se reflétait dans ses yeux. Troublée par cette gravité, Prudence se concentra sur son corps et sa fascination pour la virilité qu'il dégageait : il ne portait plus que son pantalon et une chemise ouverte sur son torse. Sous la lumière diffuse de la bougie, sa peau se parait de lueurs de bronze, impression renforcée par le roulement de ses muscles.

Elle se mordilla les lèvres, son envie de le caresser formant un nœud douloureux dans son ventre. Lorsqu'elle osa, enfin, lever la main, elle suspendit son geste, en apercevant la zébrure violacée sur son cou.

— Vous vous êtes battus ? hoqueta-t-elle, ses doigts courant sur la marque.

— Plus tard ! gronda-t-il, avant de s'emparer de sa bouche.

Il l'avait déjà embrassée. Merveilleusement bien. Divinement bien. En vérité, à chaque fois, il l'avait entraînée dans un tourbillon de sensations furieuses. Mais là… Il n'exigeait pas uniquement que son corps souple se moule contre le sien ou qu'elle lui accorde sa pleine attention, non, il l'invitait à assouvir sa faim, mais aussi à l'apaiser.

Incapable de lui refuser sa tendresse, Prudence lui agrippa les épaules pour l'attirer plus près d'elle, déterminée à bannir les ombres avec les seules armes qui les rapprochaient : la passion.

S'enhardissant, elle déposa une série de baisers sur la ligne de sa mâchoire lorsqu'il tira sur sa chemise de nuit pour lui dénuder les seins. Il était presque trop brusque, débordé par une colère qui, pourtant, ne la blessait pas. Au contraire, elle aimait qu'il se montre farouche et impétueux dans leur lit, comme s'il ne parvenait pas à endiguer le plaisir qu'il ressentait pour elle. Pour elle, et pas pour une autre…

Elle s'arqua sous ses caresses, la bouche entrouverte pour libérer les gémissements irrépressibles qui roulaient dans sa gorge. Zane s'en nourrissait, picorant sa peau de nouveaux baisers. Puis il lui empoigna un sein et joua avec son mamelon pendant qu'il traçait de la langue un chemin humide sur son ventre.

— Écartez les jambes pour moi, exigea-t-il soudain. Je veux vous goûter.

Elle rougit devant l'indécence de cette requête. Zane lui frôla la cuisse du bout des doigts, le regard braqué sur elle comme s'il essayait de percer ses secrets.

— Mais…

Il remonta le long de son corps, impérieux, et lui renversa la tête en arrière, la main enfouie dans ses longs cheveux. À son tour, Prudence ne résista pas au besoin de balayer les mèches blondes qui barraient le front de son amant. Elle l'avait trouvé impressionnant lors de leur première rencontre, effrayant même, mais il était surtout d'une beauté qui la bouleversait.

— Vous aimez ce que je vous fais avec ma bouche ?

— Je… Oui…

— Alors, laissez-moi vous montrer le chemin d'un plaisir encore plus grand. Faites-moi confiance !

Pantelante, elle acquiesça de la tête. Le rictus de Zane, en retour, lui donna la chair de poule, mais elle oublia toutes ses réticences lorsqu'il s'installa entre ses cuisses et commença à… Dieu ! Elle se cambra sous sa langue, sidérée d'être harponnée par des sensations d'une volupté inouïe.

La colonne vertébrale arrondie, elle se tortilla sous les mains de Zane, au point qu'il s'arrima à ses hanches pour la maintenir en place. Ainsi immobilisée, elle agrippa les draps pour dompter les vagues de jouissance qui lui arc-boutaient le dos. L'emportaient. La noyaient. La liquéfiaient.

L'explosion finale la laissa hébétée et repue… Elle retomba sur le matelas, languide et essoufflée.

Zane remonta le long du corps de Ly-Ann tout en continuant de déposer des baisers sur sa peau d'albâtre. La toucher, la caresser encore et encore, il ne s'en lassait pas, conscient qu'il en devenait dépendant. Sa peau était si douce sous ses lèvres qu'il n'en finissait pas de la savourer à petits coups de langues sensuels ou de morsures délicates. L'envie d'apposer sa marque sur elle, sur chaque parcelle de sa silhouette, l'entraînait dans la danse la plus voluptueuse qu'il ait jamais connue…

Pourtant, il se força à se redresser au-dessus d'elle.

Ce qu'il voulait admirer, là, tout de suite, c'était l'éclat de la jouissance sur son visage. Elle l'observait entre ses cils, si pure et si pétrie d'innocence dans l'expression de sa satiété, qu'il eut l'impression que des griffes acérées s'enfonçaient dans sa poitrine.

— Alors ? s'enquit-il en frôlant la courbe plantureuse d'un sein.

— Je pense que je peux vous accorder ma confiance, répondit-elle en écho à sa demande précédente.

Il retint sa respiration. Il savait que Ly-Ann se référait au sexe et uniquement au sexe, mais les serres plongèrent plus profondément dans ses chairs, jusqu'à effleurer son cœur. Il prisait la loyauté sur toute autre qualité et, en trahissant les confidences de son père, elle lui avait, d'une certaine façon, prouvé qu'il pouvait se fier à elle, même si ce n'était que partiellement.

Cela signifiait déjà beaucoup pour lui. Plus que ce qu'il avait été prêt à consentir dans ce mariage branlant. Il aurait dû être en colère ou déstabilisé, mais, au fond, il se sentait comblé d'une façon qu'il ne s'expliquait pas.

Il avait fini par admettre, même si cela tenait de l'hérésie, qu'il la désirait comme aucune autre avant elle. Parce qu'en dépit de sa fougue et de sa force, elle lui accordait une reddition totale dans leur lit ? Ou parce qu'elle le dévisageait avec une sorte de confiance qui puisait dans les failles de son être, même après avoir aperçu son dos lacéré ?

Il y avait de cela, indubitablement, mais, en agissant pour défendre sa mère, elle avait également gagné sa protection. Et pas simplement celle de son nom. Non ! Elle avait gagné le droit qu'il la préserve de tous les dangers.

Il n'aurait jamais misé sur cette évolution de ses relations avec elle, mais il n'était pas aussi désarçonné qu'il aurait dû ou pu l'être. Parce qu'il était pragmatique ? Parce que Ly-Ann lui appartenait ? Parce qu'elle le comblait à un niveau fondamental ?

Il avait été en colère au moment de s'introduire dans son lit, persuadé pourtant qu'il lui suffirait de capturer sa bouche pour que les braises de cette émotion se consument à l'aune d'un feu plus dévastateur. Et la réminiscence soudaine de ce qu'il avait découvert à Carling Hall ne suffisait pas à ternir la paix qu'il éprouvait à présent qu'il avait goûté Ly-Ann de la plus intime des façons.

Maintenant qu'il était dur et excité, il ne rêvait plus que de la posséder et de s'enfouir si profondément en elle qu'elle n'oublierait jamais l'empreinte de son corps sur le sien.

— Cette nuit… et la prochaine, susurra-t-il contre son oreille, je vous veux dans mon lit. Nue et prête à me recevoir.

Une partie de lui hurlait qu'il commettait une erreur monumentale en ouvrant la porte de sa chambre à Ly-Ann, mais une autre se réjouissait de pouvoir l'étreindre jusqu'à plus soif. L'étreindre et la faire sienne à tous les niveaux possibles.

Zane quitta son lit avant que Ly-Ann n'ouvre les yeux. Il s'habilla en silence, bousculé par des pensées qui l'avaient réveillé bien avant l'aube. Sa colère n'avait pas complètement disparu, même si elle s'était effacée au cœur de la passion. D'ailleurs, il lui suffisait de contempler sa femme pour que cette colère vacille de nouveau, supplantée par une faim qui n'en finissait pas de le dérouter.

Parce que, au cœur de la nuit, dans ses bras, il avait oublié le nœud de rage qui lui contractait la poitrine. Oublié qu'il avait été à deux doigts de devenir un meurtrier en défonçant le crâne de son beau-père. Sage avait retenu sa main, ce qu'il regrettait presque à présent qu'il analysait la situation avec recul.

Il soupira et décocha un dernier coup d'œil à Ly-Ann, avant de se diriger vers la porte. Allongée sur le ventre, elle n'était recouverte d'un drap qu'à partir de la cambrure des reins et lui offrait une vision divine, à laquelle il s'arracha à regret. Se perdre en elle était tellement alléchant qu'il faillit la rejoindre pour savourer le grain de sa peau sous ses doigts. Sa méfiance naturelle revint au galop et l'incita à battre en retraite.

Ce questionnement sur la probité de son épouse n'exacerbait pas simplement sa mauvaise humeur, il la décuplait. Baisser la garde plus qu'il ne l'avait déjà fait le rongeait, mais il n'était pas naïf. Si la femme dans son lit gagnait chaque jour un peu plus son respect, elle demeurait la fille d'un escroc notoire.

Dans l'obscurité nébuleuse du matin naissant, il gagna les écuries et s'affaira, perdant la notion du temps, guidé par la seule envie de bannir de ses pensées les images choquantes qui l'avaient accueilli à Carling Hall.

Mais rien n'y fit. Ni l'attention qu'il apporta à ses chevaux, ni l'énergie qu'il mit à nettoyer lui-même leurs stalles. Ce travail effectué, il lança sa fourche et essuya son front ruisselant de sueur. Sa fureur lui démangeait la peau, au point qu'il avait le sentiment de brûler d'un feu intérieur. Un feu qui le dévorait férocement maintenant que les souvenirs des derniers jours venaient le narguer, sans qu'il ne puisse rien entreprendre pour les effacer.

Il gronda, poursuivi par l'abject tableau de sa mère, perdue au milieu de draps chiffonnés et sales, le visage si apathique qu'il l'avait cru morte pendant une seconde. John lui avait ricané au nez, lui rappelant qu'il possédait sur sa femme des droits qu'un fils ne pouvait revendiquer. Il avait même essayé, l'imbécile, de lui expliquer que sa façon de payer ses dettes était tout à son avantage, puisqu'il n'était plus obligé de rembourser ses créanciers.

Un voile rouge recouvrit la vision de Zane, tandis qu'il se revoyait empoigner son infâme beau-père. Il l'avait jeté dehors avec une jouissance qui ne pouvait rivaliser avec son désir de le tuer, mais Sage avait réussi à l'arrêter avant qu'il ne commette l'irréparable. Réussi à lui rappeler que John n'était pas parvenu à le transformer en la bête qu'il était lui-même.

Fermer Carling Hall s'était révélé la seule solution acceptable. Ramener sa mère à Armydale une gageure, puisqu'elle s'était insurgée en hurlant. Elle n'avait pas cherché à défendre son mari, si terrifiée par le personnage qu'elle avait fait une crise de panique lorsqu'il avait essayé de l'entraîner avec lui. Mais s'éloigner de son manoir avait réveillé sa révolte.

Cette fois, il avait été intransigeant. Et il s'était assuré que John n'ait plus personne vers qui se tourner et quitte l'Écosse… Cela lui avait coûté quelques milliers de livres, mais il avait confié son beau-père à un homme de confiance pour qu'il l'expédie par le premier navire de l'autre côté des océans. John avait refusé jusqu'à ce qu'il comprenne tout l'intérêt de ce nouveau départ.

Cela aurait dû rasséréner Zane, mais la rancœur accumulée pendant des années formait un nœud compact dans son ventre et s'alimentait au brasier que Ly-Ann générait en lui.

Il appréciait les choses simples. Les manœuvres et les manigances de la cour, il s'en lavait les mains, préférant mener une existence tranquille et sereine. Avec Isabelle, il avait enduré une trahison amère, une trahison qui l'avait ramené à son impuissance d'enfant, quand John le malmenait, et il s'était juré de ne plus jamais revivre pareille expérience. Il était assez lucide pour avoir compris que sa première épouse avait surtout blessé sa fierté Il n'était pas certain de s'en tirer à si bon compte avec Ly-Ann. Elle avait déjà réussi à franchir certaines des barrières qu'il avait érigées entre eux et, au lieu de se révolter, il en redemandait. Trop pour ne pas percevoir la dangerosité de cette faiblesse.

Comme un écho de ses pires angoisses, elle se matérialisa sur le seuil de l'écurie, nimbée dans la lumière éclatante du petit matin. Ses cheveux, rapidement tressés, reposaient sur son épaule droite, preuve qu'elle s'était habillée à la va-vite pour le rejoindre. L'inquiétude qu'il lisait dans son regard aurait dû l'indifférer, mais elle ajoutait de la force à l'étau qui lui enserrait la poitrine.

— Zane ? le héla-t-elle d'une voix douce

— Je travaille, Ly-Ann. Rentrez, exigea-t-il.

Elle ne lui obéit pas et s'approcha à pas mesurés, la mine contrite.

— Vous êtes furieux, lâcha-t-elle une fois devant lui.

Une part de lui, celle qui s'était forgée sous les coups, exulta à l'idée de la tracter vers la sortie et lui claquer la porte au nez, mais une autre, bien plus sournoise, lui rappela qu'entre ses bras, il était parvenu à transformer sa colère en une saveur bien plus délicieuse. Ce fut son âme charitable, ou du moins les étincelles que John n'avait pas réussi à éteindre complètement, qui l'empêcha de se ruer sur elle pour assouvir d'une façon ou d'une autre sa faim : il s'était juré de la protéger, et cela incluait de la défendre contre ses propres démons.

— Ces derniers jours ont été… pénibles.

Indifférente au combat qu'il menait, Ly-Ann franchit la courte distance qui les séparait et posa la main sur son avant-bras. Zane se raidit devant le contraste de leur peau, elle si fragile et pâle, lui rude et buriné. La briser serait si facile… Pourtant, il percevait chez elle, avec de plus en plus de clarté, la force cachée sous l'apparente vulnérabilité, un éclat qui le fascinait alors qu'il aurait voulu s'en détourner. La désirer était acceptable – un plus, même, au sein de leur union - ; la respecter pour la loyauté qu'elle lui montrait, également.

Mais il subodorait un trouble plus insidieux. Un trouble qui flirtait avec la menace, sans qu'il soit capable d'en saisir le sens.

— Votre mère est en sécurité, lui rappela-t-elle, le front barré d'un pli soucieux.

— Elle l'est parce que votre père vous a alertée, se força-t-il à dire, furibond d'être, en conséquence, le débiteur d'Harrington. D'ailleurs, je dois vous remercier pour m'avoir aussitôt informé.

Elle retroussa le nez, comme si l'idée d'agir différemment ne l'avait même pas effleurée.

— Il ne pouvait en être autrement. Votre mère était en danger ! Elle est désormais en sécurité.

Prudence s'alarma devant l'air de plus en plus maussade de Zane. Il était si contracté qu'elle devinait le dessin de ses muscles tendus au travers de sa chemise. Condensé de force et de vigueur, il semblait saisi d'une fureur qui le rendait plus sauvage que jamais. Presque plus animal qu'homme… Lorsqu'il s'était présenté dans son lit, la nuit précédente, elle avait perçu ces relents aigres, mais ils s'étaient dissipés dès qu'il l'avait embrassée.

— Contre qui êtes-vous en colère ? l'interrogea-t-elle avec douceur.

Il bascula la tête en arrière et siffla entre ses dents. Son contrôle se fracturait, comme s'il peinait à endiguer un trop-plein qui menaçait de déborder et de l'entraîner sur une voie où le sang ou la violence serait la seule réponse possible.

Prudence refusa de l'abandonner à ces tourments. Elle affermit le contact de sa main sur ses muscles bandés, ignorant la voix qui scandait qu'elle aurait dû être effrayée. En vérité, elle ne ressentait qu'une tristesse qui lui alourdissait le cœur. La frustration, la rancœur, le chagrin étaient des émotions qu'elle connaissait suffisamment pour en mesurer toute l'étendue chez son compagnon, même si, pour lui, le bouillonnement versait dans la tempête infernale.

— Je ne suis pas…

— Votre beau-père ne nuira plus à votre mère, continua-t-elle, lorsqu'il laissa sa phrase en suspens. Vous avez pris les dispositions pour qu'il ne soit plus jamais un danger pour elle. Elle est en sécurité grâce à vous.

— Grâce à moi ? gronda-t-il avec tant de ressentiment dans la voix que Prudence tressaillit.

— Grâce à vous, répéta-t-elle avec conviction.

Désireuse de le réconforter de toutes les façons possibles, elle déplaça la main sur son torse et lui caressa le visage de l'autre. Zane demeura froid sous ses doigts, comme si le jour avait fait fuir la passion de la nuit, mais elle déchiffra une telle faim dans son regard qu'elle s'entêta à le câliner.

— Vous savez pertinemment que les femmes n'ont pas le pouvoir de résister aux exigences de leur mari ou de leur père. En agissant comme vous l'avez fait, vous avez sauvé votre mère. Vous, et personne d'autre.

— Qui êtes-vous ? s'écria-t-il avec une virulence qui la laissa coite, lui saisissant les poignets pour la repousser contre une cloison en bois.

— Que… Comment cela ? bégaya-t-elle, le cœur battant.

— Ce masque de gentillesse que vous portez, cracha-t-il, son visage collé au sien. Votre réputation à Londres n'est pas déméritée, si c'est là votre façon de me séduire. N'avez-vous pas compris que vous y êtes déjà parvenue ? Je vous ai ouvert mon lit, chère duchesse, je n'ai pas besoin de votre commisération.

Prudence s'empourpra en même temps qu'un élan de colère la traversait. Zane se pressait contre elle, plus dominateur que tendre, comme s'ils n'avaient pas partagé un moment de pure communion la nuit précédente. Comme si l'amante était toujours l'ennemie…

— Je vous offre mon amitié, riposta-t-elle en cherchant à lui échapper. Si c'est là ma récompense…

— Votre amitié ? Je n'en ai cure ! Ce que je veux de vous…

Il courba la tête vers elle et plaqua une bouche insatiable sur la sienne. Déterminée à lutter, Prudence se débattit jusqu'à ce qu'elle saisisse le changement dans l'attitude de Zane. Il ne la contraignait pas, non, il l'embrassait plutôt comme s'il avait besoin de se raccrocher à quelque chose de tangible et de suffisamment fort pour le retenir. Son désespoir n'effaçait pas le feu de la colère, mais le teintait d'une émotion qui parla à son cœur. Assez pour qu'elle l'entoure de ses bras et cède à sa passion sauvage.

— Zane, chuchota-t-elle lorsqu'il libéra sa bouche.

Il lui renversa la tête, plus austère que jamais, mais elle sut, à ses gestes radoucis, que sa fureur s'était disloquée. Pas ses doutes, cependant. Elle aurait aimé le fustiger pour ce manque de confiance alors qu'il réclamait d'elle un total abandon, puis elle se souvint que, bientôt, une autre jouirait sous ses caresses. Une boule se forma dans la gorge tandis qu'elle se forçait à soutenir son regard ténébreux.

— Je ne suis pas votre ennemie.

Zane aurait aimé le croire, se fier à cet instinct qui lui hurlait qu'il pouvait se livrer à cette femme comme à aucune autre. Elle était déjà la maîtresse de ses nuits, il n'avait qu'un pas à franchir pour donner à leur union une réelle chance d'exister. En avait-il envie ? La question ne se posait même pas. Alors qu'elle l'observait, les lèvres humides de ses baisers, il ne songeait qu'à retrousser ses vêtements pour la prendre avec toute la fureur de son désir. Un désir qui n'occultait pas le besoin de la protéger et de la chérir.

Par jeu, il entoura son cou gracile, savourant la lueur incertaine dans son regard, puis tira violemment sur le devant de sa robe. Le déchirement du tissu l'apaisa, moins que l'absolue confiance qui continuait d'éclairer les traits de Ly-Ann néanmoins. Au lieu de trembler de peur, elle s'accrochait à ses épaules et pétrissait ses muscles comme pour le soulager de ses tensions.

Lentement, il caressa un sein dénudé et se pencha pour goûter à cette peau si douce. Elle s'arqua contre lui et lui offrit un accès privilégié à sa poitrine, tandis qu'elle enfouissait les doigts dans ses cheveux.

Avec des gestes heurtés, il la débarrassa de ses vêtements et contempla son corps dans la lumière du jour, le sang battant de plus en plus vite dans ses veines. Son sexe tendait la toile de son pantalon, et il le libéra avec une pointe de défi dans le regard. Ly-Ann s'humecta les lèvres en admirant sa nudité, si délicieuse dans son désir qu'il manqua de jouir.

L'embrasser goulûment ne le rassasia pas. Il caressa la courbe de son dos, glissa vers ses fesses, avant de s'immiscer entre ses cuisses. La posséder de ses doigts ne lui suffit pas non plus. Il la souleva d'un mouvement brusque et l'incita à enrouler les jambes autour de ses hanches pendant qu'il la pénétrait. Alors, seulement, il eut le sentiment de mieux respirer. Que la colère s'affadissait pour ne plus exister.

Au contraire de la nuit précédente, il sentit même qu'il s'en débarrassait complètement. Ly-Ann n'apaisait pas simplement son âme, elle le délestait de ces douleurs qui lui collaient à la peau. Il sut à cet instant qu'il n'avait pas d'autre choix que de céder à cette attraction. Qu'il devait tout entreprendre pour que son mariage fonctionne.

Incapable de se contenir plus longtemps, il se mit à bouger, moins tendre qu'il l'aurait souhaité, mais dirigé par une telle ardeur que son corps entier tremblait de désir. Loin de s'insurger contre sa brusquerie, Ly-Ann l'enlaça plus étroitement et plongea le nez contre son torse pour étouffer ses gémissements.

— Votre bouche, ordonna-t-il.

Elle la lui abandonna comme elle se donnait à lui : viscéralement et sans restriction.

— Ne vous avancez jamais à me trahir, Ly-Ann, gronda-t-il contre ses lèvres.

Puis, enfin, il céda à l'attrait du désir et perdit tout contrôle tandis qu'il la possédait, corps et âme.

# *Chapitre 17*

À son réveil, Prudence s'étira paresseusement et roula sur le ventre, les yeux mi-clos. Comme tous les matins depuis quatre semaines, Zane avait déserté le lit aux premières lueurs de l'aube, lui enjoignant de dormir encore un peu. Elle s'était assoupie avant même qu'il ne quitte la chambre, épuisée après leur nuit voluptueuse.

Un soupir extatique sur les lèvres, elle se blottit sous les draps, ravie que ces derniers embaument l'odeur virile de son amant. Depuis leur tête-à-tête lascif dans l'écurie, Zane l'aimait à chaque fois avec une passion mâtinée de tendresse et de respect, et elle ressentait ce changement jusqu'au tréfonds de son âme, le corps alangui par ces attentions sensuelles.

Elle s'assombrit pourtant lorsqu'elle songea que son aventure écossaise était sur le point de s'achever. Henry n'allait plus tarder à débarquer avec Ly-Ann, ce qui impliquait qu'elle serait assurément rentrée à Polperro pour le début de la prochaine année. Sevrée des caresses de son amant. À jamais perdue entre ses draps froids.

Bravant des larmes de regret, elle se rappela qu'elle avait décidé d'enfermer dans sa mémoire chacun des souvenirs qu'elle accumulait entre les bras de Zane, pour les chérir le jour où elle n'aurait plus que cela pour se réchauffer la nuit.

Maussade, elle lança les jambes hors du lit et vacilla sur ses pieds lorsqu'elle se leva, prise d'un haut-le-cœur qui la courba en deux.

— Votre Grâce, s'alarma Peigi en pénétrant dans la pièce.

— Je… Tout…

Un voile noir recouvrit sa vision tandis qu'elle s'efforçait de relever la tête. Elle essaya de retrouver le confort de sa couche, buta contre un obstacle et… tout s'effaça d'un coup.

Incapable de rester assis ou d'étrangler l'anxiété qui le tenaillait, Zane quitta son fauteuil et se mit à faire les cent pas.

— Tu vas creuser un sillon dans le parquet, se moqua gentiment Sage.

— Elle s'est évanouie ! Elle sort tous les jours dans le froid et même la pluie ne l'arrête plus, depuis qu'elle a son nouveau manteau. Les Anglaises sont plus frêles que nos femmes et…

Il se frotta le visage avec aigreur, exaspéré de ne pas avoir mieux veillé sur Ly-Ann. Il appréciait l'idée qu'elle aime son pays et se promène avec plaisir sur le bord de mer ou la lande, mais il avait oublié un peu vite que son épouse était de constitution fragile, aussi mince qu'une brindille.

— Votre Grâce, l'apostropha Ian Corthall, le médecin.

— Corthall ! Comment va-t-elle ?

— Elle se repose, et je recommande qu'elle reste alitée

jusqu'à ce qu'elle ait avalé une bonne tasse de thé. Votre Grâce, la duchesse est enceinte. Toutes mes félicitations !

Zane en resta bouche bée fauché par un sentiment de panique tel qu'il n'en avait jamais ressenti. Il avait sauté de joie quand il avait appris qu'Isabelle portait son enfant, mais la douleur à l'idée que son fils ou sa fille soit décédé sans avoir pu pousser son premier cri l'avait terrassé. Plus que la disparition de sa femme, s'il devait être complètement honnête. Isabelle l'avait fasciné, avant qu'il ne découvre son vrai visage et ne s'éloigne progressivement d'elle. Il avait été profondément désolé à sa mort, mais pas abattu.

La grossesse de Ly-Ann le ravissait, évidemment, mais la peur de perdre à nouveau un enfant – de la perdre, elle – le désarçonna. Parce qu'il redoutait de souffrir au centuple ? Parce qu'il voyait Sage et Margaret se consumer de désespoir chaque fois que la jeune femme faisait une fausse couche ?

— C'est une merveilleuse nouvelle ! le félicita Sage, si sincère dans sa joie qu'il sourit bêtement en retour.

— Oui, merveilleuse, répéta Margaret avec un sourire forcé. Excusez-moi, je vais commander du thé pour Ly-Ann.

— Cela ira, le rassura Sage avant d'emboîter le pas à son épouse.

Zane suivit le couple du regard, la morosité entachant une seconde son bonheur. Lorsque Margaret avait appris qu'il allait se remarier, elle s'était doutée, bien sûr, que sa femme pourrait rapidement tomber enceinte, et elle avait enseveli sa douleur de ne pouvoir enfanter sous une gaieté de façade. Lui, comme un idiot, ne s'en était pas rendu compte, aveuglé par tout un tas d'émotions qui l'avaient éloigné de son amie.

Il songea qu'il allait devoir remédier à cela, conscient que, pour l'heure, l'inquiétude que lui inspirait la peine de Margaret bataillait contre une joie primaire. Père ! Il allait être père !

Un large sourire sur le visage, il pivota vers le médecin.

— Je vous offre un verre pour fêter cette excellente nouvelle, Corthall ?

Ly-Ann était adossée contre une pile d'oreillers lorsque Zane pénétra dans sa chambre, enchanté de constater que sa mère s'était précipitée à son chevet et la couvait d'attentions. Depuis son exil de Carling Hall, Corinne baladait sa tristesse dans les couloirs, quand elle ne refusait pas simplement de quitter ses appartements. La voir de nouveau souriante lui réchauffa le cœur.

Tout autant que la vision de sa femme… Ly-Ann baignait dans la lumière du jour, auréolée d'une beauté qui accentuait la douceur de ses traits.

— Zane ! l'accueillit sa mère en fonçant sur lui pour l'enlacer. Je suis enchantée pour vous !

Il l'embrassa délicatement, le regard braqué sur Ly-Ann qui lui parut intimidée soudain, comme si elle redoutait sa réaction. Incapable de dissimuler son bonheur, il laissa le coin de ses lèvres se rehausser et lui étreignit la main une fois assis sur le rebord du lit. D'un geste infiniment doux, il lui caressa la joue, heureux d'observer qu'elle s'appuyait d'instinct contre lui.

— Cette nouvelle ne pouvait pas plus me ravir, très chère, murmura-t-il en lui embrassant les doigts.

Elle lui rendit un sourire timide, si divine dans son

incertitude qu'il dessina une ligne sensuelle le long de sa tempe pour l'apaiser. La joie avait beau déborder de son cœur, il comprenait la peur qu'engendrait cette nouvelle responsabilité. Il partageait ce trouble paradoxal, entre crainte et profonde satisfaction, mais souhaitait surtout lui communiquer sa force. La rassurer sur l'avenir qui s'ouvrait à eux.

Peu importait comment s'était formée leur union, cet enfant modifiait l'équilibre. Zane avait déjà franchi ce pas, même s'il avait été réticent à se l'avouer, mais il décréta qu'il lutterait au quotidien pour que Ly-Ann ne regrette jamais le sacrifice de sa vie antérieure.

— Nous apprendrons ensemble, lui murmura-t-il.

Elle inclina légèrement la tête, l'œil brillant de larmes. Constatant qu'elle tremblait, il remonta un plaid sur ses jambes et l'observa avec une acuité qui fit tressaillir son âme. Tout à son enthousiasme, il avait supposé que cette nouvelle l'enchantait elle aussi, mais…

— Cet enfant…

— C'est un don du ciel, l'interrompit-elle, bannissant ses doutes. Je ne m'y attendais pas… C'est…

— Un bonheur remarquable, conclut Corinne. Je crois avoir gardé ici le trousseau de Zane et si cela vous dit…

Sa mère se renfrogna soudain, comme si elle se vilipendait pour sa proposition.

— Non, c'est idiot, se corrigea-t-elle d'ailleurs à voix haute. Ce sont de vieux habits et…

— Je serai ravie de les voir, répondit Ly-Ann en lui octroyant un sourire sincère.

Zane la remercia d'une pression de la main lorsque Corinne applaudit, plus enthousiaste qu'elle ne l'avait été depuis longtemps. Ly-Ann mêla son rire au sien, balayant la lueur d'indécision qui avait, pendant quelques minutes, brillé dans son regard.

— Vous devez vous ménager, désormais, décréta-t-il en dessinant des cercles lents sur son poignet. Prendre soin de vous et de notre enfant.

— Nous serons aux petits soins pour elle, ajouta Corinne. N'est-ce pas, Margaret ?

Zane n'avait pas entendu cette dernière se faufiler dans la pièce. Il avait même pensé qu'elle n'aurait pas la force d'accomplir cette visite, tant le sujet était sensible pour elle. Après quatre fausses couches, il savait qu'elle avait renoncé à la maternité, l'âme ravagée par une souffrance que ni Sage ni lui n'avaient réussi à atténuer.

Pourtant, accompagnée de son époux, elle avait bravé son chagrin pour célébrer avec lui cette annonce qui allait bouleverser sa vie. Il lui en sut gré, le cœur étreint d'une émotion ancienne, et réprima une furieuse envie de l'enlacer pour lui murmurer des mots de réconfort à l'oreille.

— Nous sommes venus présenter nos meilleurs vœux à la future maman, expliqua Sage. Ly-Ann, nous sommes ravis pour vous.

— Merci.

Zane songea qu'il n'aurait pas pu être plus heureux, ainsi entouré de tous ceux qui comptaient pour lui. Ne manquait plus que cet enfant qui cristallisait tous ses espoirs pour que le tableau soit complet.

Son cœur se serra pourtant d'une infime tristesse lorsque la bouche de Margaret s'étira en un pli tremblotant, preuve qu'elle avait atteint les limites de sa résistance.

— Nous allons vous laisser, maintenant, s'empressa alors de déclarer Sage.

Prudence aspira une longue bouffée d'air, tout en lissant le devant de sa robe. Sous ses doigts, son ventre plat la narguait, lui remémorant la vague de panique qui l'avait percutée lorsqu'elle avait appris sa grossesse.

Une vague qui n'avait pas réussi, étonnamment, à enfouir son ravissement béat. Un enfant… Elle allait avoir un enfant… L'enfant de Zane…

Ce dernier point lui avait douloureusement contracté le cœur. Elle avait toujours eu conscience d'être un pion sur l'échiquier de Henry, mais ce bébé changeait la donne. Elle avait eu beau tourner et retourner la question dans son esprit, elle avait fini par se convaincre que son père ne lui laisserait jamais l'opportunité de l'élever. L'idée qu'il puisse le lui arracher, ou pire, l'avait empêchée de dormir, alors même que Zane l'enlaçait étroitement, plus protecteur que jamais.

Sa joie d'être père l'avait réchauffée, au point qu'elle avait failli s'y abandonner et oublier la menace qui planait au-dessus de sa tête. Mais elle connaissait trop bien son père. Qu'elle soit souillée à ses yeux ne signifiait pas qu'il autoriserait que la bonne société s'en aperçoive. La tache sur son honneur nuirait à toute la famille, et s'il se souciait peu d'être éclaboussé, il ne permettrait pas que Ly-Ann le soit.

Après des jours à tergiverser, Prudence avait fini par conclure qu'elle n'avait d'autre choix que d'avouer la vérité à Zane. Elle savait qu'il ne lui pardonnerait pas aisément son rôle dans cette affaire sordide, mais elle comptait sur sa loyauté envers leur enfant. Et si, comme Henry, il lui enlevait son bébé, elle aurait au moins la certitude qu'il serait élevé par un père aimant. Cette perspective lui broyait le cœur, et elle était déterminée à se battre pour son enfant, mais elle mesurait ses chances de succès dans un brouillard de douleur.

Ses paupières papillonnèrent, tandis qu'elle s'évertuait à refouler ses larmes. Elle avait tenté de lui parler le matin même, mais les mots étaient restés coincés dans sa gorge. La peur lui tordait le ventre, compagne qu'elle appréciait peu. Elle s'était donc reprise en main et cherchait Zane pour lui confesser son plus lourd secret.

Comme de coutume, il s'était éclipsé dès la fin du déjeuner pour aller voir ses chevaux. Prudence avait l'habitude de venir l'observer pendant qu'il dressait ses étalons, quand le silence de la maison lui pesait trop. Zane en profitait pour continuer de la familiariser avec certaines de ses bêtes, maintenant qu'il avait interrompu ses leçons à cause de sa grossesse.

En fait, depuis qu'il savait qu'elle portait son enfant, son attitude s'était singulièrement modifiée : il se montrait plus tendre que fougueux au cœur de la nuit, et il était devenu excessivement protecteur. Elle ne pouvait plus aller se promener sans escorte, et s'était vu interdire l'accès aux tours du château, prétendument trop dangereuses pour elle.

Elle s'était adaptée, d'autant que Corinne incarnait sa plus fidèle alliée. Avec une gentillesse inattendue, celle-ci l'abreuvait de conseils et recommandations qui, au lieu de l'indisposer, la comblaient. Privée de mère trop tôt, Prudence appréciait ce soutien imprévu et prenait plaisir à converser avec cette femme qui, au-delà des blessures visibles dans ses yeux, se montrait d'une intelligence discrète.

Bravant le vent sec, elle traversa la cour du château et se dirigea vers les écuries. Réciter mentalement les phrases qu'elle s'était répétées encore et encore l'aida à canaliser la panique qui enflait dans ses veines. Lorsqu'elle poussa les portes de la grange, elle tremblait pourtant, la nuque raidie d'appréhension.

Zane n'était pas, comme à son habitude, occupé à faire courir un étalon au milieu de l'immense piste prévue à cet effet. Elle s'approcha de la partie la plus sombre, là où les stalles abritaient les chevaux. Elle avait fini par découvrir que le dressage n'était pas qu'une passion pour Zane. En dehors de l'entretien de ses propres montures, il travaillait avec des bêtes que leurs propriétaires n'avaient pas réussi à dompter. Affrontant ces êtres sauvages et hargneux, il s'efforçait de les amadouer pour leur éviter d'être purement et simplement abattues.

Le cœur de Prudence s'était emballé, la première fois qu'elle avait assisté à une séance avec un cheval rebelle. Elle était ressortie estomaquée par la maîtrise de son amant et la douceur qu'il opposait à l'animal. Sans jamais rien concéder à la fermeté nécessaire à ce travail, il ne soumettait jamais par la force. Il observait, patientait, chuchotait, caressait et flattait, comme si le temps s'étirait à l'infini.

D'une certaine façon, c'était aussi la manière dont il s'y prenait avec elle. Depuis qu'il avait dépassé le stade du ressentiment et de la colère, il s'imposait dans sa vie au-delà de ce qui aurait dû être. Et elle n'était pas assez naïve pour ne pas percevoir toutes les subtilités de cet engagement.

D'un pas vif, elle se dirigea vers la travée étroite qui menait à l'espace où Zane entreposait son matériel. L'odeur des chevaux mêlée à celle du cuir lui chatouilla le nez, tandis qu'elle essayait de regonfler son niveau de courage.

— Cet enfant va tout changer, s'éleva soudain la voix chevrotante de Margaret, la figeant sur place.

Prudence se rencogna alors dans un coin sombre, puis s'avança sur la pointe des pieds, jusqu'à apercevoir le centre de la pièce. Margaret était blottie contre le torse de Zane, les bras autour de sa taille et le visage baigné de larmes.

— Chut, lui murmura Zane en l'enlaçant plus étroitement. Tu sais bien que personne ne détruira ce qui existe entre nous.

— Tu vas être père. Rien ne pourra jamais rivaliser avec cette vérité. Toi et moi…

Margaret ne termina pas, trop bouleversée. Zane lui saisit doucement les doigts et lui embrassa la paume avec tant de dévotion que Prudence sentit un froid polaire s'infiltrer dans ses veines.

— Tu te trompes, Margaret. Tant que nous serons ensemble, nous resterons liés.

— Elle nous sépare déjà, maugréa-t-elle dans un souffle. Quand le bébé sera là…

Exsangue, Margaret s'enhardit et caressa la courbe de la mâchoire de Zane, avant de refermer son poing sur son torse.

— Jamais, lui promit-il, la bouche contre sa tempe.

Prudence recula d'un pas maladroit, des battements sourds lui martelant les oreilles. Elle avait cru… quoi ? Que Zane pourrait l'écouter et peut-être même la protéger de son père ? Elle s'était leurrée : il était épris de Margaret, et elle n'était qu'un moyen pour lui d'obtenir une descendance.

Pas elle, d'ailleurs, se rappela-t-elle dans un élan de douleur. C'était Ly-Ann, la duchesse de Rosendale ; elle, elle n'était qu'un instrument que son père, tout comme Zane, pouvaient briser d'un geste si l'envie leur en prenait.

Que lui restait-il pour lutter ? Sa détermination ? L'amour qu'elle portait déjà à son enfant ? Ce ne serait jamais assez pour combattre à armes égales avec eux…

La tête bourdonnante, elle s'éloigna du couple et s'élança sur la lande, incapable de chasser la glace qui s'emparait de son cœur.

# *Chapitre 18*

Tandis que le fiacre filait entre les montagnes écossaises, Henry ne put s'empêcher d'admirer le profil altier de sa fille endormie. Si Ly-Ann était comblée à l'idée d'endosser le rôle de duchesse, elle l'était beaucoup moins à la perspective de s'enterrer dans un trou perdu au milieu de nulle part. Il le comprenait d'autant mieux qu'ils avaient, ensemble, mené la grande vie pendant des années, bataillant de concert pour survivre dans un monde de riches parvenus. La précarité de leur situation avait été parfois difficile à gérer, mais il découvrait, alors que la ligne d'arrivée était en vue, qu'il allait regretter cette époque bénie.

D'un geste machinal, il étira la main et effleura les boucles brunes. Du jour où son épouse adorée avait expiré son dernier souffle, Ly-Ann était devenue son unique raison de vivre. Il était fier d'avoir œuvré pour qu'elle fasse un mariage de qualité, mais déplorait intérieurement de poursuivre sa route sans elle à ses côtés.

Dans une lamentation sourde, il s'adossa plus profondément contre la banquette du fiacre, n'y gagnant aucune réelle amélioration. Les muscles fourbus, il grommela entre ses dents et ramena sur lui un plaid épais pour lutter contre le froid. Il avait su avant même de partir que le voyage serait laborieux, en grande partie parce que la calèche n'avait rien de confortable, mais ce détail ne l'avait pas incité à en changer, puisqu'il prévoyait de la vendre rapidement. En effet, après son séjour à Armydale, il comptait naviguer vers l'Irlande et s'établir quelques mois à Dublin.

À cette perspective, il se frotta les mains, sa bonne humeur revenant en force. Il s'était arrêté à Londres, avant d'aller chercher Ly-Ann, et avait commencé quelques affaires prometteuses. Des affaires qui auraient pu l'être plus encore, s'il avait pu emmener sa fille.

C'était ce qui avait causé une dispute monumentale entre eux. Avec un bonheur coupable, il s'était rendu compte que l'appât de la fortune du duc de Rosendale ne supplanterait jamais celui du jeu pour Ly-Ann. Comme lui, cette dernière appréciait la sensation de danger quand il fallait abattre ses cartes maîtresses, et n'avait pas peur de perdre. Il avait déjà eu l'occasion d'admirer cette qualité chez elle, mais n'aurait jamais songé, en revanche, que cet amour pour l'aventure l'empêcherait de goûter à la satisfaction d'être immensément riche.

Une saveur aigre lui emplit la bouche. Il comptait atteindre le château d'Armydale avant la nuit et repartir au matin. Son plan était simple : une fois l'échange effectué, il avait prévu d'entraîner Prudence avec lui à Dublin. Il avait négocié son mariage avec un vieil intrigant féru de jeunes beautés. Malone O'Brien était riche et avait succombé aux charmes de Ly-Ann, l'année précédente. Il avait été plus qu'intéressé à l'idée de posséder son double, d'autant plus si la jument se révélait rétive et compromise. Henry connaissait assez le sadisme de l'homme pour savoir que Prudence ne sortirait pas indemne de cette union, mais il s'était surtout félicité de la somme substantielle qu'il allait percevoir.

Il aurait donc dû être heureux, ou du moins satisfait de son sort. Il ne l'était pas…

— Ly-Ann, réveille-toi ! ordonna-t-il d'une voix bourrue. Nous arrivons à l'auberge.

Elle s'étira, puis décocha un regard peu amène sur les montagnes alentour. La neige avait commencé à tomber dru et recouvrait les terres d'un manteau blanc qui, au lieu de l'émerveiller, l'incommodait.

— N'aurions-nous pas pu patienter jusqu'à la fin de l'hiver ? grommela-t-elle en se pelotonnant sous ses plaids.

— Tu t'habitueras vite aux agréments attachés au titre de duchesse, éluda Henry. N'oublie pas ton voile. Personne ne doit te reconnaître.

— Pourquoi dois-je loger ici, seule ? Je pourrais rester cachée dans le fiacre pendant que…

— Il y a trop de risques, ma chérie. Si Mac Fergall a le moindre doute…

— Que pourrait-il faire ? le coupa-t-elle, sarcastique. Je suis légalement sa femme.

Henry se déroba au regard de sa fille, moins à l'aise qu'il ne l'avait été devant Zane, lorsque ce dernier avait mentionné la mort de sa première épouse. À ce moment-là, ce détail lui avait paru insignifiant, inutile même. Mais il n'était pas fou. Il avait aperçu ce que l'homme dissimulait derrière ses manières policées, et il n'était pas prêt à s'y frotter. C'était en grande partie pour cette raison qu'il avait informé Prudence du sort subi par Corinne Barker et avait refusé l'aubaine de profiter de ses charmes. Il avait toujours été doué pour placer ses pions et favoriser ses intérêts, assez pour saisir qu'un Écossais redevable valait mieux qu'un ennemi.

Il était également persuadé que la vérité ne servirait pas ses projets. Si Ly-Ann apprenait que son mari était soupçonné du meurtre de la première duchesse, elle fuirait Armydale sans se soucier de ce qu'elle perdrait.

— Écoute, Mac Fergall n'a rien d'un enfant de chœur, et tu serais bien avisée de t'en souvenir, la prévint-il néanmoins. Nous devons respecter notre plan à la lettre : tu le séduis et l'amènes à te manger dans la main. Contre toute attente, ta sœur a déjà posé les bases.

— Et si cela ne fonctionne pas ? maugréa Ly-Ann.

— Arrange-toi pour tomber enceinte. Dès que ton mariage fournira un héritier mâle au duché, ton époux perdra tous ses atouts.

Le regard de Ly-Ann se mit à luire.

— Tu le tuerais ?

— Je ferai ce qu'il faut pour que tu sois heureuse, riposta-t-il sans hésiter.

— Enceinte ? répéta Henry, exsangue.

Tandis que son univers chavirait, Prudence opina de la tête, le visage si réservé qu'il sentit l'odeur de sa peur alors qu'elle se tenait loin de lui, les mains crispées sur le dossier d'une chaise. Sa défiance l'aurait amusé, s'il avait eu le cœur à rire.

— Bon sang ! pesta-t-il, les rouages de son cerveau fonctionnant à plein régime. Ne vous est-il pas venu à l'idée de refréner les ardeurs de votre amant ?

— Je ne...

— Taisez-vous et laissez-moi réfléchir !

Il se pinça l'arête du nez et fit plusieurs allers et retours dans le salon, fâché d'avoir été pris de court. De toutes les options qu'il avait formées, il n'avait jamais songé à une grossesse. C'était une erreur regrettable, jugea-t-il, et son absence prolongée avait accru le risque.

Devant lui, Prudence était stoïque, mais la raideur de sa colonne vertébrale indiquait à quel point elle était sur ses gardes. Ses phalanges avaient blanchi tant elle agrippait le fauteuil, jusqu'à ce qu'une de ses mains, protectrice, aille se poser sur son ventre. À ce stade, sa grossesse n'était pas encore visible, ce qui offrait à Henry une alternative simple : il pouvait poursuivre son plan, à condition que Ly-Ann simule une fausse couche.

Malone O'Brien serait furieux, évidemment. Henry ne prévoyait pas de l'informer de l'existence de l'enfant, il devrait donc négocier un délai pour le mariage. Et ce report risquait de mettre son partenaire de fort méchante humeur. Assez pour qu'il renonce à leur pacte.

Il gronda entre ses dents. Ses projets s'effondreraient les uns après les autres, s'il ne pouvait plus compter le capitaine O'Brien parmi ses alliés. Quant à l'idée de se contenter de la rente de Mac Fergall, elle était risible. En joueur patenté, il avait déjà perdu une bonne partie de son pécule annuel, sans que cela l'inquiète. Appâter les plus riches nécessitait des sacrifices sur lesquels il n'avait pas lésiné, louchant sur les avantages futurs que cela lui rapporterait.

Restait une solution… Dangereuse et attrayante, mais Henry n'était pas compétiteur pour rien. Il avait appris à s'adapter et à rebondir, quelle que soit la situation. Prudence portait peut-être l'héritier qui lui faciliterait l'avenir, si d'aventure Zane Mac Fergall se dressait sur son chemin.

Il n'avait pas menti en spécifiant à Ly-Ann qu'il serait capable du pire pour garantir son bonheur, mais l'idée de se débarrasser de son époux ne l'avait pas forcément effleuré avant qu'il en vienne à formuler cette promesse. Pas sérieusement du moins. Il comptait en vérité sur les charmes de Ly-Ann pour régler le problème, sans pour autant exclure cette option.

Un simple coup d'œil à Prudence lui suggéra que ce nouveau plan présentait deux failles majeures : sa posture protectrice impliquait qu'elle lutterait pour garder son enfant et, surtout, s'il ne pouvait la conduire à Malone O'Brien, il risquait de s'attirer des ennuis dont il ne se relèverait pas.

— Comment le duc a-t-il accueilli cette nouvelle ? demanda-t-il pour gagner du temps.

— Il est… enchanté, répondit Prudence du bout des lèvres.

— Et vous ?

— Je veux cet enfant ! avoua-t-elle avec une force désespérée.

— Je ne vous l'enlèverai pas, très chère, bluffa-t-il, les yeux étrécis pour saisir chaque nuance des réactions de sa fille.

Comme il s'y attendait, la ligne des épaules de Prudence se détendit, mais pas assez pour trahir un réel soulagement. Elle se méfiait trop de lui…

— Je suis sincère, insista-t-il d'une voix volontairement onctueuse. Vous avez accepté d'aider votre sœur, alors que cela vous a coûté votre innocence. Je vous suis redevable. Donc, si vous souhaitez garder votre enfant, je m'engage à tout faire pour favoriser cette issue.

— Comment ? s'enquit-elle, les sourcils froncés de perplexité.

— Cela aura un prix, évidemment. Mentir au duc, déjà, en lui faisant croire que le bébé est mort-né.

— Vous voulez que je reste à Armydale jusqu'au bout ?

— Vous ne pouvez pas retourner à Polperro, enceinte, et encore moins avec un enfant sur les bras. Donc, oui, le mieux serait de demeurer ici jusqu'à la délivrance, le temps que j'organise une solution de repli acceptable. Pour quand est prévue la naissance ?

— Pour le début de l'été, mais…

Henry leva la main pour la faire taire et imbriqua mentalement les étapes de son plan. Une fois l'accouchement passé, il aurait tout le loisir d'éloigner Prudence pour que Ly-Ann prenne sa place. Qu'il soit obligé ou pas de faire usage de la force, peu importait ; il l'entraînerait de toute façon en Irlande, afin qu'elle rejoigne son fiancé.

D'ici là, pour compenser la perte subie par Malone O'Brien, il misait sur Ly-Ann. À l'idée qu'elle l'accompagne finalement à Dublin, il se sentit ragaillardi, même s'il augurait que son plan allait lui attirer les foudres de sa fille. Cette dernière avait déjà été la maîtresse du capitaine. Un an plus tôt, elle avait été contrainte, par nécessité, de céder à ses avances. S'il était riche, il était aussi violent dans ses relations aux femmes, et Henry savait que l'expérience n'avait pas été des plus plaisantes pour Ly-Ann. Mais il n'oubliait pas non plus qu'elle était sortie de cette relation couverte de bijoux. Quelques bleus, en contrepartie, lui semblaient bien peu cher payer.

— Le duc ne sera pas facile à tromper, dit-il pour

rassurer Prudence, mais je vous promets que vous repartirez d'ici avec votre enfant. Je me charge de trouver un nouveau lieu de villégiature et… bien sûr, j'y installerai votre tante et sa pupille.

— Faith est engagée et…

— Seigneur ! J'oubliais : j'ai une missive pour vous de sa part. Je suis au regret de vous informer que son fiancé s'est rétracté. Il a épousé le mois dernier une jeune fille qui résidait dans la ville où son régiment était en garnison. Faith a remarquablement bien encaissé le choc et m'a demandé de vous tranquilliser.

Prudence bondit sur la lettre qu'il lui tendait, et la décacheta avec un empressement fébrile. Lorsqu'elle releva la tête vers lui, plus pâle que la minute précédente, il lui destina un sourire navré, déterminé à opposer au désespoir qui hantait son regard une mansuétude de façade.

Intérieurement, il exultait, car il était bien possible que ses nouveaux projets lui apportent une satisfaction imprévue…

# Chapitre 19

La robe gonflée par le vent venu du large, Prudence contemplait l'horizon avec le sentiment étrange d'être un bateau bringuebalé par la houle. Seule et abandonnée à une terreur qui la rongeait viscéralement, elle ne pouvait plus fuir les interrogations sans fin qui la tenaient éveillée au cœur de la nuit.

Un rire sarcastique filtra de ses lèvres, tandis qu'elle se remémorait les mots de réconfort dont son père l'avait gratifiée, comme si elle pouvait croire, soudain, qu'il se soucie de son bien-être. Non, pas une seconde, elle ne se fiait à ces paroles qu'elles devinaient choisies pour endormir sa vigilance.

Elle crispa les poings, luttant péniblement contre les larmes qui s'accumulaient derrière ses paupières. Depuis des jours, elle maintenait les apparences du bonheur, sans que le cœur y soit. Effrayée par ce que l'avenir lui réservait, elle tournait en boucle les options qui s'offraient à elle, consciente qu'aucune ne lui octroierait ce qu'elle désirait plus que tout : étreindre son enfant contre sa poitrine et l'élever sans que l'on cherche à le lui enlever.

Et, là-dessus, elle s'accordait sur le fait que Zane ne manifesterait pas plus de bienveillance à son égard.

— Vraiment, répéta Peigi pour la énième fois en se tordant les mains, nous devrions rentrer. Sa Grâce a bien recommandé que vous ne restiez pas longtemps dehors.

Prudence lui décocha un regard maussade. Tous s'étaient donné le mot pour la couver, mais Zane remportait la palme haut la main. Non content de lui imposer une escorte pour ses balades, il essayait également de la dissuader de sortir plus de quelques minutes ou de s'éloigner d'Armydale. Déjà bien assez tourmentée, elle vivait mal ces contraintes ineptes et avait de plus en plus le sentiment d'étouffer.

— Nous venons juste de commencer notre promenade, et la plage ne représente aucun danger.

Ignorant la grimace misérable de la jeune domestique, elle reprit sa progression et s'éloigna du château, jusqu'à ce qu'il disparaisse derrière une falaise. Le poids dans sa poitrine s'allégea imperceptiblement, à mesure que le goût des embruns se déposait sur ses lèvres, éloignant les cauchemars qui peuplaient ses nuits.

En dépit de l'air vif et glacial qui lui fouettait le visage et s'immisçait sous l'épais tissu de son manteau, elle continua résolument de marcher, indifférente aux jérémiades de Peigi.

Lorsqu'une éternité plus tard, elle s'immobilisa face à la mer, les muscles de ses jambes douloureux, elle releva la tête avec un désespoir mâtiné d'amertume et fit la seule chose susceptible de l'apaiser : elle hurla dans le vent, les poings contractés d'une fureur qui remplaça ses craintes.

— Votre Grâce ? s'inquiéta Peigi, incapable de masquer sa stupéfaction.

— Tout va bien, répondit Prudence, autant pour la domestique que pour elle-même. Tout va bien…

Ces mots la galvanisèrent. Sa détermination se regonfla d'un bloc : elle avait la force de survivre à cette épreuve. Elle s'en nourrit et accepta enfin l'idée que non seulement elle ne pouvait compter que sur elle-même, mais qu'elle allait devoir se battre contre l'adversité.

Peu importait son père… Peu importait Zane… Elle ne laisserait personne lui enlever son enfant et, si elle devait mystifier les deux hommes pour y parvenir, elle n'hésiterait pas une seconde ! Pire même, elle comprit qu'elle devait s'y préparer et admit dans un brouillard d'amertume qu'elle payerait ce prix sans ciller.

— Ly-Ann ! l'interpella une voix dans le vent.

Zane, les pans de son manteau battant contre ses jambes musculeuses, avançait vers elle, si contrarié que des plis se dessinaient sur son large front. Submergée par la panique, Prudence refoula une furieuse envie de fuir. Cette heure viendrait bien assez vite pour elle.

— Seigneur ! Qu'est-ce qui vous est passé par la tête ? aboya-t-il en la rejoignant. La marée va monter et vous risquez de vous retrouver prisonnière !

— Je comptais rentrer par la falaise, objecta-t-elle en désignant un chemin à quelques yards.

— Ce sentier est dangereux. Je vous ai déjà prévenue : les côtes écossaises n'ont rien à voir avec les promenades de santé de Brighton ! Peigi, allez devant, je vais raccompagner la duchesse. Ly-Ann, donnez-moi votre bras.

Prudence considéra la main tendue, les yeux étrécis, puis, sans crier gare, releva ses jupons et fonça vers le passage escarpé.

— Nom de Dieu ! gronda-t-il dans son dos. Vous

réalisez que votre entêtement met la vie de notre enfant en jeu ?

Elle pila net, trop furieuse pour s'autoriser à réfléchir à l'homme qu'elle affrontait. Se retournant d'un bloc, elle pointa un doigt sur son torse et l'incita à reculer d'un pas.

— Arrêtez de me traiter comme une impotente ! Je grimpe sur des rochers depuis que je suis petite. Alors, croyez-moi, je suis encore capable d'emprunter ce chemin sans m'effondrer en cours de route.

Zane s'attendait à être submergé par une bouffée de rage brûlante devant l'obstination de sa compagne, mais son torse se souleva plutôt pour libérer un puissant éclat de rire. Il se frotta le visage, embrassant du regard la silhouette tendue de Ly-Ann. Bras croisés sur sa poitrine, elle le dévisageait avec mauvaise humeur, ce qui était toujours mieux que l'anxiété dont elle faisait montre depuis plusieurs jours. Il avait cru qu'elle accueillait l'annonce de sa grossesse avec bonheur (il en restait d'ailleurs persuadé), mais il avait fini par convenir qu'il était incapable de saisir ce qui animait fondamentalement son épouse.

Ouverte et disserte à certains moments, elle se repliait sur elle-même à d'autres. Cela le perturbait et réveillait de vieilles douleurs qu'il aurait préféré garder profondément enfouies. Isabelle avait également présenté cette instabilité dans ses humeurs. Au fil des jours, les moments de gaieté s'étaient progressivement effacés pour céder la place à un chagrin qu'il avait été bien en peine de comprendre. Et, dès lors qu'elle avait appris sa grossesse, son comportement s'était lentement détérioré. Jusqu'au jour où…

Glacé jusqu'à l'âme à ce souvenir, il se rembrunit et réprima une violente envie de la secouer pour son obstination qu'il jugeait stupide. Il avait déjà perdu un enfant, il refusait que l'histoire se répète parce que sa femme n'avait pas le bon sens d'entendre raison.

— Vous n'êtes pas taillée pour affronter l'Écosse, la réprimanda-t-il, conscient que son ton versait dans le grondement primitif.

— Pardon ? De quoi parle-t-on, là ? s'insurgea Ly-Ann en le foudroyant du regard.

— De l'arrogance que vous affichez, vous, petites Anglaises. Vous vous pensez capables de dompter ce pays, alors qu'à la moindre bourrasque, vous vous envolez !

— Je suis toujours debout, me semble-t-il !

— Mais vous prenez des risques inconsidérés ! La neige a glacé certaines zones autour du château. Vous ne pourrez pas éviter la chute si vous vous y engagez sans faire preuve d'un minimum de bon sens.

— C'est ce que je suis à vos yeux ? réagit-elle en reculant d'un pas. Une idiote sans cervelle ?

Devant sa peine manifeste, la colère de Zane disparut. Il tendit la main pour lui frôler la joue, conscient, pourtant, qu'il ne l'atteindrait pas ainsi, du moins pas comme il le souhaitait, mais elle se crispa.

— Qu'attendez-vous exactement de moi ? reprit-elle, le regard austère. Que je reste au château jusqu'à la naissance de notre enfant ?

— Il n'y a rien de mal à cela, et ma mère s'efforce de rendre vos journées agréables.

— En effet, je lui en suis d'ailleurs reconnaissante, mais cela…

Elle écarta les bras et désigna l'horizon tempétueux qui mêlait le gris de son humeur aux teintes verdâtres d'une mer démontée.

— J'ai besoin de sentir le vent sur mon visage, de sentir l'odeur des embruns et d'être assaillie par la magnificence de cette nature farouche.

Les joues empourprées, elle lui offrait de nouveau cette vision de passion qu'il aimait retrouver au cœur de la nuit. Peu importe qu'elle soit parfois intimidée ou gênée, elle se donnait à lui avec une impétuosité qui l'émerveillait autant que ses baisers avides.

C'était le jour qu'il peinait à la reconnaître. À déterminer pourquoi des éclats de tristesse submergeaient sa joie de vivre. Pourquoi le doute assombrissait son regard, lorsqu'il la surprenait à l'observer subrepticement. Il avait cru qu'ils avaient franchi ce cap, et découvrir qu'elle se défiait encore de lui le consumait.

— Ly-Ann…, commença-t-il en se frottant la mâchoire de lassitude. Nous savons tous les deux que cette vie est loin de correspondre à celle que vous aviez à Londres, et je loue vos efforts pour vous adapter, vraiment ! Mais il est de mon devoir de vous protéger des dangers d'un pays qui n'a rien en commun avec ce que vous avez connu.

Pendant son discours, elle avait reculé d'un pas, le visage si fermé que sa colère menaça les fondations de ses tentatives de conciliation.

— Tout est donc dit, lâcha-t-elle. Rentrons !

— Ly-Ann…

Il grommela entre ses dents lorsque, le port altier, elle

repartit vers le chemin côtier, sans se soucier de voir s'il suivait ou non.

Prudence se réfugia dans sa chambre dès leur retour au château. Son exaspération était telle qu'elle n'hésita pas une seconde avant de se coucher dans son lit. Zane avait beau l'aimer toutes les nuits et l'enlacer une fois leur passion assouvie, il n'éprouvait pour elle qu'un mépris glacial. Elle songea qu'elle aurait dû s'en douter en découvrant la nature exacte de ses sentiments pour Margaret, mais elle encaissait cette vérité comme une trahison.

Se pelotonnant sous les couvertures, elle maudit mentalement l'imbécile qui continuait pourtant, d'un simple regard, à faire courir des frissons sensuels sous sa peau, et laissa une larme couler sur son visage. Elle ne pleurerait pas, non ! Sur la plage, un noyau de détermination s'était forgé dans sa poitrine, et elle comptait bien le nourrir jusqu'au jour où elle devrait agir pour le salut de son enfant.

Machinalement, elle appuya une main sur son abdomen et sentit une force étincelante alimenter son opiniâtreté. Elle respira aussitôt mieux.

— Je peux savoir à quoi vous jouez ? demanda la voix faussement doucereuse de Zane.

Prudence se redressa, le cœur battant à tout rompre. Elle ne s'était pas préparée à ce qu'il pousse la porte de sa chambre après leur dispute et n'avait, de toute façon, plus envie de discuter avec lui. Pas alors qu'il n'avait rien masqué du dédain qu'elle lui inspirait.

Un dédain qui visait la conduite de Ly-Ann, mais ce

rappel avait été la goutte de trop. S'attacher à un homme qui ne la voyait pas était douloureux, trop pour qu'elle ne détecte pas les prémices de sentiments qui n'auraient pas dû exister.

Elle cilla devant la stature imposante, comme à chaque fois que Zane occupait un espace jusqu'à le faire paraître plus petit. Il s'était rafraîchi avant de venir dans sa chambre, et ses cheveux en bataille, pour une fois dénoués, tombaient sur son front intelligent et ses épaules massives. Son cœur, traître à sa résolution de ne pas céder à l'élan qui la poussait vers son amant, se mit à cogner un peu plus vite.

Furieuse contre elle-même autant que contre Zane, elle le jaugea d'un regard réfrigérant, déterminée à ne rien montrer de sa colère, en dépit du martèlement dans sa poitrine.

— Je dors, répliqua-t-elle d'un ton sarcastique. Il semblerait que ma constitution fragile requiert du repos…

— Ly-Ann…

L'usage du prénom de sa jumelle renforça son ressentiment. Elle pointa le doigt vers la porte de séparation entre les deux chambres.

— Je vous invite à regagner votre lit.

— Notre lit, corrigea Zane, les mâchoires verrouillées. Je ne vous ai pas autorisée à le quitter !

— Eh bien, je ne fais qu'obéir à vos ordres, très cher. Vous m'interdisez bien toute activité physique ? Il me semble que mes devoirs conjugaux entrent dans cette catégorie, non ?

Elle n'anticipa pas assez vite la réaction de Zane, trop réjouie qu'il se rembrunisse à ses mots. Elle poussa un cri scandalisé lorsqu'il bondit sur elle, mais ne put esquiver son étreinte. Il la souleva comme si elle ne pesait pas plus qu'une plume, et la bascula sur son épaule.

— Lâchez-moi ! exigea-t-elle, en lui frappant le dos.

— Taisez-vous ! répliqua-t-il d'un ton agacé.

Prudence crispa les poings, ruminant avec indignation, tandis qu'il traversait sa chambre au pas de charge pour la ramener dans la sienne. Prévoyant le choc à venir, elle banda ses muscles, mais, au lieu de la renverser brutalement sur son lit, il l'y déposa avec douceur.

Elle réagit aussi vite qu'elle le put pour se soustraire à son contrôle, mais Zane la prit de court en bondissant au-dessus d'elle. Il plaqua ses mains de chaque côté de son visage, tandis que ses genoux lui emprisonnaient les hanches.

— Vous dormirez ici cette nuit, ainsi que les suivantes, martela-t-il avec une lenteur étudiée. Suis-je clair ?

— À quoi cela rime-t-il ? Vous me méprisez.

— Vous faites erreur, Ly-Ann : je ne vous méprise pas. Je dirai même que je vous apprécie de plus en plus, et vous en êtes parfaitement consciente…

La voix alanguie distilla des frissons sous la peau de Prudence, mais elle refusa de se laisser enivrer. Pas alors qu'elle détectait en contre-fond une colère larvée.

— Vous m'appréciez peut-être, mais cela vous déplaît. C'est pour cette raison que vous m'aboyez des ordres du matin au soir ?

— Ce qui me déplaît, c'est que vous ne soyez pas honnête avec moi, avoua-t-il, les lèvres pincées comme s'il s'exprimait à contrecœur. Abandonnez ce masque, Ly-Ann.

L'impression d'être mise à nu lui étrangla la gorge, et elle déglutit avec difficulté. Jouer le rôle de sa jumelle sans s'égarer était une gageure qu'elle avait de plus en plus de mal à supporter. Elle mourait d'envie de révéler son secret à Zane, mais savait ce qu'il lui en coûterait. Or, elle n'était pas prête à payer ce prix. Pas pour un homme qui ne discernait en elle qu'une étourdie réchauffant agréablement son lit. Pas pour un homme qui avait confié son cœur à une autre…

Une douleur abrupte la frappa en pleine poitrine alors qu'elle ravalait une plainte acerbe.

— Vous ne savez rien de moi…, murmura-t-elle.

— Il ne tient qu'à vous que je découvre la véritable Ly-Ann. Je veux pouvoir me fier à vous sans aucune hésitation.

— Vous ai-je donné des raisons d'en douter ?

— Vous êtes changeante. Parfois, la joie irradie de chacun de vos gestes, mais ces derniers jours… vous paraissez éteinte, tout en vous dissimulant derrière un sourire affable. J'ai conscience que vous faites des efforts, mais il faut que vous me parliez. Si notre isolement vous pèse trop, je peux organiser une soirée avec certains de nos voisins.

Prudence manqua de s'esclaffer devant son sérieux. Zane se trompait tellement, mais il n'était pas loin de la vérité en ce qui concernait les besoins de Ly-Ann. Sa sœur aurait applaudi à cette idée. Pour sa part, elle adorait Armydale en l'état. Avec ses silences rugissants au milieu de la tempête et son austérité parfois glaciale. Si ce n'était l'absence de Faith et de sa tante, elle aurait pu y être totalement heureuse. Simplement, elle n'était pas chez elle, ici, et l'homme qui vénérait son corps chaque nuit rêvait d'une autre à sa place.

Elle détourna la tête, épuisée par cette lutte qui

empiétait sur la seule qui méritait son attention. Une main appuyée sur le ventre, elle était très consciente de cet élément fondamental : elle ne pouvait être elle-même sans risquer de se trahir ; maintenir les apparences n'était donc pas une option. Parce que, si Zane découvrait la vérité…

— Excellente idée, répondit-elle donc d'un ton qu'elle espéra enthousiaste.

— Ly-Ann, lui chuchota Zane au creux de l'oreille, avant d'effleurer son menton pour l'inciter à croiser son regard. Contre toute attente, notre mariage fonctionne plutôt bien. Nous serons bientôt parents, et je pense qu'il est de notre devoir d'essayer de nous entendre pour le bien-être futur de notre enfant. Êtes-vous d'accord ?

Elle cilla pour chasser les larmes de regret qui lui inondaient les yeux. Que n'aurait-elle donné pour que cet homme soit réellement son époux ?

— Bien sûr, approuva-t-elle.

— Plus de disputes ?

— Je peux vous promettre de me montrer plus… attentive à vos remarques, mais ne m'interdisez pas de sortir. Je…

Elle se tut, si lasse qu'elle abaissa les paupières pour se soustraire au monde autour d'elle, incapable cependant de refréner cette part d'elle qui avait tant besoin de liberté. Si Zane ne lui accordait pas cela, elle finirait par dépérir.

— Très bien, concéda-t-il, avec un sourire satisfait. Notre entente m'est précieuse, Ly-Ann…

Joignant le geste à la parole, il referma la main sur son sein et agaça son téton pendant qu'il engloutissait son jumeau. Surprise par cette attaque sensuelle, Prudence s'arqua contre lui et se mordit les lèvres pour contenir un gémissement lorsqu'un genou s'immisça entre ses cuisses pour se frotter contre la partie la plus sensible de son anatomie.

Que cet homme devienne un jour son ennemi ou pas, il déclenchait en elle des réactions contre lesquelles elle était incapable de lutter, même quand elle était dévorée par le ressentiment et le chagrin. Dans ses bras, elle n'était plus Ly-Ann, mais elle, tout simplement… Et c'était son cœur qu'elle engageait à chaque étreinte, aussi dangereux soit cet abandon.

D'instinct, elle noua les mains sur la nuque de Zane et gronda jusqu'à obtenir un baiser langoureux. L'oubli la faucha en même temps qu'une vague de passion déferlait sur elle.

# Chapitre 20

La douce mélodie du piano s'éleva dans le salon principal d'Armydale, alors que les invités digéraient tranquillement le copieux repas qu'ils avaient partagé. Sous la lueur des chandelles, Zane avait entraîné Devon Archibald et Sage près de la cheminée pour fumer un cigare, conscient qu'il abandonnait à ses compagnes la lourde tâche d'endurer les bavardages agaçants de Suzanne.

— Alors ? l'interrogea Devon. Votre projet d'industrie à Édimbourg est toujours d'actualité ?

— Oui, répliqua Zane, plutôt fier de ses avancées sur le sujet. Nous avons le terrain, les investisseurs et, comme vous le savez, la main-d'œuvre ne manque pas.

— Je vous admire, déclara le capitaine.

— La révolte gronde, intervint Sage, pragmatique. Permettre aux plus démunis de gagner dignement leur vie est la seule façon d'enrayer cette dynamique qui dessert l'Écosse.

Devon vida son verre en hochant la tête, songeur. Zane l'appréciait parce qu'il avait accompli des miracles avec les jeunes hommes désœuvrés qui rejoignaient son bataillon, mais il n'oubliait pas que ses compatriotes mouraient par centaines sur les champs de bataille anglais.

Il avait beau s'être rallié à la couronne des Hanovre, il souffrait de voir son pays ainsi écartelé.

— Nous ne nous arrêterons pas à cette première manufacture, poursuivit-il d'un ton déterminé. Notre investisseur principal est anglais. Il possède le savoir-faire pour garantir notre succès, mais nous comptons bien apprendre pour répéter cette expérience.

— C'est louable, Mac Fergall. Mes contacts ne sont pas aussi nombreux que les vôtres, mais si vous avez besoin de quoi que ce soit, je me tiens à votre disposition.

La sincérité perçait derrière les mots. Devon Archibald n'avait pas débarqué en Écosse comme la plupart de ses concitoyens, sûr de sa supériorité et résolu à en démontrer à de rustres va-nu-pieds. Non, il avait pris son rôle à cœur et contribuait à éduquer de jeunes paysans qui n'auraient eu, sans son aide, que l'option de vagabonder ou de s'expatrier.

— La duchesse joue admirablement bien du piano, ajouta-t-il en désignant d'un mouvement du menton celle qui égrenait les notes avec un sourire rêveur sur les lèvres.

Zane étrécit les yeux, agacé de devoir refréner un élan de mauvaise humeur. Ly-Ann n'avait pas failli à sa promesse : elle se pliait à ses exigences, sans complètement céder. Elle continuait de se promener sur la plage, mais acceptait de rester à portée de vue. Malgré cet accommodement apparent, il ne se leurrait pas : le visage enjoué qu'elle lui offrait manquait de spontanéité et de sincérité.

Il avala une gorgée de son bourbon, une pression désagréable dans la poitrine. Il avait fait assez d'efforts pour elle pour se moquer de cette réserve indigeste ; c'était tout l'inverse.

— C'est une jeune femme accomplie, renchérit Sage avec un rictus amusé. Cela t'agace, n'est-ce pas ?

Le murmure échappa à Devon qui, attiré par son épouse, s'éloigna de ses hôtes.

— Tu te trompes, martela Zane, conscient que c'était lui-même qu'il cherchait à convaincre. Malgré la dépravation de son père, Ly-Ann est issue d'une lignée des plus raffinées. Son éducation ne pouvait pas être autrement que parfaite.

— Je ne me référais pas à ses manières, corrigea Sage avec sarcasme, mais à l'aura de mystère dont elle s'entoure…

— Les ladies anglaises aiment se vanter d'être une énigme pour ces messieurs.

— Hum ! Peut-être bien, mais toutes ne réussissent pas aussi bien que ton épouse. Et je te connais assez pour deviner que cela te perturbe.

— Que veux-tu que j'y fasse, sinon me méfier d'elle ?

— As-tu creusé le sujet de l'insaisissable tante ?

Zane souleva les épaules, flegmatique en apparence malgré le flot de questions qui voltigeait derrière son front. Il s'était peu soucié de l'existence de la tutrice supposée de sa femme, jusqu'à ce que son comportement l'intrigue assez pour qu'il réétudie ce qu'il savait d'elle. Car il était persuadé d'une chose : quelque chose ne collait pas avec le rapport qu'il avait reçu.

Cette soirée en était une nouvelle preuve : au lieu de parader comme une reine au milieu de l'assistance, elle avait passé le repas à discuter tranquillement avec sa mère. Cela avait été l'occasion pour lui de vérifier que

Margaret s'évertuait à la dédaigner et que Suzanne ne parvenait pas à l'intéresser avec ses ragots.

Il se frotta le menton, perplexe.

— Certaines familles n'ont aucun scrupule à cacher leurs parentes pauvres, rappela-t-il.

— Mais… ? enchaîna Sage en lui démontrant une fois de plus qu'il le déchiffrait comme nul autre.

— Comme tu le sais déjà, Ly-Ann affirme que cette femme a assumé son éducation, et la pension qu'elle a exigée pour elle conforte cet aveu, ce qui ne correspond pas à ce que Floyd m'a transmis. Elle a officiellement été élevée par la seconde épouse d'Harrington dès son plus jeune âge. Je pense donc le charger de creuser le sujet en se rendant sur place.

— Que crois-tu qu'Harrington puisse te dissimuler ?

— Je n'en ai pas la plus petite idée, et c'est probablement de l'ordre du détail, mais si j'arrive à comprendre un peu mieux ma duchesse…

Il gronda, conscient que c'était son principal problème. Il aimait maîtriser les choses, or Ly-Ann échappait à tout contrôle. Elle le bravait avec une impétuosité qui le galvanisait, tout en l'irritant profondément. Surtout, il ne supportait pas d'être incapable de faire naître un sourire franc sur son visage. Pire, il ne saisissait pas pourquoi c'était si important pour lui.

Il avait essayé de se persuader que sa grossesse expliquait ce besoin, mais il avait ressenti cela bien avant d'apprendre qu'elle portait son enfant. En vérité, elle l'émouvait et le troublait comme aucune autre avant elle.

— Je n'aurais jamais cru te voir un jour aussi affecté à cause d'une femme, ricana Sage.

— Méfie-toi, s'offusqua Zane, l'expression d'amusement de son visage contredisant ses mots.

Incapable de résister plus longtemps, il combla la distance qui le séparait de Ly-Ann. Celle-ci jouait avec une concentration maximale, la tête penchée en avant pendant que ses doigts dansaient sur le clavier. Il caressa du regard sa nuque dénudée, ébloui par la finesse de son ossature et les mèches brunes qui chatouillaient sa peau laiteuse. L'envie d'y poser la bouche le percuta avec une puissance inédite, au point qu'il ne put se retenir de l'effleurer en passant près d'elle.

Elle releva les yeux à cet instant et, durant une infime seconde, il n'y eut plus qu'eux dans la pièce. Il songea qu'il serait capable de se battre pour ces yeux-là, même si cela revenait à laminer les ombres qui les coloraient parfois d'une tristesse infinie.

— Eh bien, quel talent ! s'écria Suzanne dans un éclat de rire aigu, s'immisçant entre eux. Margaret, vous avez une sérieuse concurrente.

— Le plaisir de la musique n'admet aucune rivalité, répondit Ly-Ann avec légèreté. D'ailleurs, Margaret, prenez donc ma place. J'ai ouï-dire que vous jouiez à merveille Henry Purcell.

— Je le confirme, abonda Devon. Je n'ai jamais entendu meilleure interprète de ces œuvres.

— Mon époux est d'une galanterie délicieuse, n'est-ce pas ? nota Suzanne, la bouche tordue d'aigreur.

— Absolument, approuva Devon, non sans lui destiner un rictus assassin. Ce qui n'exclut pas l'honnêteté de mon avis !

Zane examina son amie avec fierté, ravi de constater qu'elle ne frémissait pas sous le joug de l'infâme allusion.

Margaret avait pris l'habitude d'encaisser les piques de Suzanne sans sourciller. Avec des manières élégantes, ce qui manquerait toujours à une Suzanne Archibald, elle s'installa à la place de Ly-Ann et entama un morceau avec son doigté coutumier. De plaisir, il s'accouda au piano et savoura les notes mélodieuses, tandis que Ly-Ann rejoignait sa mère, près de l'âtre. Le regard braqué sur sa silhouette, il réalisa qu'il rêvait que la soirée se termine pour se réchauffer au feu de son corps.

— Ce remariage semble vous réussir, dit soudain Devon, le tirant de ses pensées.

— En effet, admit Zane, sans en faire mystère.

— Isabelle aurait aimé vous voir si heureux, minauda Suzanne.

— Eh bien, il est l'heure que nous par..., commença Devon, la colonne vertébrale raidie.

— Et vous, Mrs Barker ? continua-t-elle pourtant. Votre époux n'est pas parmi nous, ce soir ? On prétend qu'il a rencontré quelques regrettables désagréments...

Un silence pesant s'installa dans la pièce. Zane savait que la société appréciait peu son beau-père et que toutes sortes de rumeurs couraient sur son compte. Malheureusement, certaines n'étaient pas loin de l'abjecte vérité. Cependant, il n'aurait jamais pensé qu'une de ses invitées s'autoriserait un jour ce genre de remarque sous son toit.

Le pli de la bouche étiré en une ligne mince, sa mère était livide, trop chamboulée pour réagir autrement qu'en se tordant les mains. Si elle allait mieux depuis l'annonce de la grossesse de Ly-Ann, elle souffrait qu'il ait été le témoin de sa déchéance. Il avait beau lui répéter qu'elle avait été la victime d'un mécréant, elle avait toujours du mal à le regarder en face quand ils échangeaient.

— En vérité, Corinne est d'une gentillesse et d'une bonté absolues, commença Ly-Ann, avant que quiconque puisse intervenir, une main refermée sur celle de sa belle-mère en guise de soutien. Pour faciliter mon arrivée à Armydale, elle a accepté de s'installer ici quelque temps et de s'éloigner de la demeure si chère à son cœur.

— Mrs Barker est une femme d'une grande générosité, renchérit Devon. Elle a été la première à appuyer la création d'un fonds pour les veuves de nos soldats morts au combat. Grâce à elle, nous pouvons attribuer à ces familles vêtements et paniers de victuailles. Elle a également milité auprès de ses connaissances pour que les dons soient à la hauteur de ce projet.

Il s'inclina respectueusement devant Corinne, un sourire massif sur les lèvres, sourire qui s'effaça à demi lorsqu'il pivota vers sa femme.

— Il est tard, très chère. L'heure pour nous de rentrer !

Sans se soucier de l'air réfractaire de Suzanne, il la saisit par le coude et l'entraîna hors de la pièce à une allure cadencée. Ly-Ann bondit sur ses pieds, l'œil pétillant de satisfaction, puis épousseta sa robe avant d'emboîter le pas au couple pour les saluer, comme c'était son rôle en tant que maîtresse de maison. Zane la rejoignit, le cœur baigné de fierté, et glissa doucement une main sous son bras.

— Merci pour ma mère, lui chuchota-t-il.

La lettre de Floyd étant arrivée juste avant le début de la soirée, Zane en avait remis à plus tard la lecture.

Les Archibald partis, trop perturbé par les émois que son épouse lui inspirait, il s'était replié dans le silence de son bureau pour réfléchir. De guerre lasse, il s'était finalement résolu à décacheter la missive, espérant découvrir certaines réponses dans les lignes de son ami. Il s'était préparé à toutes sortes de révélations, mais pas à celle de devoir apprendre le décès de sa tante à Ly-Ann.

— Je suis navré, dit-il en l'étreignant étroitement, tandis qu'elle sanglotait sur son épaule.

— Je ne comprends pas…, bafouilla-t-elle, si fragile dans son chagrin qu'il décida de l'allonger sur son lit lorsque ses jambes fléchirent.

Puis il la rejoignit et l'enveloppa dans l'étau de ses bras, furieux de ne pas pouvoir s'emparer de sa peine. Le visage niché dans son cou, Ly-Ann s'abandonnait à lui comme jamais, témoignant d'une vulnérabilité insoupçonnée sous ses airs rebelles. Elle pleura un long moment avant de s'alanguir progressivement contre lui.

— Mon ami m'a envoyé un message succinct, expliqua-t-il alors, la bouche contre ses cheveux. Votre tante était apparemment déjà malade et n'a pas survécu à sa pneumonie.

Zane avait obtenu la confirmation qu'Abigaïl vivait dans un grand dénuement et qu'Harrington s'était déchargé en grande partie de ses obligations envers elle. Sa colère légitime avait cependant été écrasée par l'annonce de son décès.

— Faith…, gémit Ly-Ann.

— Elle a été temporairement accueillie par le pasteur Moreland. Si vous êtes d'accord pour lui écrire une lettre afin de la rassurer et de l'inviter à vous rejoindre, mon ami pourrait la ramener à Armydale.

Ly-Ann le considéra avec surprise, les paupières rougies par les pleurs. Happé par la détresse de son regard, il frôla la courbe de sa mâchoire et déposa un baiser léger sur ses lèvres, se délectant de la saveur salée de ses larmes.

— Vous feriez cela ?

— C'est votre amie, et j'ai cru comprendre qu'elle était désormais seule au monde.

Quittant le nid de ses bras, elle s'assit près de lui et s'essuya les joues, l'air si désespéré qu'il la bascula sur ses genoux. Elle se laissa faire, une main plaquée sur son torse comme si elle avait besoin de cet ancrage pour continuer de se tenir droite.

— Elle n'a que moi. Elle est comme une sœur, ma meilleure amie et…

Le visage ruisselant, elle le transperça d'un regard accablé, ce qui exacerba cette part de lui qui rêvait de la défendre de tous les dangers. Peu importaient ses questions ou ses doutes, elle était sienne !

— S'il vous plaît, faites-la venir ! l'enjoignit-elle avec une telle détresse qu'elle lui subtilisa à cette seconde un morceau de son cœur.

# Chapitre 21

Zane sortit de son bureau, sa sacoche de voyage en travers de l'épaule, et fit un signe de tête à Sage qui discutait à voix basse avec Margaret, au pied du large escalier. Cette dernière n'aimait pas que son mari s'absente, mais elle avait fini par en prendre son parti, même si Zane la trouvait plus crispée depuis quelques mois.

En vérité, il s'était longtemps raconté que le passé de Ly-Ann jouait pour beaucoup dans la froideur qui persistait entre les deux femmes. Parce qu'il savait que Margaret avait besoin de temps pour s'ouvrir aux étrangers, il avait sincèrement pensé, en regard du comportement exemplaire de son épouse, que les relations entre elles s'amélioreraient.

Ly-Ann avait séduit sa mère, établissant avec elle une complicité qui l'avait ravi. Margaret restait la seule en retrait, un problème qu'il allait devoir régler dès son retour d'Édimbourg si les choses ne s'étaient pas arrangées d'ici là. Elle occupait une place privilégiée dans son cœur, et sa tristesse l'indisposait autant que la douleur qui filtrait dans son regard lorsque ses yeux se posaient sur le ventre à présent légèrement bombé de Ly-Ann.

— Tu es prêt ? s'enquit-il auprès de son ami.

— Oui.

— Vous serez prudent ? fit une voix douce dans son dos.

— Toujours, promit-il avant de s'accorder un instant pour enlacer son épouse.

Ly-Ann avait accepté son départ avec philosophie, mais elle s'était accrochée à lui toute la nuit, son souffle chaud lui caressant le torse, comme si son absence la tourmentait. Il avait apprécié cet élan instinctif, autant que son « oui » tremblant lorsqu'il l'avait basculée contre lui pour la posséder avec langueur.

— Prenez soin de vous et du bébé, la pria-t-il, son pouce effleurant la courbe de sa lèvre. Et n'oubliez pas que votre amie sera bientôt parmi nous.

— J'aurais aimé aller à sa rencontre…

— Vous savez bien que cela n'aurait pas été prudent dans votre état. Floyd a quelques affaires à régler à Londres, mais il prendra la route au plus tôt. Il se pourrait même que Faith soit ici avant moi.

Les doigts crispés sur sa redingote, Ly-Ann se hissa sur la pointe des pieds pour lui embrasser la mâchoire. Encouragé par cette marque de tendresse inattendue alors qu'ils n'étaient pas seuls, il la souleva pour atteindre ses lèvres et lui voler un baiser lent et lascif.

— Ne tardez pas trop, exigea-t-elle, à bout de souffle, lorsqu'il la relâcha, un large sourire lui barrant le visage.

Le château en vue, Zane s'accorda enfin le droit de se détendre. Ses épaules s'affaissèrent imperceptiblement, et il respira plus librement, libéré d'une nervosité qui s'était accrue au fur et à mesure des négociations. Il s'était attendu à œuvrer dans un climat difficile, eu égard à la révolte qui grondait en Écosse, mais l'ampleur du mouvement l'avait désarçonné et… peiné. Son beau pays se fracturait à l'aune d'une pauvreté qui divisait au moment où ils auraient dû tous être solidaires.

— Je suis heureux d'être de retour, constata Sage, comme en écho à ses pensées maussades.

— Je ne soupçonnais pas que nous resterions si longtemps à Édimbourg, convint Zane en se retenant de lancer son cheval au galop.

Il avait ruminé une bonne partie du voyage, jusqu'à ce qu'il reconnaisse les montagnes chères à son cœur. Avant même qu'Armydale apparaisse contre l'horizon, il s'était laissé envahir par un sentiment qu'il n'avait jamais éprouvé à l'idée de retrouver non seulement son domaine, mais également son épouse.

Ly-Ann lui avait manqué, plus qu'il ne l'aurait soupçonné. S'ils s'étaient progressivement rapprochés au fil des mois, il n'avait pas eu conscience que son sourire était la première chose qu'il cherchait au réveil. Quant à leurs discussions, même les plus âpres, il s'en délectait avec une réjouissance inédite.

Alors, oui, il était pressé de la retrouver et de l'enlacer ; d'entendre battre son cœur sous sa paume et de humer son parfum fleuri si délicat.

— Une dernière course ? le défia Sage, les yeux brillants d'impatience.

Zane esquissa un sourire frondeur et éperonna son étalon, comblé de sentir le vent lui fouetter le visage. Armydale les accueillit avec son silence habituel, si ce n'était le ressac de la mer en contre fond, une douce complainte qui le revigora autant que l'odeur des embruns.

— Votre Grâce, le salua son métayer en chef en surgissant des dépendances dès qu'il eut posé pied à terre.

— Tim ! Bouchonnez-les bien, ils l'ont mérité, dit-il en lui confiant les rênes de son cheval. Et faites porter mes bagages à l'intérieur.

— Bien, Votre Grâce.

D'ordinaire, après une absence aussi longue, il se précipitait vers les écuries pour vérifier que ses chevaux se portaient bien, mais le besoin qui l'alpaguait le détourna de cet objectif.

— Tous mes étalons vont bien ? s'enquit-il, le regard braqué sur la porte du château.

— Oh pour sûr que oui ! répliqua Tim avec un sourire fier. Vos bêtes sont en parfaite santé et ont travaillé dur pendant votre voyage. Le jeune Connor a même fait des miracles avec Feu Ardent.

— Je viendrai tout à l'heure, affirma-t-il, avant de se diriger vers sa demeure.

— Pressé ? le tança Sage, sans dissimuler qu'il l'était tout autant.

Un sourire heureux flotta sur les lèvres de Zane. S'abstenant de répondre, il grimpa les marches qui menaient à sa chambre, conscient qu'il était trop tôt pour que Ly-Ann soit réveillée. Il poussa délicatement la porte et pénétra dans la pièce, clignant des yeux pour s'habituer à la pénombre que perçait à peine le soleil naissant.

Ly-Ann dormait au milieu du lit, ses épais cheveux répandus sur l'oreiller. Sa respiration était lente et tranquille, preuve d'un sommeil serein et dénué de tensions.

Il s'approcha doucement et ôta ses bottes et ses vêtements avant de s'allonger près d'elle, émerveillé par son visage lisse de toute contracture. Ly-Ann était naturellement belle et devenait sublime au cœur de la passion, mais ainsi abandonnée, elle ressemblait à l'une des créatures qui peuplaient la lande.

Son regard dériva sur ses courbes généreuses et s'arrêta sur le renflement de son ventre. La gorge nouée par l'émotion, il appuya la main sur l'abdomen tendu, sidéré qu'il se soit autant développé pendant son absence. L'idée que son fils ou sa fille grandisse à l'abri de cet écrin l'éblouit un peu plus.

Sans pouvoir résister à la tentation, il déposa un baiser léger sur les lèvres entrouvertes, et s'enhardit lorsque Ly-Ann s'agita doucement. Elle finit par soulever ses paupières lourdes de sommeil et sourit la seconde suivante en le reconnaissant.

— Vous m'avez manqué, chuchota-t-elle d'une voix languide, écho des paroles qu'il ne se sentait pas encore capable d'énoncer à voix haute.

En retour, il caressa sa joue satinée et s'accorda le droit de goûter plus intimement sa bouche. Ly-Ann lui saisit les épaules pour le rapprocher d'elle et gémit contre ses lèvres lorsqu'il empoigna avec délicatesse son sein.

En une fraction de seconde, il oublia la tension endurée à Édimbourg et la brisure dans son cœur à l'idée que son pays se délitait lentement. Au lieu de s'insurger contre cette vérité qui en dévoilait une autre, qu'il ne pouvait nommer, il enlaça sa femme et choisit de s'abandonner au bonheur qu'elle avait apporté dans sa vie.

Emmitouflée dans un plaid par-dessus son manteau, Prudence sortit du château au moment où le fiacre entrait dans la cour. Son cœur tambourinait sourdement dans sa poitrine, en grande partie parce qu'elle n'avait pas cru que ce jour arriverait. Elle vacilla légèrement lorsque Faith apparut derrière la petite lucarne de la calèche, le visage si largement fendu qu'elle sentit sa joie bannir le froid de l'hiver.

— Doucement, lui conseilla Zane à l'oreille en enroulant un bras autour de sa taille.

— Merci d'avoir tenu votre promesse, répondit-elle, des larmes de reconnaissance au coin des yeux.

Jusqu'au bout, elle n'y avait pas cru. Non pas qu'elle n'accorde pas à Zane sa confiance, mais elle avait été trahie si souvent par son père qu'elle avait inconsciemment supposé qu'il cherchait à la tranquilliser en lui faisant miroiter la compagnie de son amie.

L'intensité du regard qu'elle reçut en retour lui noua le ventre.

Comme s'il craignait qu'elle trébuche sous le coup de l'émotion, il la guida en bas des marches du perron.

— Miss Evans, commença-t-il quand Faith posa pied à terre. Bienvenue à Armydale.

— Je vous remercie de m'y accueillir, Votre Grâce, répondit-elle.

Prudence lui tomba dans les bras.

— J'étais tellement inquiète, sanglota-t-elle en la pressant contre elle.

— J'avais peur de ne jamais te revoir, lui avoua Faith à l'oreille. Tante Abby est partie si vite… Je… Je ne savais plus quoi faire et… M. Floyd est arrivé, et il a pris les choses en main.

— J'aurais aimé être à tes côtés…

Zane avait refusé qu'elle traverse le pays pour se

recueillir sur la tombe d'Abigaïl, lui promettant qu'ils iraient ensemble, une fois le bébé né et les beaux jours revenus. Elle n'avait pas été en mesure de s'élever contre cette décision, la sécurité de son enfant passant avant toute chose. Elle avait néanmoins regretté que Faith traverse seule cette épreuve.

— Dès que j'ai su que je te reverrai, cela a été plus facile. Je n'y croyais pas quand j'ai reçu ta lettre et…

— Mesdames, les interrompit Zane, un sourire indulgent sur les lèvres, je pense que vous seriez mieux à l'intérieur.

Prudence sentit Faith se raidir contre elle et considéra son amant avec amusement. Elle aussi l'avait trouvé intimidant, la première fois qu'elle l'avait aperçu, une éternité plus tôt, lui sembla-t-il, incapable d'imaginer qu'il serait d'une douceur délectable dans l'intimité. Pourtant, c'est ce qu'il était : en colère ou dévoré de passion, il la traitait avec une ferveur presque extatique.

— Nous t'avons préparé une chambre que tu vas adorer, l'informa-t-elle, pressée de pouvoir lui confier tout ce qui pesait sur son âme.

— Je vous laisse vous installer, précisa Zane.

Elle l'observa pendant qu'il s'éloignait pour rejoindre Floyd, un doux sourire sur les lèvres. Depuis son retour d'Édimbourg, il la traitait avec une tendresse qui la réchauffait intimement et nourrissait ses illusions que, peut-être…

— Seigneur ! hoqueta Faith en s'extasiant devant l'intérieur du château. C'est immense et si beau…

— Et tu n'as pas encore découvert ta chambre !

Prudence attendit qu'elles soient seules pour l'étreindre de nouveau et laisser couler ses larmes. Entre la joie de revoir son amie et la peine d'avoir perdu sa tante sans même un au revoir, son cœur tambourinait douloureusement dans sa poitrine.

— Comment est-elle partie ? demanda-t-elle en bravant son chagrin.

— Elle n'a pas souffert, la rassura Faith. Elle s'est endormie et ne s'est pas réveillée. Elle avait une forte fièvre depuis sept jours et le Dr Hallington n'était pas très optimiste. Je… On a tout tenté, mais…

Elle se tut, des larmes dévalant ses joues blafardes.

— Savait-elle pour moi ? s'enquit Prudence, une main protectrice posée sur son ventre.

— Non, je lui ai caché un maximum de nouvelles. Elle était déjà tellement en colère que tu sois partie avec ton père. Je crois qu'elle se reprochait de ne pas avoir été capable de te défendre contre lui et… cet enfant, Prudence ?

— Je le désire, Faith. La vie ici est loin d'être difficile. Je… Zane est un époux exigeant, mais il sait aussi être attentionné et…

— Il est effrayant !

— Ne te fie pas à cette apparence. J'ai appris à découvrir un homme bon et loyal. Il prise juste la solitude. Mais Armydale est un trésor, Faith. C'est si beau et sauvage, je suis persuadée que tu vas aimer ce pays…

— Henry compte revenir, n'est-ce pas ?

— L'été prochain. Il dit qu'il nous aidera à trouver une nouvelle maison et que je pourrai garder mon bébé, mais…

Elle s'humecta les lèvres, la gorge soudain sèche.

— Tu ne te fies pas à sa parole, termina Faith. Tu as raison, je pense. As-tu envisagé une autre solution ?

— J'ai voulu parler à Zane, seulement… s'il apprend la vérité, il m'arrachera mon enfant. C'est hors de question.

— En es-tu certaine ? Peut-être que…

— Il ne pardonnera pas mon mensonge et… je le crois engagé affectivement avec Margaret.

Faith grimaça, puis comprit soudain.

— La femme de son ami, c'est bien cela ? Mon Dieu, mais…

Prudence lui saisit les mains et habilla sa bouche d'un sourire qu'elle espérait confiant.

— C'est ainsi ! Nous ne pouvons compter que l'une sur l'autre. Comme toujours…

— Oui, nous sommes ensemble, désormais, et je serai à tes côtés quoiqu'il arrive !

Elles s'enlacèrent jusqu'à ce que Prudence cesse de trembler. Elle releva alors les yeux et les plongea dans ceux de son amie, avant d'examiner ses traits fatigués.

— Georges…, dit-elle, peinée.

— Il ne m'aimait pas assez, visiblement, l'arrêta Faith, la gorge contractée d'émotion. Je… Cela a été douloureux, mais j'ai décidé de ne pas pleurer un homme assez inconstant pour rompre une promesse de mariage afin d'en épouser une autre.

— Oh ! Faith !

— Nous survivrons, Prudence. Tant que nous sommes ensemble, nous trouverons une solution !

Zane avait deviné, à l'instant où il avait croisé le regard de Floyd, que quelque chose clochait. Il l'invita à le suivre dans son bureau.

— Eh bien, qu'avez-vous appris ?

— Cela ne va pas vous plaire, Zane, répondit son vieil ami. Tout d'abord, comme je vous l'ai indiqué dans ma lettre, Faith et la tante de votre épouse cohabitaient vraiment dans des conditions rudimentaires.

— Harrington est un égoïste, je ne suis guère surpris qu'il ait ignoré la sœur de sa défunte femme.

— Il lui versait de temps en temps un peu d'argent, mais rien qui leur permette de vivre correctement. Il a néanmoins été plus généreux il y a quelques mois.

Zane étrécit les yeux : il connaissait assez Floyd pour repérer dans sa voix un avertissement contenu.

— Je vous écoute.

— Abigaïl et Faith ne résidaient pas seules à Polperro. Prudence Harrington occupait également les lieux.

— Prudence Harrington ?

— La seconde fille d'Harrington et… la sœur jumelle de Ly-Ann. Une jumelle qui lui ressemble comme deux gouttes d'eau, précisa-t-il.

Zane sentit son sang se retirer de son visage, à mesure qu'il entrevoyait les répercussions possibles.

— Une demoiselle réputée pour sa droiture et sa gentillesse. Elle s'est occupée de sa tante avec une dévotion qualifiée d'admirable par la société de Polperro. J'ai cru comprendre qu'elle aurait pu épouser un gentilhomme des environs, mais la famille a jugé que ce mariage serait une mésalliance.

— Continuez, l'encouragea Zane lorsqu'il marqua une pause.

— La demoiselle a disparu un matin, au bras de son père, mais certains m'ont avoué qu'elle n'était plus elle-même depuis quelques semaines, au point qu'ils ne la reconnaissaient pas… Je suis navré, Zane, mais je pense qu'Harrington vous a mystifié. Que la femme qu'il a amenée ici pour le mariage n'était pas Ly-Ann, mais sa sœur, l'innocente et dévouée Prudence.

# Chapitre 22

Incapable de brider sa colère, Zane préféra chevaucher jusqu'à la nuit tombée dans la lande, plutôt que d'affronter son épouse. Son épouse… ou plutôt sa sœur… À l'instant où Floyd lui avait révélé l'existence d'une jumelle, il avait su ; du plus profond de son âme, il avait su.

Si Prudence n'avait pas été enceinte, il serait allé la secouer aussitôt, mais cette traîtresse portait son enfant. Un enfant qu'il allait devoir protéger des Harrington, quoi qu'il lui en coûte !

Accélérant l'allure de son cheval, il se coucha contre son encolure et laissa le vent lui fouetter le visage, tandis que l'animal prenait de la vitesse. Autour de lui, le silence des montagnes lui rappelait que peu importaient les obstacles, la nature était immuable et puissante. Il avait survécu en se nourrissant de cette force et comptait bien réitérer cet exploit, quand bien même le poison s'était infiltré dans son cœur.

C'était le plus douloureux : il avait fini par s'attacher à sa femme, à révérer les moments qu'ils passaient ensemble. De rage, il hurla dans le vent.

Lorsqu'il rentra au château, il n'était pas apaisé, mais se sentait capable de confronter Prudence sans mettre en danger la vie de son enfant. Il la trouva dans le petit salon, occupée à broder avec sa mère et Faith.

— Ly-Ann, l'appela-t-il. Je souhaite vous parler. Dans mon bureau.

Un sourire léger sur les lèvres, elle le suivit. Il avait souvent eu le sentiment qu'elle se contenait face à lui. Il comprit à cette seconde que cela n'avait pas été qu'une impression. Prudence le mystifiait depuis le début, démontrant une fourberie égale à celle de sa sœur dépravée. Et son innocence, lors de leur nuit de noces, n'y changeait rien. La perversion était profondément ancrée dans son âme, puisqu'elle avait cédé son corps à un inconnu pour protéger son père et sa jumelle.

— Installez-vous ! lui ordonna-t-il, une fois qu'il eut refermé la porte de son bureau.

Prudence se tortilla sur sa chaise, mal à l'aise, contemplant le dos crispé de Zane. Ce dernier s'était campé devant la fenêtre, une position qu'il affectionnait, notamment les jours de tempête. Ce jour-là, un vent cinglant rugissait entre les tours du château, mais la pluie avait cessé depuis le matin, alourdissant une atmosphère glaciale. Étonnamment, pourtant, il n'avait pas encore neigé.

Alors qu'elle avait bien chaud, installée devant un âtre qui crépitait joyeusement, un frisson lui remonta le long de la colonne vertébrale. Zane ne s'était pas adressée à elle sur ce ton depuis des semaines, et elle n'était pas sûre d'avoir envie d'en comprendre la raison. Pas alors que, sous sa paume, son bébé bougeait doucement, renforçant un lien dont elle avait secrètement rêvé sans en percevoir l'intensité.

— Vous m'avez menti ! aboya-t-il soudain, la faisant violemment sursauter. Dites-moi, Prudence, cela vous a amusé, au moins ?

Les yeux écarquillés, elle resta muette, les battements de son cœur palpitant contre ses oreilles.

— Je ne…

— Taisez-vous ! rugit-il en faisant volte-face. Rien ne saurait justifier votre attitude. Encore moins maintenant que vous portez mon enfant ! Êtes-vous à ce point sans pitié qu'abandonner la chair de votre chair vous paraît un détail ?

— Il n'est pas question…, s'insurgea-t-elle, avant de réaliser qu'elle venait de commettre un impair.

— Pardon ? cracha Zane, les yeux emplis de fureur.

Elle se tordit les mains, puis finit par soupirer.

— Je… Il n'était pas prévu que je tombe enceinte. Je devais rester ici à peine quelques semaines.

— Juste le temps d'accomplir le devoir conjugal de votre sœur et de me piéger, railla-t-il.

Sa morgue insultante lui fouetta le sang. Elle aurait aimé avoir un autre choix que celui d'accepter le marché de son père, mais elle avait eu le sentiment de n'en avoir aucun autre. En définitive, sa tante était décédée avant même de pouvoir profiter des avantages gagnés, et elle-même était prisonnière d'une situation infernale.

— Vous jugez sans savoir, gronda-t-elle. C'est facile pour vous ! Vous vivez dans l'opulence, sans jamais avoir eu faim ou froid, mais…

— N'essayez pas de m'attendrir, Prudence. Je ne suis pas d'humeur à entendre vos bêtises.

Elle se renfrogna, consciente qu'il ne l'écouterait pas et qu'elle n'était pas juste avec lui. Ses cicatrices prouvaient qu'il n'avait pas eu la vie facile, lui non plus, mais son intransigeance était comme une brûlure sur sa peau. Parce qu'après tout ce qu'ils avaient partagé, il la condamnait sans même lui accorder le bénéfice du doute. Elle cligna des paupières pour refouler des larmes d'amertume et redressa le menton.

— Ly-Ann devait reprendre sa place sans que vous ne vous soyez aperçu de rien, se força-t-elle à expliquer. Ma grossesse a chamboulé le cours des choses.

— Harrington comptait attendre la naissance pour procéder à l'échange ?

— Je ne suis pas dans les secrets de mon père, avoua-t-elle du bout des lèvres. Mais je n'abandonnerai pas mon bébé ! Jamais !

— Après avoir choisi de faire de mon héritier un bâtard, vous espériez me l'enlever ?

Elle se releva d'un bond et, sans se soucier de l'air menaçant de son amant, pointa un doigt sur son torse.

— Mon enfant n'est pas un bâtard ! Je vous interdis !

Zane la saisit par le poignet et la ramena contre lui brusquement. Le visage collé contre le sien, il exsudait d'une telle colère qu'elle tressaillit et se raidit lorsqu'il posa la main sur son ventre arrondi.

— Cet enfant est mien, grogna-t-il, et personne ne me le volera. Est-ce que je suis assez clair ?

— Ne me l'enlevez pas, implora-t-elle, saisie de panique quand l'étau se raffermit sur son bras.

— Vous ne méritez aucunement ma compassion ou ma pitié ! Pas alors que vous m'avez menti et trahi de la pire façon qui soit. Je commençais à croire que vous étiez différente de la femme que l'on m'avait dépeinte, mais vous êtes pire, Prudence. Votre sœur n'a jamais dissimulé sa sournoiserie, elle !

— Vous n'avez pas le droit de me blâmer aussi abruptement. C'est injuste ! Je n'ai jamais été votre ennemie…

— Vous l'êtes devenue le jour où vous vous êtes faufilée dans mon lit pour me duper.

Prudence se mordit les lèvres pour ne pas hurler. La peur qu'elle ressentait depuis des mois avait fini par la submerger, et elle tremblait de tous ses membres, anéantie par le poids de cette condamnation.

— Qu'allez-vous faire de moi ? demanda-t-elle d'une voix chevrotante.

Le rictus qui fendit le visage de Zane promettait tant de ténèbres qu'elle se serait écroulée, s'il ne l'avait pas maintenue contre lui.

— Cela ne vous concerne pas pour le moment, mais je compte vous garder à l'œil jusqu'à votre accouchement. Ensuite… Eh bien, tout dépendra des plans abjects de votre père, je présume. Soyez néanmoins assurée que vous me payerez très cher toute nouvelle collaboration avec lui. Choisissez votre camp, Prudence, cela vous évitera peut-être le pire…

Il la relâcha comme s'il ne supportait plus de la toucher et sortit en trombe du bureau. Elle resta immobile, incapable de faire un pas ou même de libérer les larmes qui lui nouaient la gorge. La panique déferla sur ses sens comme une horde de chevaux sauvages, la laissant amorphe.

— Ly-Ann, l'interpella Faith depuis le seuil, l'inquiétude peinte sur son visage.

— Il sait tout, confessa Prudence en retour.

Elle tourna un regard désespéré vers sa meilleure amie, cédant enfin aux larmes.

— Il sait tout…

— Comment ?

— Peu importe. Il… Il va me prendre mon bébé, Faith. Il va le garder et me chasser…

Faith combla la distance entre elles et l'étreignit avec tendresse.

— Personne ne te volera ton enfant ! Nous nous battrons ensemble.

— Faith… J'ai tellement peur. Je…

Incapable de tenir plus longtemps sur ses jambes, elle s'effondra sur le sol, cherchant dans le contact du parquet sous ses mains la force pour ne pas se laisser submerger. Faith s'assit à ses côtés, présence silencieuse et réconfortante qui l'aida à reprendre pied.

— Si ce n'est pas Zane, c'est Henry qui nous retrouvera, soupira-t-elle avec fatalité, au bout d'un interminable moment.

— Pas si nous fuyons très loin d'ici. Nous ne sommes personne, Prudence, invisibles même, ce qui pourrait bien nous sauver.

— Comment parviens-tu à toujours discerner le meilleur dans chaque situation ? demanda-t-elle, reniflant et riant à demi.

— Je suis née pleine d'optimisme. Et puis, je pense que tu devrais laisser un peu de temps à Zane pour digérer tout cela…

— Il prône la loyauté comme une qualité absolue. Il ne me pardonnera jamais.

— Sauf que tu l'aimes, la corrigea Faith avec douceur.

Prudence se renfrogna, avant d'abonder d'un hochement de tête. Oui, elle s'était éprise du mari de sa sœur, de quoi accroître sa peine, alors qu'elle savait que rien de bon n'adviendrait de cette relation…

# Chapitre 23

Margaret marqua une pause sur le seuil de la bibliothèque et manqua faire demi-tour, avant de se morigéner. Elle fuyait Prudence depuis trop longtemps, de sorte que sa culpabilité l'empêchait de dormir d'un sommeil réparateur. Sage l'avait encouragée à crever l'abcès, mais cette mise à nu l'effrayait presque autant que sa mesquinerie. Elle se défendait d'être ce genre de mégères, aussi son comportement à l'égard de Prudence l'indisposait-il, maintenant qu'elle avait admis sa lâcheté.

— Prudence, la salua-t-elle, la voix légèrement chevrotante.

La jeune femme releva à peine la tête. Depuis que son subterfuge avait été découvert, Zane l'avait assignée à demeure et lui imposait un garde, lorsqu'elle faisait quelques pas dehors. C'était en apercevant ses traits tirés et la lueur de panique dans ses yeux que Margaret avait compris qu'elle s'était fourvoyée. Et, même si Zane refusait de l'écouter, elle savait qu'elle devait faire amende honorable auprès d'elle.

— Margaret…, l'accueillit Faith d'un ton tranchant. Nous ne vous avons guère croisée, ces derniers jours.

— Prendre son courage à deux mains exige une force qui m'a manqué, avoua Margaret avec une moue contrite.

— Si vous venez nous donner le fond de votre pensée, répliqua Prudence, une expression de témérité accrochée au visage, faites-vous plaisir, très chère.

Margaret s'avança et s'installa sur le siège voisin, si navrée que ses mains en tremblaient.

— Non ! Non ! Prudence ! Je… je suis ici pour m'excuser. Je vous ai mal jugée et… je le regrette sincèrement.

Derrière la fente étrécie de ses yeux, Prudence la jaugeait avec circonspection, le corps si tendu qu'elle sentit le nœud de culpabilité enfler dans sa gorge.

— J'étais tétanisée à l'idée que Zane se lie à une femme comme votre sœur, poursuivit-elle du bout des lèvres. Vous comprenez, il a déjà tellement souffert avec Isabelle… Il mérite le bonheur, plus que n'importe qui, et ce mariage… Je vous ai haïe sans chercher à voir qui vous étiez réellement.

— Et maintenant que vous savez que je ne suis pas la véritable épouse de Zane, vous êtes soulagée ? la railla Prudence en retour.

— Non, pas du tout. À mes yeux, vous êtes celle qu'il lui faut, au contraire.

Prudence se retint de rire devant cette affirmation qui réactivait la douleur dans sa poitrine et se laissa gagner par la rancœur.

— Pourquoi ? Parce que je serai toujours celle qui l'a trahi ? Cela vous permet de le garder pour vous !

— Pour moi ? Zane et moi n'entretenons pas ce genre de relations.

— Vous essayez de me faire croire que vous n'êtes pas amoureuse de lui ? railla-t-elle, amère.

Margaret se décomposa, avant de baisser la tête.

— Je l'ai été, c'est vrai, admit-elle, mais c'était il y a si longtemps. Aujourd'hui, j'aime mon mari.

— Je vous ai vus ensemble, insista Prudence, la poitrine douloureuse.

— C'est pour cette raison que vous ne vous êtes pas ouverte à lui, quand vous avez appris votre grossesse ? demanda Margaret, le regard acéré.

— Je suis l'ennemie, pourquoi me serais-je confiée à lui ?

— Pour le salut de votre enfant. Nous nous ressemblons plus que vous ne le croyez, Prudence. J'ai vu votre joie quand vous avez découvert que vous attendiez un bébé, mais j'ai aussi ressenti votre terreur, même si je n'ai pas été à même de la déchiffrer. Zane vous aurait écoutée, je vous le garantis.

Prudence quitta son siège pour se poster devant la fenêtre. Le ciel bouché surmontait une mer maussade ; pourtant, l'envie de courir vers la plage la démangeait. Si elle était autorisée à se promener, elle n'avait plus le droit d'utiliser le petit sentier, jugé trop dangereux vu l'avancée de sa grossesse, ou de s'engager sur la lande. La frustration la rongeait, mais moins que la peur de l'avenir. D'instinct, elle posa la main sur son ventre et se força à inspirer calmement.

— Je n'en crois rien, finit-elle par répondre.

— Si, Zane aurait compris, si vous lui aviez expliqué votre situation.

— Vraiment ? Il est facile de blâmer quand on vit

dans un château comme Armydale, et que l'on n'a jamais manqué de rien.

— C'est là où vous vous trompez, Prudence. Je… Zane a grandi dans la solitude la plus complète, mis au ban de la société par un beau-père violent. John le maltraitait, mais personne ne s'en est jamais soucié, et Corinne ne pouvait l'aider autrement qu'en éloignant son époux. Lorsque je l'ai rencontré, j'avais quinze ans, et Sage était le seul qu'il laissait approcher.

John… C'était lui le responsable des cicatrices sur le dos de Zane. L'indignation de Prudence concurrençait sa colère. Elle reconnut intérieurement qu'elle n'aurait pas dû en être surprise. La réputation de l'homme le plaçait sous un jour infâme ; qu'il ait rejeté son beau-fils n'était donc guère étonnant. Mais sur la question de la maltraitance…

Elle songea au bébé qu'elle portait, consciente qu'elle lutterait jusqu'à la mort pour le préserver de pareil sort. Quant à Zane… Elle comprenait mieux sa réserve : comment faire confiance de nouveau, lorsque l'on avait été trahi de la plus vile des manières ? Il s'était construit aux côtés d'un monstre, sans jamais verser dans les travers de son bourreau. Sa force morale la frappa une fois de plus, même si cela n'annihila pas la douleur de n'avoir pas été pour lui une confidente.

— Vous êtes tombée amoureuse, s'étrangla-t-elle, la jalousie rivalisant avec la compassion.

— Oui, admit Margaret, une rougeur coupable sur les joues. Mon père était pasteur et déterminé à rétablir des relations de qualité avec le duc de Rosendale. Cela a pris un an, mais Zane a fini par lui accorder son amitié. À l'époque, il était l'incarnation de mes rêves de jeune fille. À ma décharge, j'étais naïve et j'avais la tête remplie de désirs de mystères et d'aventures.

— Que s'est-il passé ? s'enquit Faith en sortant de son silence sévère.

— Zane s'est épris de moi en retour, et il aurait probablement fait sa demande, si mon père n'était pas mort d'une mauvaise fièvre. Je me suis retrouvée seule au monde, sans famille. Mon père avait développé une telle affection pour Zane qu'il l'avait désigné comme mon tuteur s'il décédait avant que je convole.

Elle s'arrêta et essuya une larme au coin de sa paupière, avant de regarder Prudence les yeux dans les yeux.

— Beaucoup lui ont conseillé de se désengager de cette charge, mais Zane est un homme d'honneur. Il a accepté envers et contre tous, mais il est alors devenu inconcevable pour lui de me considérer autrement que comme une pupille dans le besoin. Il a refusé de profiter de la situation pour me séduire. Je me suis alors installée au château. Très vite, face aux rumeurs malveillantes qui circulaient à la suite de ces dispositions, il a décidé de se montrer un tuteur strict et surtout au-dessus de tous soupçons. Sage était là… Il a été un pilier pour moi et… je suis tombée amoureuse de lui. J'ai alors compris que Zane ne m'avait inspiré que des chimères et que je l'aimais plutôt comme un frère.

La douleur perçait dans sa voix, assez pour que Prudence devine que la réputation de Margaret avait sévèrement pâti de cette situation.

— Je lui resterai éternellement redevable, continua cette dernière. Sans lui, je ne sais pas ce que je serai devenue. Alors, quand j'ai été le témoin de ses souffrances pendant son mariage avec Isabelle, et que j'ai appris qu'il se voyait imposer une seconde union… je suis navrée, mais j'étais tellement en colère pour lui.

— Je compatis sincèrement, intervint Faith, mais cela ne justifie pas son attitude tyrannique ! Il interdit à Prudence de sortir sans une escorte et d'aller plus loin que le chemin qui mène au village. Et il maintient le mystère sur l'avenir de leur bébé !

— Il a déjà perdu un enfant, expliqua Margaret. Il refuse d'en parler, mais je suis persuadée qu'il a peur que l'histoire se répète. Isabelle n'aimait pas l'Écosse. Elle a fini par se jeter du haut de la tour, alors qu'elle était enceinte.

— Mon Dieu ! s'écria Prudence. Mais c'est terrible !

Margaret la rejoignit et lui saisit les mains, l'air si sérieux que ses sourcils se fronçaient au-dessus de ses yeux.

— Il vous pardonnera si vous ne lui dissimulez plus rien, murmura-t-elle. Et jamais il ne vous arrachera votre enfant. Il sera incapable d'une telle méchanceté, si vous vous montrez honnête et loyale envers lui.

— C'est trop tard…

— Non ! Zane n'a jamais été aussi heureux que depuis que vous êtes ici. Vous avez réussi à toucher une part de lui qu'il garde d'ordinaire cachée. Ne désespérez pas !

— Pourquoi me confier tout cela ? s'étonna Prudence, sans pourtant accorder foi aux paroles de Margaret.

— J'ai connu l'incertitude qui mène aux pires expédients. Cette crainte… je ne la souhaite à personne et, maintenant que je sais ce que vous avez vécu, je comprends mieux vos choix. Quoi qu'en pense votre père, vous êtes l'épouse de Zane. Vous devez tout faire pour préserver ce bonheur.

Prudence se renfrogna et pivota vers la fenêtre pour

s'abîmer dans la vision du panorama maussade. Elle aurait voulu croire que Zane éprouvait pour elle ne serait-ce qu'un peu de tendresse, mais il lui battait froid depuis des jours, refusant même de lui adresser la parole. Leur semblant de complicité n'avait été qu'une illusion destinée à la rassurer…

Elle sursauta lorsque Faith l'enlaça par-derrière et l'embrassa sur la joue.

— Peut-être que cela vaut la peine d'essayer de le convaincre, lui souffla-t-elle à l'oreille.

— Il ne m'écoute pas, Faith.

— Il n'écoute pas la femme qu'il estime être une traîtresse, mais si tu lui parlais avec le cœur ? Tu es amoureuse de lui, Prudence, et tu portes son enfant. Même si, pour ma part, je l'embrocherais bien sur une épée pour le mal qu'il t'inflige, je sais que tu rêves de former une vraie famille avec lui. Alors, s'il reste une chance, tu dois tout tenter.

# Chapitre 24

Prudence s'éveilla au bruit des bottes qui martelaient le parquet dans la chambre voisine de la sienne. Cela faisait plusieurs jours qu'elle avait réinvesti son lit, mais Zane avait décidé de laisser la porte communicante ouverte, depuis qu'il l'avait découverte au sortir d'un cauchemar. Pendant un bref instant, il l'avait pressée contre son torse, ses mains s'attardant sur ses épaules, avant de se retirer sans un mot. Son cœur meurtri avait tressauté dans sa poitrine, et elle avait fini par admettre qu'il ne lui pardonnerait jamais ses mensonges, quoi qu'elle fasse.

Pourtant, ce matin-là, poussée par les conseils de Faith, elle quitta le nid de ses couvertures pour le rejoindre. Zane était obtus, mais elle espérait bien que, cette fois, il l'écouterait. Pour leur enfant à naître, elle devait au moins essayer…

Il achevait de boutonner son gilet lorsqu'elle s'immobilisa sur le seuil, l'estomac noué d'une appréhension qui exacerbait ses émotions à vif. Depuis plusieurs jours déjà, elle se sentait d'une sensibilité inhabituelle, presque désolante, mais contenait ces débordements en crispant les poings. Comme autrefois, quand l'impuissance la rivait au sol…

— Que faites-vous ici ? la somma-t-il en l'apercevant.

— J'ai besoin de vous parler…

Une lueur vacilla dans le regard de Zane, puis s'évanouit aussitôt. Il la toisa avec sévérité et se dirigea vers la sortie d'un pas énergique.

— Il n'y a rien à dire.

— J'étais aux abois, dit-elle d'un ton empressé, presque suppliant.

Il s'immobilisa sur le seuil, lui exposant la vision de son large dos. Il ne pivota pas vers elle, ne l'encouragea pas d'un regard compatissant, de sorte que des larmes de colère lui brûlèrent les paupières. Elle s'efforça de se rappeler que lui aussi avait souffert autrefois, mais sa dureté la blessait profondément. Parce qu'au-delà de ses mensonges, elle s'était offerte à lui avec toute la sincérité de son âme et qu'elle pleurait sur ce don qu'il ne savait pas apprécier ni même voir…

— Ma tante était malade, trouva-t-elle la force de continuer. Nous avions à peine de quoi nous nourrir, et l'hiver arrivait sans que nous ayons de quoi nous chauffer. Il était évident qu'elle ne survivrait pas longtemps. Faith avait une chance de s'en sortir, puisqu'elle était fiancée, mais notre avenir demeurait incertain…

Dans un silence tendu, elle déglutit nerveusement. Une larme sinua le long de sa joue, mais elle l'essuya rapidement, refusant de manifester la moindre faiblesse devant l'homme intraitable qui avait pourtant caressé son corps avec une passion brûlante.

— Quand mon père s'est présenté devant moi avec sa proposition… J'aurais aimé pouvoir l'envoyer paître, mais… je savais que je ne me marierais jamais et que c'était peut-être mon unique chance pour apporter un peu de réconfort à la femme qui s'était dévouée pour moi depuis ma naissance. Je ne devais résider ici que deux ou trois semaines, tout au plus et… je n'ai pas mesuré ce que cela impliquait pour vous, centrée sur le besoin de secourir ma tante et Faith.

Ses mains tremblaient tellement qu'elle les referma sur le tissu léger de sa chemise de nuit. Cet ancrage physique l'aida à mieux respirer, à ordonner ses idées pour achever son mea culpa au goût aigre. Zane aurait pu lui rendre l'exercice moins ardu d'un simple regard, mais il campait sur ses positions. C'était si douloureux que sa poitrine se soulevait avec difficulté, entachée d'une pointe au niveau de son cœur.

— Je suis navrée d'avoir joué un rôle dans cette mascarade, Zane, mais je ne pensais pas disposer d'un autre choix. J'ai commencé à avoir des remords, seulement… je ne savais pas si je pouvais vous accorder ma confiance. Ma priorité restait de protéger ma tante et Faith…

Elle tiqua devant la silhouette toujours aussi immobile. Zane exprimait une telle désapprobation au travers de son silence que l'envie de détaler et de se cacher sous un amas de couvertures lui noua férocement le ventre. Elle puisa dans la détermination ancrée dans son cœur pour en finir une bonne fois pour toutes.

— Quand j'ai appris ma grossesse, j'ai voulu me confesser. Puis je vous ai aperçu avec Margaret…

Elle se raidit un peu plus lorsqu'un rire infime, accusateur et glacial, accueillit cette confidence.

— Je sais que vous ne pouvez pas le comprendre,

mais j'étais terrifiée à l'idée que mon père ou vous-même m'enleviez mon enfant. Je… je ne le supporterai pas ! Je ne suis peut-être pas votre épouse légitime et je vous ai menti, mais je vous conjure d'être indulgent. Zane…

Elle se tut, à bout de souffle, et ne put cette fois-ci retenir ses larmes, un mélange d'amertume et de colère. Elle vit les épaules de son amant se contracter, mais, fidèle à sa posture réfrigérante, il quitta la pièce sans un mot, laissant son être intime déchiré.

Elle regagna sa chambre d'une démarche incertaine, l'âme écorchée à vif. Elle s'écroula sur son lit et s'abandonna aux sanglots qui lui soulevaient la poitrine. La sévérité de Zane l'atteignait en plein cœur, mais c'étaient les conséquences de son intransigeance qui la terrorisaient par-dessus tout.

— Prudence ? commença la voix inquiète de Faith. J'ai frappé, mais… Mon Dieu ! Que t'arrive-t-il ?

— Il ne me pardonnera jamais, bafouilla Prudence en redressant la tête. J'ai essayé de le lui expliquer, vraiment, mais il n'écoute pas.

Faith lui adressa un sourire navré, si débordante de compassion que ses larmes redoublèrent. Tandis que son amie l'enlaçait, elle puisa dans la chaleur de cette étreinte généreuse la force de se relever. L'une comme l'autre, elles n'avaient jamais baissé les bras face à l'adversité et, quand bien même elle devrait affronter un duc rigide et obstiné, elle sut qu'elle se battrait jusqu'à son dernier souffle !

— J'ai besoin de m'aérer l'esprit, dit-elle en essuyant ses joues humides.

— Alors, allons nous promener !

Prudence s'habilla rapidement et prêta à peine attention

à Anders, l'un des palefreniers de Zane, lorsqu'il leur emboîta le pas, fidèle à son rôle de garde du corps. Rabattant la capuche de son manteau sur sa tête, elle s'élança sur la lande en inspirant à pleins poumons l'air glacé, ravie que cette brûlure se substitue à celle de sa poitrine.

— Cela fait un bien fou, déclara Faith, en écho à ses émotions. Et si nous poussions jusqu'au village ?

— Votre Grâce, la rappela aussitôt à l'ordre Anders, Sa Grâce vous a recommandé de demeurer à proximité du château.

— Recommandé ou ordonné ? le défia-t-elle. Eh bien, allez donc l'avertir que je compte lui désobéir.

La plus vive sidération se peignit sur les traits du jeune homme, tandis qu'il ruminait ses options. Prévenir Zane revenait à l'abandonner, et il n'était pas assez fou pour s'exposer à la colère monumentale qui accueillerait pareille initiative. Prudence aurait dû s'en vouloir de le malmener ainsi, mais elle se sentit soudain plus légère.

Accélérant le pas, elle atteignit le chemin qui menait au village, et savoura la caresse du vent sur son visage. Il lui fallait avoir les idées plus claires pour envisager la suite. Si Zane n'était pas en mesure de lui offrir sa protection, et son cœur se délitait à cette idée, elle n'allait pas avoir le choix. Lançant un coup d'œil par-dessus son épaule pour vérifier qu'Anders se maintenait à distance, elle se pencha vers Faith.

— Je ne peux pas courir le risque qu'il me prenne mon bébé, chuchota-t-elle, la gorge douloureuse.

— Notre principal problème, c'est l'argent, riposta Faith en montrant qu'elle avait déjà réfléchi à la question. Un seul des bijoux de Mrs Barker suffirait à notre bonheur…

— On ne peut pas la voler ! s'indigna Prudence.

— Cette idée me déplaît souverainement, admit son amie, mais deux femmes avec un enfant représentent des proies faciles si elles ne jouissent pas des moyens de vivre. Je ne dis pas que c'est la solution, mais nous serons peut-être contraintes d'y songer.

Prudence demeura silencieuse tandis qu'elles avançaient le long de la rivière. L'eau chantonnait gaiement, comme si elle louait la venue des grands froids et se gorgeait de cette énergie pour redoubler d'ardeur. La forêt qui bordait l'autre côté du sentier paraissait presque amorphe face à ce regain.

— Une calèche, l'avertit Faith en l'entraînant vers les bois.

Le fiacre ralentit à leur approche, jusqu'à s'immobiliser au milieu de la voie. L'un des deux cavaliers qui l'escortaient, un homme imposant au regard polaire, les dévisagea avec une telle insistance qu'Anders jugea utile de se placer devant elles et leur enjoignit de reculer.

Prudence céda de bonne grâce, l'esprit bourdonnant de panique lorsqu'elle reconnut l'attelage. Le rideau qui dissimulait la lucarne frémit à l'ouverture de la porte, et avant même d'identifier la silhouette qui s'en extirpait, elle sut que ses ennuis allaient sérieusement empirer.

— Quel hasard ! se félicita Henry en posant le pied à terre.

— Père ? lâcha-t-elle, glacée jusqu'à l'os. Mais…

Sa sidération grimpa d'un cran quand une femme voilée le rejoignit. Ly-Ann…

— Nous devons rentrer, Votre Grâce, s'enhardit Anders, les yeux étrécis d'inquiétude.

— C'est un peu prématuré, intervint le cavalier en sautant de sa selle pour leur bloquer la route. Ainsi donc, Henry, vous ne nous avez pas trompés. Elles sont bien deux… La ressemblance est flagrante, c'est indéniable.

— Buckley ! le rappela à l'ordre Henry, les lèvres pincées. Vous avez obtenu ce pour quoi nous sommes venus, non ?

Le regard nonchalant, le dénommé Buckley détailla soigneusement Prudence, ce qui accéléra son rythme cardiaque. Elle ignorait ce qui se tramait, mais elle avait le sentiment d'être une proie entre deux chiens particulièrement belliqueux et avides de déchirer ses chairs.

— Malone sera ravi d'apprendre qu'il pourra organiser son mariage pour le printemps.

— Quel mariage ? s'enquit Prudence, un éclat réfrigérant sinuant le long de sa colonne vertébrale.

— Le vôtre, très chère, l'informa aimablement Buckley, son visage s'illuminant sans paraître plus sympathique pour autant, tout au contraire.

Elle déglutit nerveusement et recula d'un pas. Faith lui empoigna la main pour la tirer vers la forêt. Anders s'était raidi, son œil furetant dans tous les sens, comme s'il cherchait une issue. Il n'y en avait pas, sauf à s'enfoncer sous le couvert des arbres. Prudence était téméraire, mais pas stupide : avec son gros ventre, elle était incapable de courir et d'échapper à son père et à son ami. D'ailleurs, disparaître sous l'ombre de la canopée, dans l'anonymat le plus total, ne lui semblait pas forcément une bonne option.

Elle maudit intérieurement ce père qui ne reculait

devant aucune bassesse et l'avait trahie en organisant ses noces avec un parfait inconnu…

À cette pensée, elle étouffa un rire nerveux, luttant contre la panique. Avait-elle sérieusement espéré autre chose du mécréant qui l'avait abandonnée dès sa naissance ?

— Monsieur le duc s'attend à ce que nous ne tardions pas, déclara Anders d'un ton agressif. Il va envoyer des hommes nous chercher. Peut-être va-t-il même venir en personne !

— Vraiment ? siffla Buckley en croisant les bras, l'air sarcastique. Voilà qui est intéressant, ne trouvez-vous pas, Harrington ? Voilà l'occasion de régler votre problème, non ?

Henry soupesa la proposition avec circonspection. Il avait beau ne pas être un enfant de chœur, Buckley le surpassait en perversité. Ami loyal et fidèle de Malone O'Brien, celui-ci avait été chargé de vérifier qu'il ne mentait pas en ce qui concernait l'existence d'une jumelle. Malone n'avait guère apprécié l'absence de Prudence, encore moins de devoir repousser un mariage déjà planifié. Et, contrairement aux espoirs de Henry, il n'avait pas été sensible aux charmes de Ly-Ann, cette fois-ci. Non, c'était une épouse qu'il attendait et c'était une épouse qu'il exigeait. Il était allé jusqu'à l'accuser d'avoir créé de toutes pièces son histoire de seconde fille pour l'escroquer.

Il avait frôlé le désastre de peu. Malone était le genre d'hommes qu'il valait mieux ne pas compter parmi ses ennemis, sauf à vouloir perdre la vie au détour d'un chemin isolé. Et il avait déjà versé une somme substantielle pour sceller leur accord. L'idée d'avoir été dupé l'avait donc mis dans une colère monumentale. C'était Buckley qui avait fait une proposition convenant aux deux principaux intéressés : il l'accompagnait jusqu'en Écosse pour vérifier de ses propres yeux l'existence de Prudence, avant d'organiser avec lui son transfert dès l'enfant né.

La situation s'était complexifiée à Polperro. Henry avait prévu de reloger Abigaïl et sa pupille dans le Dartmoor. La précaution était peut-être inutile, mais elle le servait à deux égards : d'abord, il s'assurait ainsi que Mac Fergall ne retrouverait jamais les deux femmes, si d'aventure il en arrivait à s'interroger sur certains points litigieux. Ensuite, il tranquillisait Prudence en lui faisant croire qu'il s'en tenait à sa promesse.

Il n'avait pas prévu d'échouer devant une tombe froide. Le vicaire l'avait informé du décès, tout en lui expliquant que Faith était partie en Écosse. Il ne lui avait pas fallu beaucoup de temps pour apprendre que l'homme venu chercher Faith avait posé beaucoup de questions. Trop pour qu'il n'y décèle pas un danger immédiat.

Son passage à Armydale visait donc non seulement à rassurer Buckley, mais à établir si ses soupçons étaient fondés ou non. Si Mac Fergall savait qu'il avait été dupé, il devrait régler le problème de façon définitive. Buckley était demeuré en retrait tout au long de leur expédition, mais Henry comprit qu'il avait envisagé cette option dès l'instant où ils avaient découvert la tombe d'Abigaïl.

— Vous n'avez aucun intérêt sur cette question ! s'insurgea-t-il, agacé d'être ainsi dirigé.

— Bien sûr que si ! objecta son comparse, dont l'intransigeance flirtait avec l'ironie. Malone a déjà été marié deux fois et n'a toujours pas d'héritiers. Cela fait des mois qu'il cherche une jeune femme de bonne famille qu'il pourra contrôler à loisir, avec l'assurance qu'elle lui procurera les enfants qu'il désire tant. Vous lui avez promis la perle rare, et il a payé cher pour obtenir ce privilège. Si ce Mac Fergall s'interpose, ce sont les intérêts de mon ami qui seront lésés. Pour vous, comme pour moi, il y a tout avantage à régler la question une bonne fois pour toutes.

— L'enfant n'est pas encore né ! gronda Henry. J'ai besoin d'avoir la certitude qu'il sera en parfaite santé et que ce sera un garçon.

— Dieu du ciel, Harrington ! N'importe quel mioche fera l'affaire, si ce genre de problèmes survient.

— Que comptez-vous faire ? s'offusqua Prudence, incapable de rester silencieuse plus longtemps.

— Le veuvage sied particulièrement au teint des jeunes beautés, répliqua Buckley, sarcastique.

Henry n'eut pas l'occasion d'ajouter quoi que ce soit, car Prudence poussa un cri abasourdi. Sans préavis, son acolyte bondit et percuta le domestique qui accompagnait sa fille. Il lui fallut une seconde pour s'apercevoir qu'une lame tranchante s'était logée dans l'abdomen du malheureux, lequel s'affaissa dans un gargouillis répugnant.

— Seigneur, murmura Ly-Ann, avant de s'évanouir à la vue du sang.

Henry se précipita à son secours, tétanisé par la soudaineté de l'attaque. Il réalisa, impuissant, qu'il risquait bien, lui aussi, de perdre la vie, s'il s'opposait aux projets de ses compagnons de route.

— Pas bouger ! ordonna Buckley d'un ton virulent,

en brandissant son couteau vers Faith et Prudence. Keans, tu les surveilles !

— Vous êtes fou ! s'emporta Henry.

— Je dirais plutôt que je prends les choses en main ! Julian, précisa-t-il en s'adressant au cocher, occupe-toi de dissimuler le corps et planque la calèche au bout du sentier qu'on a dépassé il y a quelques minutes.

— Réveille-toi, Ly-Ann, murmura Henry, lorsqu'il vit ciller les paupières de sa fille.

— Père…, gémit-elle.

— Arrête tes simagrées ! s'interposa Buckley en la toisant méchamment. On doit s'enfoncer dans la forêt, alors debout !

— Pourquoi la forêt ? osa demander Prudence en affermissant son étreinte autour de la taille de Faith.

— Parce que tout peut arriver, dans les bois, éluda Buckley dans un éclat de rire tonitruant. Allez, en route !

# *Chapitre 25*

Zane frappa du poing sur la table et regarda des feuilles éparses s'échouer au sol en grondant. Ses ordres étaient clairs, mais, après son étrange face-à-face avec Prudence, il aurait dû se douter qu'elle n'en ferait qu'à sa tête. Décidé à la punir pour son outrecuidance, il quitta son siège et se dirigea d'un pas alerte vers les écuries, Sage sur les talons.

— Tu veux que je t'accompagne ? proposa ce dernier, un éclat de rire dans la voix.

— Vas-y, moque-toi de moi ! fulmina Zane. Elle ne cesse de me défier et…

— Avec raison, peut-être ?

Il pila net.

— Tu la défends ?

— Si on exclut son mensonge de base, Prudence s'est admirablement comportée, depuis son arrivée à Armydale.

— Crois-moi, elle n'est pas aussi serviable lorsque nous sommes tous les deux.

— Et c'est ce qui t'agace autant, n'est-ce pas ? Tu commençais à lui faire confiance, peut-être même éprouves-tu des sentiments pour elle…

Zane se renfrogna, refusant d'aborder la question alors qu'une tempête d'émotions l'assaillait, chaque fois qu'il se cristallisait sur Prudence. Elle avait tout résumé le matin même, en précisant qu'elle n'était pas son épouse légitime. Le problème, c'est qu'il ne parvenait pas à se défaire de l'idée que le vrai mensonge, c'était celui-ci. Parce que pas une fibre de son corps ne rejetait cette femme, dont il connaissait chaque courbe et chaque soupir… Oui, du plus profond de son âme, elle était sienne, quelle que soit la sordide réalité.

Son esprit bataillait contre cette conception faussée de la vérité et se heurtait avec virulence à ses désirs. Chaque nuit, il s'écroulait, les muscles trempés de sueur après avoir galopé pendant des heures dans l'espoir d'oublier son lit vide et son besoin de posséder celle qui dormait dans la chambre voisine.

Il rabroua son ami.

— Je la retrouverai seul !

Il sella rapidement son étalon le plus nerveux, déterminé à étancher une partie de sa tension en chevauchant à bride abattue. Il dédaigna la falaise pour s'élancer vers la lande. Pour autant qu'elle soit remontée contre lui, Prudence ne se serait pas risquée à mettre la vie de leur enfant en péril. S'il avait bien une certitude, c'était celle-ci. Au lieu de l'apaiser, cette idée réactiva sa colère.

Lorsqu'elle s'était ouverte à lui, la voix chevrotante, le matin même, il s'était imposé de ne pas la regarder, conscient que sa résistance volerait en éclat. En dépit de ses mensonges, elle lui manquait. La nuit. Le jour, également…

Il se pencha sur le col de son cheval et lui accorda la course dont ils avaient besoin tous les deux. Il ne ralentit qu'une fois sur la voie qui conduisait au village, la tête bourdonnant d'un plaisir primaire qui avait relâché la tension dans ses épaules. Aussi manqua-t-il de rater le manteau abandonné au milieu de la végétation... Intrigué, il dirigea sa monture vers le vêtement et se courba pour le récupérer.

— Prudence, s'étrangla-t-il en reconnaissant l'étoffe délicate.

Prudence trébucha contre une souche d'arbre lorsque Buckley, agacé par sa lenteur, la poussa d'un mouvement brusque. La main secourable de Faith surgit au moment où elle allait tomber à genoux, emportée par son poids. Au bord de la nausée à cause de cette marche rapide qui lui desséchait la gorge, elle remercia son amie d'un sourire tremblant, heurtée par le mutisme environnant.

Elle aimait la forêt, mais, ce jour-là, l'ambiance était morose, assombrie par un ciel bas et lourd. La faune était silencieuse, engluée dans un hiver qui glaçait le sol dès la nuit venue.

Ils s'étaient enfoncés dans les bois sans qu'elle comprenne le sens de cette stratégie. Du moins jusqu'à ce que Buckley exige qu'elle ôte son manteau pour l'abandonner au milieu des arbres. Il avait procédé de la même façon avec ses gants et son étole.

— Hé ! Attention, aboya Faith, en foudroyant leur ravisseur du regard. Elle est enceinte, alors à moins que vous ne la portiez, elle ne pourra pas aller plus vite.

— Tais-toi et avance !

Faith maugréa entre ses dents, mais obéit. Elle avait lutté pour que ce soit elle qui se dépouille de ses vêtements, mais l'homme était resté intraitable, divulguant une partie de son plan, et n'hésitant pas à la frapper. Henry était demeuré à l'écart, tandis que Prudence se précipitait vers son amie et l'aidait à se relever. *In fine*, elle avait dû accepter d'enfiler le manteau de Faith en échange de celui qu'elle abandonnait, sous peine de la blesser.

C'est à ce moment-là qu'elle avait compris que Zane allait suivre ces indices pour la retrouver. Elle aurait aimé croire qu'il ne viendrait pas en personne, mais elle le connaissait assez pour savoir qu'il devait être remonté contre elle comme une pendule.

— Ici, lança enfin Buckley en examinant une petite clairière encadrée de rochers. Julian, tu ligotes ces dames et tu les installes là-bas.

Il désigna un coin à l'ombre de pierres, en plein centre de la zone, comme s'il souhaitait délibérément les exposer. Le plan était peut-être grossier, mais Prudence en discernait l'impact avec une horreur grandissante. Zane allait se retrouver cerné dès lors qu'il essayerait de la secourir, et elle voyait mal comment il pourrait se tirer de ce guet-apens.

— Harrington, vous êtes avec nous ou pas ? continua Buckley.

Une étincelle d'hésitation éclaira le regard de son père, qui finit par abonder.

— Très bien ! le félicita son acolyte, sans dissimuler une ironie mordante. Le mieux sera de vous planquer dans ce coin. Mac Fergall ne doit pas vous repérer. Tenez votre arme prête et essayez de viser juste.

Prudence ignorait ce qui liait les deux hommes, mais, à cette seconde, la haine l'emportait sur toute autre considération. Pourtant, Henry ne pipa mot, se contentant de maugréer entre ses dents, conscient qu'il ne remporterait pas cette victoire-là.

— Et moi ? s'enquit Ly-Ann, toujours aussi pâle que la mort.

— Toi, chérie, tu vas te cacher derrière ces rochers et fermer ta jolie bouche.

— Un peu de retenue ! s'insurgea Henry devant son ton familier.

— Quoi ? ricana Buckley. Les catins méritent peut-être la pitance qu'elles gagnent avec leurs corps, mais le respect ? Je ne crois pas, non.

— Vous dépassez les bornes ! cracha Henry en comblant la distance qui les séparait. Ma fille…

— … a couché avec tous les hommes présents ici, vous excepté. Keans en a d'ailleurs gardé un souvenir mémorable. Moi, moins, car j'ai tendance à être très exigeant.

Il pointa volontairement son arme sur la poitrine de Henry et ricana lorsque celui-ci recula d'un pas, exsangue.

— Quand on élève sa fille comme une prostituée, on en assume les conséquences, Harrington. Dites-vous que si vous la jouez finement, elle sera bientôt à l'abri du besoin. Et voyez-en tout l'avantage : mes gars et moi nous portons à votre secours pour assassiner votre duc. C'est plus que vous n'en méritez !

Prudence avait toujours considéré son père comme un infâme mécréant, mais elle réalisa subitement qu'il se dissimulait derrière un masque de tromperie aussi fragile qu'un flocon de neige. Il avait beau être rompu aux bassesses les plus viles, face à des hommes qui incarnaient la violence à l'état brut, il se débattait comme un poisson hors de l'eau.

Elle aurait presque pu le plaindre, s'il ne menaçait pas de tuer son amant et de lui voler son enfant…

— Les mains dans le dos ! ordonna Julian, coinçant son couteau à la lame épaisse entre ses dents, puis se positionnant derrière elle.

Elle obtempéra sans un mot, le regard arrimé à celui de Faith. La pommette de son amie avait viré au rouge, et un filet de sang dégoulinait de l'une de ses narines. Même si elle s'efforçait de dissimuler son inconfort, Faith grelottait dans sa robe trop légère pour affronter l'hiver sans manteau.

— Je suis navrée, chuchota-t-elle.

— Tu n'es pas responsable, objecta Faith, l'œil embrasé de colère. Et j'espère bien que ton Highlander va leur régler leur compte…

— Il sera mort avant même d'avoir compris ce qui lui arrive, ricana Julian en tirant violemment sur les liens.

— Je vous conseille d'être moins prompt à dégainer, tonna sèchement Henry. Blessez-le si ça vous chante, mais j'ai besoin qu'il signe un document stipulant qu'il laisse sa fortune à son enfant, et qu'il nomme Ly-Ann douairière.

— Vous compliquez les choses inutilement, pesta Buckley.

— Vous ne connaissez pas Mac Fergall ! C'est loin d'être un abruti, et il a pris toutes les précautions d'usage s'il venait à décéder prématurément.

— Il sait surtout à quel fieffé coquin il a à faire, gloussa Keans, narquois.

Bousculée par Julian, Prudence dut s'asseoir sur la mousse humide.

— Si vous bougez, les avertit Buckley, un éclat létal au fond des yeux, je tue la rouquine.

Les quatre hommes disparurent au milieu des fourrés, tandis que Ly-Ann, encore furieuse, retroussait ses jupes pour se cacher derrière un amas de roches.

Le sang de Prudence pulsait dans ses veines, à mesure que la peur se répandait dans son corps.

— Mes liens sont trop serrés, grommela Faith à voix basse.

— Les miens aussi. Tu es gelée, colle-toi contre moi.

Faith s'exécuta en claquant des dents et se trémoussa jusqu'à pouvoir appuyer son flanc contre le sien.

— Zane ne viendra peut-être pas…

— Je l'ai provoqué en sortant du périmètre alloué, crois-moi, il ne restera pas les bras croisés en attendant mon retour, déplora-t-elle en regrettant son acte de rébellion bien futile.

— Je suggère que nous commencions à paniquer quand il surgira entre les arbres, lança son amie, pince-sans-rire.

— Trop tard… Je ne pense pas pouvoir être plus effrayée, avoua Prudence, penaude.

Retenant la bride de son étalon, Zane s'engagea dans la forêt, l'esprit fourmillant de réflexions qui l'orientaient toutes vers la même conclusion : Prudence avait des ennuis. Il savait que des paysans chassés de leur terre franchissaient régulièrement les limites de son domaine et campaient dans ses bois, mais aucun d'eux n'aurait dédaigné le manteau abandonné au bord de la route.

Non, il était évident que le vêtement avait été laissé là intentionnellement…

Il sauta de cheval sitôt à l'ombre des arbres et s'accroupit pour examiner la piste marquée sur le sol. Plusieurs personnes s'étaient engagées sur ce chemin, et il ne fut pas surpris, lorsqu'il releva la tête, d'apercevoir l'un des gants de Prudence accroché à une branche.

Prudence étira les jambes avec une grimace de douleur. Elle ignorait depuis combien de temps elle était assise sur le sol froid, mais il lui semblait que cela faisait au moins une heure. Ses muscles s'engourdissaient, ce qui aurait été tolérable sans les élans de souffrance qui irradiaient au niveau de ses reins.

— Tu vas bien ? s'alarma Faith devant sa pâleur. Le bébé ? Tu as mal ?

— C'est juste mon dos qui me picote depuis quelques jours, mais ne te tracasse pas, c'est supportable. C'est toi qui m'inquiètes plutôt : tu trembles comme une feuille et tes lèvres bleuissent.

— Je rêve de m'immerger dans un bain brûlant, avoua son amie en s'essayant à sourire. Je dois admettre que l'on s'ennuyait parfois, à Polperro, mais je n'aurais jamais subodoré que la vie ici serait aussi…

— Périlleuse ? suggéra Prudence, la bouche pincée pour ne pas succomber à un éclat de désespoir.

— J'aimerais dire *intéressante*, nuança Faith avec ironie, mais j'imagine qu'être ficelées comme des saucissons fait pencher la balance de ton côté.

— Je ne…

Elle se tut, alertée par un bruit qu'elle aurait reconnu entre mille. Zane marchait toujours d'un pas énergique, comme s'il était trop pressé pour prendre son temps. Il surgit entre les arbres avant même qu'elle ait pu se préparer au choc de le voir devant elle, inconscient du danger qu'il courait.

— Non ! cria-t-elle, la panique l'emportant sur sa relative maîtrise.

Zane gronda entre ses dents en apercevant Prudence et Faith, seules au milieu de la clairière. Blotties l'une contre l'autre, elles luttaient contre les assauts de bourrasques glaciales, mais ne semblaient pas blessées. Jusqu'à ce qu'il avise la joue tuméfiée de Faith… Sa colère s'accentua lorsqu'il comprit qu'on leur avait lié les poignets dans le dos, et qu'elles étaient assises à même le sol gelé.

— Mac Fergall ! résonna la voix désagréable d'Harrington derrière lui.

— Je me doutais que je vous devais cette mise en scène, dit Zane en pivotant lentement vers son beau-père.

Celui-ci était armé, et surtout déterminé à le tuer, s'il devait se fier à son air fourbe.

— Pourtant, vous vous êtes jeté dans la gueule du loup !

— En vérité, j'étais curieux de connaître vos plans, déclara-t-il d'un ton condescendant.

Il examina la clairière d'un regard prudent. Il localisa un homme mal dissimulé derrière un fourré, à quelques yards sur sa droite, mais soupçonna que d'autres se cachaient plus adroitement. Harrington était sournois, mais pas idiot, et la lâcheté comptait malheureusement parmi ses qualités.

Les muscles bandés, il s'efforça de maintenir son apparence nonchalante. Tant que son adversaire pensait mener la danse, il avait une chance de le prendre de court. Surtout, il devait retenir l'attention pour que tous oublient les deux femmes assises à l'écart.

— Vous allez mourir, précisa Harrington avec morgue.

— Cela, je l'ai bien compris, mais comment envisagez-vous la suite ? Mon décès risque de ne pas passer inaperçu.

— Ces bois sont remplis de gredins, le saviez-vous ? Il sera facile de leur faire porter le chapeau. Votre héritier deviendra alors le maître d'Armydale.

— En êtes-vous certain ?

— Vous allez y veiller, Votre Grâce. D'ailleurs, une lettre signée de votre main suffira à établir ma fille comme l'administratrice des biens de l'enfant jusqu'à sa majorité.

— Et si c'est une fille ?

— Ce sera un garçon, n'en doutez pas !

Zane décela un vrombissement sous le vent, un bruit infime qui n'interpella pas Harrington, trop centré sur son sentiment de victoire.

— Laquelle profitera de cette manne ? l'interrogea-t-il pour gagner un peu plus de temps. Prudence ou Ly-Ann ?

— Ly-Ann, bien sûr. Prudence n'a jamais été qu'un moyen de vous berner. Je suis d'ailleurs surpris qu'elle ait aussi bien rempli sa mission.

La haine de Zane pour cet homme franchit un cran. Il avait beau toujours être en colère contre Prudence, il ne supportait pas l'idée que son père l'ait ainsi utilisée.

— Que deviendra-t-elle ? ne put-il s'empêcher de demander.

— Dès qu'elle aura accouché, elle partira pour l'Irlande et convolera en justes noces avec un homme qui saura mater sa nature… rebelle.

— Et Ly-Ann prendra sa place au château ? continua-t-il pour bannir les élans de rage qui pulsaient dans ses veines.

— Je ferai une duchesse remarquable, indiqua une voix féminine un peu rauque.

La femme qui sortit du sous-bois était en tout point semblable à Prudence, mais Zane estima qu'il n'aurait jamais pu les confondre. Le teint lisse de Ly-Ann était plus sûrement dû aux poudres qu'à une peau éclatante de santé, et son attitude trahissait une confiance qui manquait cruellement de modestie. Pire, il trouvait dans son sourire une médiocrité que rien ne venait contrebalancer, pas même son décolleté, à la limite de l'indignité.

Prudence était belle, là où Ly-Ann n'était que joliment arrangée, pour autant que l'on aime le style « courtisane ».

— Ravi de vous rencontrer, très chère, ironisa-t-il.

— Je crains que le plaisir ne soit pas partagé. Mais, si cela peut vous rassurer, je serai une veuve tout à fait fidèle à votre mémoire.

Zane surprit un nouveau mouvement, cette fois-ci au niveau de l'homme qui se dissimulait si mal qu'il pouvait apercevoir ses bottes entre le feuillage des buissons.

— Fidèle à ma mémoire ? souligna-t-il en haussant le ton. Je gage que mon lit ne demeurera pas froid plus d'une nuit.

— Mufle ! éructa Ly-Ann.

Il sourit avec suffisance et réprima un mouvement

de satisfaction lorsque les bottes glissèrent au sol avant de disparaître. Le rugissement noyait les sons alentour, mais il fut presque désarçonné de découvrir que l'on pouvait tuer aussi efficacement, sans un bruit de trop.

Du coin de l'œil, il avisa la silhouette qui se mouvait près de Prudence et Faith, et pria pour qu'Harrington reste focalisé sur lui. Une prière qui s'envola, lorsqu'il entendit un cri de rage au milieu des bois.

— Buckley ? s'époumona-t-il alors, soudain inquiet.

Il pâlit sensiblement lorsque le silence lui répondit et foudroya Zane du regard.

— Vous n'êtes pas venu seul ? gronda-t-il.

— Cela n'aurait pas été équitable, me semble-t-il.

Il croisa les bras de défi. Devant lui, Faith, libérée de ses liens, rejoignait le couvert des arbres, mais Connor peinait à couper ceux de Prudence. Zane avait été surpris de rencontrer son palefrenier sur cette partie du domaine, jusqu'au moment où il avait compris qu'il braconnait avec un groupe de pauvres hères. Connor n'avait pas baissé les yeux quand il l'avait accusé, mais s'était au contraire défendu : quatre familles s'étaient installées dans la forêt et survivaient tant bien que mal. Les hommes chassaient pour nourrir leurs enfants et leurs femmes.

Bien que cela soit considéré comme un crime, Zane avait expliqué qu'il tolérerait la pratique tant qu'on l'en informerait et qu'il ne constaterait aucun abus. Connor, entre soulagement et étonnement, avait alors mentionné que ses amis et lui avaient surpris des inconnus dans les bois et qu'ils avaient décidé de les pister quand ils avaient compris que la duchesse et Faith étaient sous leur emprise. Résolus à prouver leur bonne foi, ils avaient proposé de le guider jusqu'à la clairière où les intrus s'étaient arrêtés et de l'aider à libérer les deux femmes. Zane avait pris un risque en acceptant cette offre, mais il était conscient qu'il perdrait un temps infini à retourner au château requérir des secours.

Un coup de feu retentit dans le silence au moment où Prudence se relevait. Harrington sursauta, en alerte, et comprit enfin qu'elle menaçait de s'échapper. Il braqua son arme vers elle, furieux.

— Restez où vous êtes ! hurla-t-il.

Malgré cette injonction, Zane n'hésita pas : il traversa la clairière à grandes enjambées et se campa devant elle. Connor, qui la soutenait alors qu'elle vacillait, cligna des yeux pour lui indiquer que ses compagnons étaient tapis à l'ombre des fourrés.

— On en a tué deux, l'informa-t-il dans un chuchotement.

— Écartez-vous d'elle, Mac Fergall !

— Laissez Prudence s'éloigner ! négocia-t-il en retour. Ce n'est pas elle qui vous intéresse à l'instant !

— C'est exact, ricana Harrington. Mais son tour viendra, soyez-en certain !

Zane se déplaça lentement, tandis que Connor entraînait Prudence vers les rochers. Il aurait aimé la soulever dans ses bras pour la mettre plus rapidement à l'abri et s'assurer qu'elle allait bien, mais l'arme d'Harrington demeurait une menace bien trop explicite.

Tout s'accéléra lorsqu'un homme jaillit des buissons, le flanc ensanglanté.

— On s'en va ! ordonna ce dernier.

— Où sont les autres ? s'alarma Harrington.

— J'ai dit : ON PART !

— Pas sans Prudence ! objecta Harrington en inspectant nerveusement son environnement. Je n'ai pas fait tout cela pour rien !

Il s'avança vers Zane, son arme dirigée vers sa tête.

— Prudence, viens ici ! vociféra-t-il, un éclair de panique au fond de la voix. Obéis, ou je le tue dans la seconde.

Zane la vit hésiter. Elle était livide, mais l'éclat farouche dans son regard et la main protectrice posée sur son ventre lui disaient tout ce qu'il avait besoin de savoir : elle lutterait jusqu'à la mort pour leur enfant.

Elle le gratifia d'un sourire navré, avant de faire un pas dans la direction de son père. Ce dernier jubilait et, trop confiant, pointa de nouveau son arme vers Zane.

— Vous êtes mort ! lâcha-t-il.

Zane n'eut pas le temps de se jeter sur le côté. Prudence se rua sur son père et le bouscula violemment. Le coup partit néanmoins. Un cri de femme résonna dans un silence écrasant, tandis que Ly-Ann s'effondrait, les yeux béants sur un trépas certain.

— Non ! s'indigna Harrington, sidéré par ce coup du sort.

— C'est trop tard ! fit son acolyte en le tirant par le bras.

Harrington se débattit, le regard fou, et releva son arme pour la pointer vers Prudence.

— C'est ta faute !

En une fraction de seconde, Zane bondit pour enlacer la jeune femme et l'entraîna à terre moins délicatement qu'il ne l'aurait souhaité. Connor avait eu le même réflexe. Ce fut lui qui reçut la balle destinée à Prudence.

Il lâcha un gémissement de douleur et s'écroula, les mains plaquées sur son abdomen sanglant.

D'autres cris retentirent. Occupé à protéger Prudence de son corps, Zane renonça à poursuivre Harrington et son acolyte lorsqu'il les vit s'élancer dans les bois pour échapper aux amis de Connor. Faith était déjà sortie de sa cachette et, penchée au-dessus du palefrenier, appuyait sur sa plaie pour endiguer le flot écarlate.

Zane s'écarta de Prudence pour vérifier qu'elle n'était pas blessée. Elle s'était évanouie lorsque sa tête avait heurté le sol, mais il ne repéra aucune meurtrissure sur sa peau, et sa respiration était posée.

— Toi, dit-il à l'un des paysans, va chercher le docteur. Et toi, là, file au château requérir de l'aide.

— Nos familles…

— Personne ne vous chassera de mes terres, précisa-t-il. Une fois tout le monde en sécurité, venez avec les vôtres à Armydale. Je vous logerai convenablement. Vous êtes désormais sous ma protection. Faith, comment va Connor ?

— En pleine forme, Votre Grâce, répondit directement le jeune homme.

— Heureuse nouvelle, marmonna-t-il, lucide sur la chance qui les avait bénis.

La clairière avait retrouvé son calme. Le vent mugissait entre les feuilles et chassait les relents de poudre qui s'attardaient encore dans l'air. L'odeur métallique du sang était, elle, plus insistante. Zane s'arrêta sur la silhouette avachie à quelques yards de lui sur le sol et maugréa.

Il était de nouveau veuf…

# Chapitre 26

Prudence s'éveilla au milieu de la nuit, désorientée et les muscles perclus de douleurs. Elle s'agita entre ses draps, luttant contre un sentiment d'oppression qui lui rappela brusquement les souvenirs de la journée. Elle se hissa sur les coudes, un cri coincé dans la gorge, et sursauta lorsqu'un corps chaud l'enlaça étroitement.

— Doucement, lui susurra Zane à l'oreille. Vous êtes en sécurité.

— Je ne…

Elle se tut, consciente d'être trop perturbée pour aligner ses pensées de façon cohérente. Elle se frotta le bras, comme pour vérifier qu'elle ne rêvait pas, et s'étonna lorsque la main puissante de Zane assura le relais, plus caressante.

— Je suis dans votre lit, réalisa-t-elle.

— Et vous ne le quitterez plus, trancha-t-il d'un ton dur qui se mariait mal avec la douceur de ses gestes.

— Vous m'avez ordonné de rester loin de vous.

— Je préfère, en fait, vous garder à l'œil. De près… De très près…

Elle se trémoussa pour se libérer de son étreinte, mais Zane l'installa entre ses jambes, le dos collé contre son torse, pour mieux toucher son ventre rond. Elle tressaillit au contact révérencieux et cessa de respirer lorsqu'elle comprit qu'il était nu comme un ver. La surprise lui arracha un cri, avant que sa bouche ne libère un gémissement, tandis qu'il taquinait ses seins gonflés.

— Vous ne voulez plus de moi, argua-t-elle, incapable de se retenir de rejeter la tête pour la caler contre son cou.

— Je ne compte pas me priver des charmes de mon épouse, répondit-il avec lenteur.

— Je ne suis pas votre épouse.

— Vous le serez demain.

— Ly-Ann…

— … n'a pas survécu à l'attaque fomentée par votre père, annonça-t-il en l'entourant de ses bras, comme s'il craignait qu'elle s'effondre.

Elle battit des cils pour chasser un afflux de larmes brûlantes. Il n'y avait plus grand-chose qui la liait à sa jumelle, mais la douleur négligea ce détail pour se répandre dans sa chair. Elle s'affaissa un peu plus contre son amant, ravagée par un mal qui parlait plus de regrets que d'absence.

— Mon père ? se força-t-elle à demander.

— Il s'est échappé avec son complice. Le capitaine Archibald a été chargé de le traquer.

Elle comprit qu'il n'en dirait pas plus. Elle ferma les yeux, incapable de gérer le charivari qui l'assaillait, mais surtout épouvantée à l'idée que Henry revienne se venger. Ly-Ann, la seule enfant qu'il ait jamais aimée, était morte, et elle doutait qu'il accepte ce décès sans tenter d'obtenir réparation.

— Vous êtes en sécurité, répéta Zane, comme s'il avait lu dans ses pensées.

— Parce que vous voulez m'épouser ?

— Parce que je vais vous épouser, corrigea-t-il.

Sa main brûlante traça un chemin le long de son cou pour lui dégager la nuque. Puis, lentement, il posa la bouche sur sa peau et l'embrassa, tout en recommençant à lui caresser les seins.

Prudence s'arqua contre lui, si désireuse de se nourrir de sa force et de sa chaleur qu'elle manqua d'oublier les questions qui la tenaillaient.

— M'avez-vous pardonné ? haleta-t-elle sous les cajoleries de ses lèvres.

— J'admets que je me suis trompé en vous accusant d'être de mèche avec votre père…

— Mais… ?

— Mais je ne vous mentirai pas, Prudence. Cela ne change rien au fait que vous m'avez dupé et sciemment abusé sur votre identité. Vous portez mon enfant, il est donc légitime que je vous épouse, et vous aurez par conséquent droit à ma protection. Pour le moment, je ne suis pas en mesure de vous octroyer plus. Peut-être qu'avec le temps…

Le désarçonnant par la rapidité de sa réaction, Prudence réussit à échapper à son étreinte et s'extirpa de son lit. Les joues rouges d'indignation, elle le toisa, furieuse qu'il continue de la juger avec mépris, sans pour autant dénier ses charmes.

Et elle, pauvre idiote qu'elle était, fondait dans ses bras dès qu'il l'effleurait, espérant naïvement qu'il lui offre lui aussi son cœur ! Elle aurait pu accepter ce marché bancal, s'il ne s'était pas autant accroché au dédain qu'il semblait ressentir pour elle. Cette brûlure-là entaillait son désir de déposer les armes, alors qu'elle touchait enfin du doigt le rêve de pouvoir élever son enfant auprès de l'homme qu'elle avait appris à aimer.

— Et si je refuse ? lança-t-elle, à bout de nerfs.

Zane bondit du lit et vint se planter devant elle, le regard si tempétueux qu'elle recula d'un pas. Il continua de l'acculer, l'obligeant à se retrancher encore et encore, jusqu'à ce qu'elle sente le contact froid du mur dans son dos. Sans se soucier de sa nudité, il plaqua les mains de chaque côté de son visage et se rapprocha d'elle, son souffle brûlant s'échouant sur ses lèvres.

— Je ne vous laisse pas le choix, la rabroua-t-il durement. Mon enfant naîtra dans les liens du mariage, je ne permettrai pas qu'il en aille autrement. Quant à vous… vous serez ma femme et vous vous donnerez à moi chaque nuit, ici, dans mon lit.

Il se pencha un peu plus et effleura sa bouche, avant d'exiger un baiser qu'elle désirait autant que lui, malgré son amertume. Brutal et humide, le contact de leurs langues vira à une bataille farouche et impudique. Prudence comprit qu'il essayait de la soumettre et lutta avec toute sa passion pour ne pas céder sous cet assaut sensuel.

Quand il tira sur sa chemise de nuit pour la déshabiller, elle lui griffa le torse et lui mordit la lèvre. Au lieu de réagir avec colère comme elle s'y attendait, Zane la souleva dans ses bras avec délicatesse et la ramena dans leur lit. Puis il la surplomba et l'emprisonna entre ses cuisses, ses longues mèches flattant la ligne dure de sa mâchoire tandis qu'il se penchait vers elle.

— Vous êtes à moi ! gronda-t-il, les doigts refermés sur son intimité.

— Jusqu'à ce que vous vous lassiez de mon corps et

preniez une maîtresse ? se révolta-t-elle en se souvenant du discours qu'il lui avait tenu à son arrivée.

Un rictus incurva la bouche de Zane, tandis qu'il retroussait sa chemise de nuit pour immiscer une main entre ses jambes.

— Ce point valait pour mon mariage avec votre sœur. En ce qui vous concerne…

Il lui vola un nouveau baiser, ses doigts jouant avec les boucles humides de son sexe, et libéra ses lèvres lorsqu'elle haleta, éperdue de désir.

— … je ne suis pas sûr de pouvoir me lasser de votre corps. Et je compte bien que votre silhouette s'arrondisse plus d'une fois.

— Vous ne m'aimerez jamais ? bredouilla-t-elle, pas certaine pourtant de vouloir entendre sa réponse.

Devant son silence, elle s'insurgea. Elle enfonça les ongles dans son dos, luttant contre la peine qui la brisait, alors que, sous les caresses languides, des vagues voluptueuses continuaient de déferler dans son ventre.

— Posséder mon corps vous suffira ? cracha-t-elle.

Un éclat de colère voila le regard émeraude. Pour la punir, Zane accéléra la danse entre ses cuisses, jusqu'à ce qu'elle gémisse de plaisir et se trémousse sous lui, oubliant jusqu'à la douleur qui lui comprimait la poitrine.

— Qu'avez-vous donc d'autre à m'offrir ? lança-t-il une seconde avant qu'elle ne jouisse contre sa bouche.

Zane quitta la tiédeur de son lit avant le lever du soleil, ravagé par le sentiment qu'il n'était qu'un sombre crétin. Savourer de nouveau le contact du corps souple et plantureux de Prudence contre le sien l'avait aidé à maîtriser sa colère, mais n'avait pas effacé une émotion plus pernicieuse. La peur de perdre la femme qui le rendait fou de rage la moitié du temps et de désir l'autre moitié ne cessait d'enfler dans sa poitrine, lui coupant le souffle.

Il n'avait jamais craint d'être dépossédé de quoi que ce soit dans sa vie : John lui avait inculqué très tôt que tout ce qui lui était cher pouvait devenir une arme dans les mains de ses ennemis. Son beau-père ne s'était d'ailleurs jamais gêné pour lui enlever ses trésors les uns après les autres, comme la fois où il avait vendu son étalon favori, après l'avoir castré sous ses yeux.

Il avait donc fini par ne plus s'attacher à rien ou à qui que ce soit. Margaret avait été une exception, mais il était alors adulte et capable de lutter à armes égales contre John. La sanction était venue, pourtant, comme un rappel qu'il ne méritait pas de posséder l'affection exclusive d'un être, humain ou animal.

Il s'était montré dur avec Prudence parce qu'elle réveillait en lui ce besoin de croire qu'il pouvait être unique, au moins aux yeux d'une personne. Et, surtout, parce qu'elle s'était emparée de son âme, alors qu'il s'était juré de ne jamais accorder ce droit à quiconque. Il la désirait comme un fou, mais c'était bien son cœur qui s'emballait en sa présence.

Et sa crainte de la perdre avait pris forme de la plus infâme des façons lorsque son père l'avait kidnappée, puis visée avec son arme. Il ne s'était pas seulement senti terrassé par la terreur, il avait compris qu'il ne se relèverait pas si Prudence lui était enlevée, et il lui en voulait de ce pouvoir qu'elle possédait sur lui.

« Vous ne m'aimerez jamais. »

Ces paroles tourbillonnaient en boucle dans son esprit, le sermonnant pour n'avoir pas eu le courage de lui avouer qu'il était irrémédiablement captif de ses grands yeux.

— Déjà réveillé ? l'accueillit Sage dans le hall.

— Et toi ?

— Je suis venu remplacer Floyd, il y a deux heures.

— Harrington serait fou de débarquer, grogna Zane, conscient pourtant que l'homme pourrait bien agir aussi sottement.

— Un homme acculé est souvent capable du pire, renchérit Sage, le regard acéré, la mine fatiguée et les poings crispés de colère. Tu es toujours furieux contre elle ?

Il n'avait aucune envie de s'étendre sur le sujet, mais son ami avait manifestement atteint son quota de patience. Il se posta devant lui, contrarié.

— Zane ! Tu ne crois pas qu'elle en a assez enduré comme ça ? C'était drôle de te voir lutter contre ton attirance pour elle, mais là… Bon sang ! Tu es en train de gâcher tes chances de bonheur !

— Je ne…

— Elle t'aime ! Tu es peut-être le seul à ne pas t'en être rendu compte, mais elle t'aime. D'ailleurs, Dieu sait pourquoi, vu que tu la traites comme une ennemie la plupart du temps.

Exaspéré par cette mise au point, Zane fourragea nerveusement dans sa chevelure. La loyauté de Sage ne faisait pas de lui un être servile. Quand il n'était pas d'accord, il ne se gênait pas pour le lui faire savoir, quitte à lui botter les fesses, s'il estimait qu'il se comportait mal.

En tout état de cause, Zane ne pouvait guère lui donner tort…

— Tu ne vas pas me lâcher tant que je n'aurais pas fait mon mea culpa, c'est ça ?

— Peu importe le passé, Zane. Harrington n'est plus un frein à ton bonheur, et John est enfin hors course. Accorde-toi le droit d'être heureux. Tu vas être père et... ta fiancée s'est précipitée sur son père pour t'épargner une balle.

— Elle aurait pu être tuée ! bougonna-t-il, de nouveau gagné par la colère.

— C'est cela, le problème ? releva Sage, plus perspicace qu'il ne l'aurait souhaité. Tu tiens à elle, en fait... Tu sais que ta peur de la perdre n'évitera pas les dangers, n'est-ce pas ? En revanche, je te prédis que tu gaspilleras ta seule chance d'être heureux avec elle, si tu continues de la garder à l'écart de l'homme que tu es.

— Je ne veux pas de cette faiblesse...

— La faiblesse, c'est de ne pas aimer par crainte de souffrir, le coupa son ami. Et tu as beau être obstiné et solitaire, tu n'as jamais été lâche. Tu mérites ce cadeau de l'existence, Zane ! D'ailleurs, autant te prévenir : ta mère et Margaret se sont rangées du côté de Prudence et elles risquent bien de te mener la vie dure, si tu persévères dans cette voie.

— Depuis quand les femmes dirigent-elles ce château ? aboya Zane, un sourire plus amusé qu'agacé dans la voix.

— Depuis que nous ne sommes plus que deux face à quatre femmes. Laisse-moi espérer que ton enfant sera un fils, histoire que l'équilibre se rétablisse un peu !

Il éclata de rire, envisageant pour la première fois de bercer contre son torse une minuscule poupée avec des yeux aussi ensorcelants que ceux de sa mère. Finalement, une fille, cela lui irait très bien...

— Je ne comprends pas, répéta Prudence, les yeux arrondis de stupeur.

— Nous avons travaillé toute la matinée sur cette robe, expliqua Faith en faisant voler le tissu devant la fenêtre. Elle est belle, n'est-ce pas ?

— C'est la tenue que je portais pour mon union avec le père de Zane, expliqua Corinne. Elle est un peu démodée, certes, mais votre amie a réussi à l'adapter à vos mensurations.

Prudence dévisagea les deux femmes et ne put retenir une larme de joie.

— Elle est magnifique ! Je ne mérite pas tant… Ce mariage est…

— Le début d'une nouvelle vie ! proclama Margaret en lui tendant une petite boîte. Les fleurs sont rares en hiver, j'ai donc pensé à vous broder un bouquet de dentelles.

Soulevant le couvercle avec douceur, Prudence découvrit un ouvrage si fin qu'il imitait à la perfection de délicates clochettes.

— Mon Dieu ! Il est splendide.

À court de mots, elle s'affaissa sur son lit, le cœur douloureusement oppressé. Elle aurait aimé que la journée soit déjà terminée, et que ce simulacre de mariage, guère plus engageant que le précédent, s'efface sous le poids des jours. Ce qui expliquait que chaque tentative de le rendre plus réel la peinait plutôt qu'elle ne la réjouissait.

Même si, cette fois-ci, c'était bien elle qui épousait Zane, cette union était vide de sens, et son âme hurlait d'un besoin plus viscéral. Sans l'enfant qu'elle portait, elle n'était pas persuadée qu'elle se serait prêtée à cette mascarade.

— C'est trop, murmura-t-elle.

— Non, lui garantit Corinne en l'enlaçant brièvement. Je sais que vous aimez mon fils et qu'il ne vous rend pas cette affection, mais je le connais. Son cœur est tendre sous l'armure dont il s'est entouré, et vous trouverez le chemin pour le toucher.

— Il est têtu, renchérit Margaret, mais tôt ou tard, il admettra que vous comptez dans sa vie. C'est pour cette raison que vous devez célébrer cette journée !

Prudence baissa la tête, pas certaine de pouvoir suivre ce conseil. Elle décida cependant qu'elle ne gâcherait pas le plaisir de ses amies. Peu importe qu'elle vive aux côtés d'un homme qui la méprisait, son enfant serait à l'abri et aimé par son père. Elle ne doutait pas que Zane la protège, elle aussi, à défaut de lui offrir son cœur. N'était-ce pas déjà plus que ce que certaines avaient ? Qu'elle-même avait espéré ? Ou encore que son destin avait prévu pour elle, avant qu'elle n'accepte de remplacer sa sœur pour sa nuit de noces ?

— Et si tu essayais ta robe, que je puisse vérifier les retouches ? proposa Faith.

— Moi, je vais aller m'assurer que le pasteur Macrath n'a pas trouvé le chemin de la cave, les avertit Corinne. Ce gredin a ouvert un fût dans notre dos, lors de sa précédente visite, et il a fini au milieu des poules, à ronfler comme un porc. Ne vous inquiétez pas, Zane lui a fait la morale.

— Je survivrai, ironisa Prudence, tant qu'il s'abstiendra de proposer d'assister à la nuit de noces.

— C'est un imbécile plus maladroit que méchant, déclara Margaret. Et il parle souvent sans réfléchir. Même pendant ses serments, il se lance parfois dans des logorrhées interminables.

Prudence se souvenait surtout qu'il avait dépassé les limites de la bienséance avec elle. Elle n'était guère pressée de revivre pareille expérience.

— Est-ce qu'il connaît la vérité ?

— Votre état n'a pas permis de lui camoufler tous les tenants et aboutissants, déplora Margaret. De ce que j'en sais, Macrath a proposé que vous endossiez le rôle de votre sœur, puisqu'elle est morte. Zane a refusé. Il veut que vous soyez sa femme sous votre véritable identité.

— Plus de mensonges, murmura Prudence, un nœud dans la gorge.

— Macrath gardera votre secret, je vous le garantis.

Margaret se tut, le temps de l'aider à enfiler sa tenue. Prudence poussa un infime soupir lorsqu'elle croisa son reflet dans le miroir de sa chambre. La robe était parfaitement adaptée à sa morphologie, et ce en dépit de son ventre qui étirait le tissu. Cascadant par vagues souples autour de sa silhouette, le fin drapé était admirablement bien coupé, de sorte qu'il épousait ses formes sans la moindre inconvenance. La ceinture sous sa poitrine brillait d'un éclat doré qui se retrouvait sur l'encolure et les manches. Tel un écho discret, de petites perles cousues sur la longueur de la traîne illuminaient le blanc d'une touche de féerie.

— Elle est magnifique ! répéta-t-elle alors.

— Et elle vous va merveilleusement bien, souligna Margaret, avec un sourire sincère.

— Elle est parfaite, renchérit Faith en s'agenouillant pour rectifier la ligne de l'ourlet.

— Mais cela ne m'épargnera pas le scandale, déplora Prudence en songeant aux répercussions de sa conduite.

— Zane ne permettra pas que vous soyez soumise

à la critique ou au jugement de la société, lui assura Margaret. Il a décidé de déformer légèrement la vérité dans les informations délivrées à nos connaissances.

— Comment cela ?

— Je devrais le laisser vous l'expliquer, mais je n'aime pas vous voir inquiète. Comme vous le savez, Sage et lui ont peu de secrets l'un pour l'autre, et mon mari n'en a pas pour moi.

— Je n'imaginais rien de plus, la rassura Prudence, sentant qu'elle avait besoin de l'être.

Margaret la remercia d'un sourire éclatant, avant de lui tendre des gants si légers qu'elle eut le sentiment d'enfiler une coulée d'eau en les mettant.

— La mort de Ly-Ann va être présentée comme un accident de chasse. Il sera annoncé que, fort heureusement, le bébé a pu être sauvé. La suite est assez simple pour être crue sur paroles : ayant appris le décès de votre sœur, vous êtes arrivée à Armydale dans la foulée, et Zane a décidé de vous épouser pour donner une mère à son héritier. Ce genre d'arrangement est courant, ce qui vous évitera des questions embarrassantes ou gênantes. Enfin, comptons sur Suzanne Archibald pour passer outre, et accuser Zane d'avoir tué une seconde duchesse…

Cette tentative d'humour tomba à plat. Prudence se rembrunit. Cette solution était peut-être la plus logique, mais elle la positionnait comme tante de son propre enfant. Elle n'était pas certaine d'apprécier l'idée.

— Je conçois que ce n'est pas l'idéal pour toi, lui souffla Faith, mais un scandale, quel qu'il soit, rejaillirait forcément sur ton bébé. C'est le mieux pour vous protéger tous les deux. Peu importe ce que les autres pensent savoir, vous lui avouerez la vérité quand il sera en âge de comprendre.

— Je n'ai guère le choix, de toute façon…

— Personne ne vous enlèvera le droit d'être la mère de votre enfant, chercha à la rassurer Margaret. Et je gage que Ly-Ann sera vite oubliée…

Un coup de pied au niveau de l'abdomen la priva de répondre. Elle appuya une main sur son ventre, consciente que le principal tenait au petit être qui grandissait en elle. Pour le reste, elle était capable de composer avec…

La chapelle s'était métamorphosée pendant la nuit. Prudence resta en apnée devant le décor embelli par des rubans blancs accrochés au dossier des bancs, et des bougies qui traçaient un chemin jusqu'à l'autel.

Si la présence du pasteur l'incita à durcir les épaules, celle de Zane lui fit presque oublier les circonstances de leur union. Les cheveux noués dans la nuque, il avait exceptionnellement enfilé une redingote de cérémonie. Avec sa large carrure, il aurait pu paraître engoncé, mais le tissu soulignait au contraire la puissance de son corps.

Son cœur tambourinant un peu plus vite contre ses côtes, Prudence avança d'un pas intimidé, les mains autour de son bouquet de dentelles.

— Permettez que je vous offre mon bras, suggéra Sage en surgissant sur sa droite, un sourire amical sur le visage.

— Merci.

La musique commença à l'instant où elle se mit en marche vers l'autel, accompagnée de son cavalier. Il ne lui fallut pas plus de quelques secondes pour repérer

Margaret, assise devant son piano. Vu la posture de Faith, elle sut que l'idée venait d'elle, une attention qui lui comprima un peu plus la gorge. Sage lui tapota la main avec douceur, comme s'il percevait son émoi et l'encourageait à continuer de progresser vers son futur époux.

Elle tenta de se soustraire au regard incandescent de Zane, perturbée par l'intensité qu'il mettait à la fixer, comme si, à cette seconde, elle était la seule à exister pour lui. La boule dans sa gorge enfla, jusqu'à ce qu'elle comprenne qu'elle retenait sa respiration, en proie à une douleur sourde qu'elle ne réussissait pas à bannir, en dépit de sa détermination à saisir le meilleur dans la vie qui s'offrait à elle.

— Je te la laisse, murmura Sage avec humour, lorsqu'ils parvinrent devant le pasteur.

Elle chercha volontairement le regard de Macrath, le menton pointé en avant pour le défier de lâcher la moindre critique. L'homme, le front sévère, se contenta de braquer les yeux sur ses mains croisées, dans une posture de concentration qui n'excluait pas une raideur réfrigérante.

— Prudence, l'interpella Zane pour attirer son attention.

L'œil rivé au sien, il se rapprocha d'elle jusqu'à pouvoir, s'il courbait la tête, l'embrasser. Ignorant le raclement de gorge irrité du pasteur, il lui caressa la joue avec tendresse, un demi-sourire sur ses lèvres.

— Je sais que ce mariage réveille de mauvais souvenirs, dit-il sans se soucier de baisser la voix pour n'être entendu que d'elle seule. Mais s'il y a une chose que vous devez retenir, c'est que cela nous a permis de nous rencontrer. Et, aujourd'hui, seul l'avenir a droit de cité ici.

Il posa une main sur la courbe de son ventre et émit un léger grondement comme s'il avait besoin de s'éclaircir la gorge. Prudence s'attendrit, consciente que ce geste valait bien toutes les déclarations d'intention.

— Je ne prétends pas être un mari facile, continua-t-il, ou même le genre d'hommes que les jeunes filles rêvent d'épouser, mais…

Il se pencha un peu plus en avant, son souffle chaud effleurant sa bouche. La peau de Prudence s'échauffa à ce simple contact, au point qu'elle occulta ceux qui les entouraient.

— … Mais je vous fais la promesse que je vous protégerai, vous et nos enfants, au péril de ma vie s'il le faut. Et si cette promesse ne vous effraye pas, sachez que je ne dépose pas que mon titre à vos pieds. C'est mon cœur que vous avez conquis avec votre sincérité et votre loyauté.

— Votre cœur ?

— Mon cœur, confirma Zane, l'air grave. J'ai lutté contre mes sentiments pendant des semaines, alors que tout mon être m'ordonnait de vous accorder ma confiance et de vous aimer. Je me suis obstinément raccroché aux mensonges de votre père et à ma colère, sans m'appesantir sur celle que vous étiez, *vous*.

Il l'attira contre lui et encadra son visage de ses paumes solides, l'émeraude de ses yeux si intense qu'elle y décela un morceau de son âme.

— Je vous vois, Prudence. Vous, et nulle autre. Et c'est vous que je choisis pour femme, au-delà de toute autre considération. Je vous aime.

Il s'agenouilla alors devant elle, ses mains accrochées aux siennes.

— Acceptez-vous de devenir ma duchesse, Prudence ?

Les paupières papillonnant pour lutter contre des larmes de bonheur, elle acquiesça d'un signe, vaguement interpellée par les applaudissements dans son dos.

— Je vous aime, murmura-t-elle, lorsque Zane se redressa pour s'emparer de sa bouche.

Puis elle oublia tout pour se blottir dans les bras de son fiancé, et répondre à son baiser fougueux. Elle ne se sentait pas seulement libérée d'un poids, c'était tout son être qui chantonnait d'une légèreté pétrie de ravissement. Elle s'était crue perdue après avoir consenti au pire des marchés, mais il avait suffi qu'elle croise un colosse taciturne au cœur claquemuré, pour enfin trouver sa place.

Débordante d'allégresse, elle éclata de rire lorsqu'il la fit tournoyer dans les airs, avant de reprendre sa bouche.

— Voyons, résonna la voix agacée du pasteur, vous pourriez au moins attendre que je vous déclare unis par les liens du mariage.

— Et si vous œuvriez ? le rappela gaiement à l'ordre Sage.

# Chapitre 27

— Prudence, réveille-toi ! exigea Zane en la secouant avec douceur, alors que sa voix claquait comme un fouet.

Puis il bondit du lit, se rua vers une fenêtre et écarta le lourd rideau qui masquait l'éclat d'une pleine lune, pour observer l'extérieur. La cour, en contrebas, était tranquille, comme si la nuit seule s'était emparée des lieux. Cela était peut-être vrai quand il s'était endormi, mais quelque chose avait changé. Il tendit l'oreille : quelque chose l'avait tiré du sommeil, une dizaine de minutes auparavant.

Les chevaux s'agitaient, en écho aux aboiements des chiens qu'il avait achetés sur les conseils du capitaine Archibald.

— Que se passe-t-il ? le questionna Prudence d'une voix somnolente.

Le drap couvrait à peine sa sublime nudité et, avec ses longs cheveux épars sur ses épaules crémeuses, elle était l'incarnation de la tentation. Une tentation à laquelle il n'avait pas résisté, quelques heures plus tôt, même s'il l'avait aimée avec une délicatesse empreinte de respect. Calé contre son dos, il s'était perdu entre ses cuisses, ravi de sentir la morsure de ses ongles sur ses avant-bras lorsqu'elle avait perdu pied.

— Nous avons de la visite, annonça-t-il d'une voix qu'il espéra rassurante.

— Mon père ? s'alarma-t-elle en se redressant d'un coup.

— Je le crains, lâcha-t-il du bout des lèvres, en repérant un mouvement du côté de la dépendance sud du château. Habille-toi aussi vite que possible…

Il revint vers elle et déposa un rapide baiser sur ses lèvres entrouvertes, dévasté de lire une peur abjecte dans son regard écarquillé.

— Je ne laisserai personne t'enlever à moi, lui souffla-t-il avec conviction.

— J'ai confiance, répondit-elle, ses doigts s'attardant sur la peau nue de son avant-bras.

— Je vais réveiller les autres, se força-t-il à dire, alors qu'il rêvait de l'embrasser de nouveau. Attends-moi ici.

Prudence sauta au bas de son lit et enfila aussi vite qu'elle le put ses vêtements. Alors qu'elle tressait rapidement ses cheveux, Faith la rejoignit, accompagnée d'une Corinne ébranlée par une peur primaire.

— Asseyez-vous, lui enjoignit-elle, de crainte de la voir s'effondrer.

— Il faut vous habiller plus chaudement, Corinne, lui conseilla Faith en fouillant la pièce du regard. Je peux t'emprunter ce châle ?

Sans attendre de réponse, elle enveloppa la mère de Zane dans l'étole épaisse, puis l'étreignit avec douceur.

— Tout ira bien ! la rassura-t-elle, sa main lui

frottant vigoureusement le dos. Nous vivons dans un château, non ?

— Personne n'aurait pu pénétrer nos défenses, si nous avions conservé nos remparts, reconnut Zane, apparaissant sur le seuil, Margaret sur les talons. Aujourd'hui, nous sommes malheureusement trop exposés pour prendre la menace à la légère. Je veux que vous vous cachiez à l'étage des domestiques. Thomas va vous conduire dans une petite pièce où vous serez en sécurité. Prudence, Faith, j'imagine que vous ne vous êtes jamais servies d'une arme ?

— Je manie bien le bâton, plaisanta Faith, mais ce n'est pas ce à quoi vous pensez, n'est-ce pas ?

— Montre-nous, décréta Prudence, déterminée.

Zane lui destina un sourire empli de fierté, avant d'acquiescer.

— Sage est parti chercher des pistolets. Margaret a déjà reçu quelques leçons, elle pourra vous réexpliquer les bases. Mais, pour le moment, il faut que vous vous cachiez. Thomas ?

— Oui, Votre Grâce, dit le domestique, tiré à quatre épingles malgré son réveil au milieu de la nuit.

— Je vous les confie. Veillez à ce qu'elles soient bien installées.

— Nous allons avoir besoin de chandelles, fit remarquer Corinne.

— Non, mère, c'est impossible, lui répondit Zane avec douceur. Nous ne pouvons risquer d'être repérés.

Prudence aida sa belle-mère à se relever et l'entraîna vers la porte, un bras enroulé autour de sa taille.

— Cela ira, vous verrez !

— Prudence, la rappela Zane.

L'éloignant une seconde de sa mère, il encadra son visage pour l'embrasser.

— Prends soin de toi. Et quoi qu'il arrive…

— Il n'arrivera rien ! le coupa-t-elle, butée. Tes conseils avisés valent pour toi. Tu m'as promis d'être là pour notre enfant et moi, alors commence par faire attention.

— Je t'en fais le serment, ma douce, chuchota-t-il contre sa bouche.

Zane suivit des yeux le petit groupe, jusqu'à ce qu'il disparaisse à l'angle d'un couloir. Il avait hésité à les cacher dans les caves courant sous le château, mais les anciens souterrains qui permettaient de fuir vers la lande avaient été détruits, trente ans plus tôt. L'étage des domestiques offrait en revanche des possibilités si la pièce était prise d'assaut, puisque Zane avait choisi une chambre minuscule nantie de trois sorties et d'un accès direct au grenier. Thomas avait ordre de les faire se déplacer, si d'aventure Harrington parvenait jusqu'à elles.

Il gagna la fenêtre à grandes enjambées, et darda un nouveau coup d'œil à l'extérieur. Les chiens s'étaient tus, mais il était persuadé que ce n'était pas parce que le calme était revenu. Sous les rayons nébuleux d'une lune partiellement dissimulée derrière des nuages, des ombres se mouvaient dans un silence indigeste.

— Ils sont nombreux, l'alerta Sage en débarquant avec quelques hommes, des employés du domaine pour la plupart, tous chargés d'armes à feu.

— Harrington a plus de relations que je ne l'aurais supposé.

En réalité, s'il s'était préparé à une visite de son beau-père, il n'avait pas envisagé qu'il reviendrait accompagné d'un escadron.

— On a lancé le signal, l'avertit Connor en émergeant du groupe. Mes frères ont répondu. Ils vont filer au village chercher de l'aide.

Bien que pas encore remis de sa blessure, le jeune palefrenier participait aux rondes autour de la propriété. Zane avait découvert avec une certaine surprise que ses amis s'investissaient de même. En leur attribuant des demeures où ils pouvaient cultiver un potager et élever quelques volailles, il s'était attaché leur loyauté. Chaque matin, Bruce, Fingal, Murdoch et Blaine surgissaient dans la cour du château pour réclamer la liste de leurs corvées. Non seulement ils ne rechignaient pas à la tâche, mais Zane y avait gagné un forgeron admirablement compétent.

— Vos familles sont à l'abri ? Tout le monde est monté dans les greniers ?

— Oui, confirma Blaine. Nos femmes sont dans les cottages, trop loin pour être attaquées par ces mécréants, et tous les domestiques ont rejoint les étages. Nous sommes quinze pour accueillir ces bandits !

Zane aurait aimé que ce soit suffisant, mais les mouvements furtifs, à l'extérieur, indiquaient que l'ennemi comptait plus de têtes encore. Et il doutait qu'ils ne soient pas parfaitement préparés à l'assaut du château.

— Très bien ! Nous allons nous diviser en trois groupes, afin de protéger les accès aux étages. Connor, prends quatre hommes avec toi, et mettez-vous en embuscade en haut de l'escalier de service, dans la tour ouest. Sage, poste-toi dans les cuisines. Moi, je couvrirai l'entrée principale. N'oubliez pas qu'ils sont nombreux. Mieux vaut un guet-apens que de les affronter au corps-à-corps.

Les équipes se déployèrent rapidement. Zane positionna ses recrues au premier étage, dans des recoins qui leur permettaient d'embrasser le hall du regard et de tirer à vue, sans s'exposer directement.

Comme il l'avait présumé, les intrus, désireux de maintenir leur progression silencieuse, n'enfoncèrent pas la porte principale, mais se glissèrent à l'intérieur, après avoir brisé l'une des vitres. Dix silhouettes émergèrent de derrière les lourds rideaux pour se déployer dans l'entrée, et scrutèrent leur environnement, avant que l'une d'elles les recentre au pied des marches.

Zane reconnut l'homme qui s'était échappé avec son beau-père après l'enlèvement de Prudence. Il se demanda si ses complices étaient restés à l'extérieur, ou s'étaient dirigés vers d'autres points d'accès. Logiquement, s'il avait voulu envahir une demeure comme la sienne, c'est la stratégie qu'il aurait adoptée.

— Harrington ? gronda le chef des mécréants d'une voix impérative.

— Sa chambre est au deuxième étage, répondit celui-ci en se rapprochant de son interlocuteur. Mais, Buckley, celle du duc est juste à côté. Le moindre bruit et…

— J'en fais mon affaire ! Vous, vous vous assurerez que la demoiselle reste bien tranquille. Personne ne la touche, c'est compris !

— O'Brien fait bien des manières pour une petite qu'un autre a déjà engrossée, gloussa l'une des ombres.

— Ta gueule, Pete ! chuchota Buckley dans un sifflement rauque. Elle lui appartient, je te conseille de ne pas l'oublier. À moins que tu ne veuilles finir empalé sur une fourche ?

Zane crispa les poings, réprimant une furieuse envie de bondir vers ceux qui désiraient lui enlever son épouse, et la traitaient comme une marchandise. Il se promit que, cette fois, Harrington ne lui échapperait pas et payerait pour chaque blessure infligée à Prudence.

— On a tous compris, s'éleva une voix apaisante. Le patron a dit qu'on pouvait prendre les autres femmes et quelques bibelots, c'est bien assez pour nous dédommager.

— Harrington, passez devant ! ordonna Buckley.

Zane leva son pistolet, après avoir fait un signe de connivence à ses compagnons d'armes. Il fit feu le premier et savoura un intense sentiment de satisfaction, quand son beau-père s'effondra sur les marches. Sentiment qui s'effaça lorsqu'il se redressa, blessé, mais encore capable de se faufiler sous l'escalier.

Le groupe derrière lui réagit avec une célérité aguerrie. Chaque homme se replia à couvert et commença à répliquer à l'aveugle, bombardant le palier du premier étage de tirs nourris. Vu la déferlante, Zane comprit que des renforts s'étaient joints à eux et que d'autres investissaient le front des dépendances lorsque des cris résonnèrent à l'arrière.

Leur position en hauteur leur offrait un avantage qui contrebalançait le nombre des assaillants, mais cela ne suffirait pas, il en avait bien conscience. Pas sans les secours du village. Il pria pour que ces derniers arrivent à temps et qu'Harrington et ses acolytes restent confinés au rez-de-chaussée, loin des femmes.

Comme un écho de ses inquiétudes, un bruit à peine perceptible s'éleva dans son dos. Atterré, il vit l'un de ses hommes s'effondrer au sol, surpris par un tir traître. Il jura entre ses dents, avant d'enjoindre à ses compagnons de se replier dans le couloir opposé. Cette retraite ouvrait la voie aux mécréants du bas, mais, sans cela, il exposait les siens à un trépas certain.

La mort dans l'âme, il comprit qu'il allait devoir réviser sa stratégie : les coquins avaient été assez malins pour escalader la façade et les prendre à revers, bouleversant à leur avantage l'équilibre des forces. Sans secours rapides, cela risquait bien de sonner le glas de leur résistance.

Il visa le premier homme qui s'engagea dans l'escalier, déterminé à montrer à ces gredins qu'ils n'allaient pas capituler aussi aisément. Plusieurs suivirent pourtant, couverts par leurs acolytes qui les canardaient depuis le couloir d'en face. Le combat devenait une lutte de plus en plus âpre. À chaque adversaire qu'ils touchaient, deux autres réussissaient à se faufiler.

Une onde froide sinua le long de l'échine de Zane lorsqu'il comprit qu'ils perdaient cette partie. Envahi par une rage débordante, il se déporta légèrement sur la droite pour mieux discerner ses ennemis, et comprit trop tard qu'il s'exposait dangereusement. Une douleur vive le faucha au moment où il allait regagner la protection de sa cachette. Une douleur si corrosive qu'il glissa au sol, sonné.

— Votre Grâce ? l'interpella Murdoch en le tirant à l'abri.

— Tout va bien, maugréa-t-il, une main plaquée contre ses côtes.

— Ils vous ont touché, déplora le fermier. Salement ! Il vous faut des soins.

— Plus tard ! Aidez-moi à me relever ! Ils ne doivent pas atteindre les étages, c'est une…

En dépit de son appui sur le mur pour consolider son équilibre, Zane se sentit tanguer et partir à la dérive. Murdoch le rattrapa tandis qu'il s'écroulait, focalisé sur une seule chose : il ne pouvait faillir à sa promesse de protéger son épouse et son enfant ! Pas alors qu'il avait juré à Prudence qu'il la défendrait de tous les dangers…

# Chapitre 28

— Votre Grâce, je ne crois pas que vous devriez demeurer ici, déclara Thomas, lorsque le bruit des tirs couvrit les pleurs de Corinne.

— Mon fils a dit de rester dans cette chambre, geignit-elle, les yeux écarquillés d'effroi.

Prudence entoura ses frêles épaules d'une pression réconfortante et se força à sourire. Elle était aussi terrifiée que sa belle-mère, mais partageait l'avis du domestique. Il était manifeste que les choses ne se déroulaient pas comme prévu, et que le nombre d'envahisseurs dépassait les évaluations les plus pessimistes. Même si elle ignorait comment son père avait pu réussir un tel exploit, elle comprenait que rester réunis dans une pièce isolée n'était plus la bonne stratégie. Ils devaient se cacher ou fuir…

Elle récita mentalement une prière pour les hommes qui luttaient pour elle, et s'obligea à étrangler sa peur.

— Thomas a raison, approuva-t-elle. Nous devons nous disperser et trouver à nous dissimuler. Nous faciliterons la tâche à nos ennemis en demeurant groupés ici.

— Mais…

— Corinne, intervint Margaret avec patience, nous ne sommes plus en sécurité. Et comme nous ne pouvons pas sortir du château, nous devons duper ces gredins. Il y a assez de placards et de soupentes pour que nous leur échappions…

— C'est juste le temps que les secours arrivent, renchérit Prudence.

— Mais vous êtes armées…

Prudence considéra le pistolet qu'elle avait posé près de ses genoux, incertaine. Margaret leur en avait montré les rudiments de maniement, mais à l'idée de s'en servir… Pour son enfant, elle savait déjà qu'elle s'y résoudrait sans ciller, mais doutait d'être efficace. Pas alors que tout son corps tremblait d'effroi.

— Ils sont trop nombreux, objecta Margaret, catégorique. Le temps de recharger, nous serons pris en défaut.

Entendant une tension similaire à la sienne dans sa voix, Prudence lui serra la main. Sage combattait aux côtés de son meilleur ami, de quoi les unir dans l'adversité comme elles ne l'avaient jamais été.

— Thomas ? s'enquit-elle ensuite. Quels sont les endroits les plus propices, d'après vous ?

L'homme fronça les sourcils, tout en réfléchissant. Elle devinait le poids qui pesait sur ses épaules, mais il n'était plus temps de s'attarder sur les détails, ou la peur qui les pétrifiait tous.

— Il n'existe plus de pièces cachées, malheureusement, expliqua-t-il, mais il y a une série de placards dans les greniers. Ils sont difficiles à discerner si on n'en connaît pas l'existence et ils ne sont pas bien larges, mais pour les petits gabarits, c'est l'idéal, je pense.

— Menez-y les femmes et les enfants, ordonna-t-elle.

— Votre Grâce, s'insurgea le domestique, je ne vous abandonnerai pas ici !

Prudence le remercia d'un hochement de tête, mais un simple coup d'œil à Corinne lui démontra qu'elle ne pouvait la laisser seule. Sa belle-mère était au bord de la crise de panique, sa peur probablement alimentée par les sévices subis aux mains de son mari. Elle poussait de petits gémissements plaintifs, quand ses sanglots ne prenaient pas le relais. Elle trahirait leur cachette par son incapacité à maîtriser ses nerfs, et Prudence ne pouvait l'autoriser, pas alors qu'il en allait de la vie d'une vingtaine de personnes, entre ses amies et les domestiques.

— Il y a d'autres endroits, argumenta-t-elle. Mrs Barker restera avec moi.

— Il serait plus judicieux que vous nous suiviez au grenier, la contredit Margaret. Je m'occuperai de Corinne.

— Vous êtes en danger par ma faute ! Il est hors de question que j'augmente les risques que vous tombiez aux mains de ces mécréants, en révélant le lieu de votre retraite.

— Seigneur ! Pourquoi voudriez-vous…

Margaret se tut lorsque Prudence ploya en avant, incapable de dissimuler plus longtemps les violents spasmes qui lui déchiraient le ventre. Elle enroula les bras autour de son abdomen, comme si cela pouvait atténuer ses contractions, mais dut patienter jusqu'à ce que la douleur reflue d'elle-même.

— Le bébé arrive…, comprit Faith. Pourquoi ne nous as-tu pas dit que le travail avait commencé ? Nous ne pouvons pas te laisser !

Prudence se focalisa sur son souffle, puis foudroya son amie du regard, une fois en mesure de redresser la tête. Elle s'était menti dès l'instant où elle avait saisi qu'elle allait accoucher, pas certaine de pouvoir contenir sa panique. La douleur avait été presque facile à oublier, mais elle était devenue à la limite du supportable et la courbait en deux à chaque crampe.

— Je souffre du dos depuis quelques jours, admit-elle, mais les contractions ont commencé il y a une heure à peine. Et, non, vous ne resterez pas avec moi. Je ne suis pas certaine de pouvoir juguler ma douleur. Je risque de dévoiler vos positions.

— Et tu penses sincèrement que cela va me convaincre de t'abandonner ? se révolta Faith. Margaret va s'occuper de Corinne et, toi et moi, nous allons trouver une cachette sûre, loin de ton père et de ses amis.

— Il finira par me retrouver…

— Non ! décréta Margaret en fouillant la pièce du regard. Il suffit de… Thomas, votre ceinture est en cuir ?

— Oui, madame.

— Donnez-la-moi ! Prudence, vous mordrez dedans à chaque nouvelle contraction. Je sais que cela n'a rien d'agréable, mais c'est un excellent moyen d'étouffer vos cris, s'ils deviennent difficiles à gérer.

— Très bien, mais maintenant, filez d'ici et cachez-vous !

— Que ferez-vous, si vous avez besoin d'une guérisseuse ? regimba Margaret.

— J'espère que les secours arriveront avant ma délivrance, mais, si ce n'est pas le cas, je devrais m'en priver. Faith pourra m'aider au besoin.

— Vous êtes aussi obstinée que Zane, déplora Margaret, un fragile sourire sur les lèvres. Promettez-moi de…

— Il faut se hâter, les interrompit Thomas.

Les tirs s'étaient espacés, renforçant paradoxalement

l'impression que la tempête n'avait jamais été aussi menaçante.

— Allez ! ordonna Prudence.

Corinne obéit, dans un état second, tandis que Margaret quittait la pièce visiblement à contrecœur.

— Le passe-plat, suggéra soudain le domestique en fermant la marche. Si vous deviez tenter de sortir du château quoiqu'il en coûte, utilisez-le ! Et courez chez Beth Finnigan. Elle a déjà mis des enfants au monde.

— Le passe-plat, répéta Faith, perplexe. C'est assez solide pour supporter notre poids ?

— Oui, miss, répondit-il d'un ton qui indiquait qu'il avait testé la méthode. Mais vous devrez l'utiliser l'une après l'autre. C'est trop étroit pour deux personnes à la fois. Et pensez à descendre jusqu'à l'entresol. Il y a une sortie qui donne sur le parc, derrière le château. C'est ce qu'il y a de plus discret.

Prudence acquiesça, consciente que ce plan impliquait que les hommes de son père soient tous déployés dans les étages. Si un seul montait la garde dans les cuisines ou à l'extérieur, cela reviendrait à se jeter dans la gueule du loup. Cela étant, aurait-elle le choix ?

— Bien, lui murmura Faith, une fois tout le monde parti. Comment tu te sens ?

— Je…

Utilisant la ceinture de Thomas comme mors, Prudence ravala un gémissement quand une nouvelle contraction lui déchira le ventre. Incapable de tenir debout, elle s'avachit sur l'unique lit de la pièce et accepta le soutien de Faith lorsqu'elle la poussa à s'allonger.

— Le bébé arrive ?

— Non… Je n'ai pas perdu les eaux et… le docteur

a dit que cela pouvait être long pour un premier, haleta-t-elle, une fois la douleur plus supportable.

— Tu veux tenter le passe-plat ?

— Je préférerais me rouler en boule et oublier qui est mon père, mais cela ne nous aidera pas vraiment, ironisa-t-elle. Je…

Elle ferma les yeux, happée par une urgence qui réveillait tous ses instincts. Zane, sa force tranquille et sa stature hors norme qui lui procurait le sentiment d'être à l'abri de tous les dangers, lui manquaient. Elle avait envisagé la naissance de leur enfant comme un immense bonheur, mais, seule et incertaine du sort de son époux, elle avait l'impression de se fracasser à l'aune d'une panique dévorante.

— Je suis morte de peur, Faith. Et si je ne parviens pas à avoir mon bébé sans assistance ?

— La décision t'appartient, mais si nous devons essayer de rejoindre la ferme des Finnigan, nous devons agir avant que tu ne sois en pleine délivrance.

Prudence hésita peu. Protéger son enfant était sa priorité, quoi qu'il advienne ensuite, mais elle refusait que Faith risque sa vie en s'évertuant à la sauver.

— Très bien. Allons-y, mais tu dois me promettre une chose, Faith. Si jamais mon père nous tombe dessus, tu devras filer à toutes jambes sans te soucier de moi…

— Tu plaisantes ?

— Non ! Il me veut vivante, mais je doute qu'il fasse preuve de la plus petite pitié en ce qui te concerne. Si je te ralentis ou qu'il nous rattrape, tu dois t'enfuir.

Faith la dévisagea avec sévérité, les lèvres pincées. Elle la connaissait assez pour savoir qu'elle exigeait de son amie qu'elle aille contre sa nature généreuse, mais c'était primordial à ses yeux qu'elle comprenne qu'elle ne se pardonnerait jamais qu'elle soit blessée ou pire.

— Nous allons prendre soin l'une de l'autre, rétorqua Faith en éludant sa demande. Tu me tiens, je te tiens ! C'est comme cela que nous fonctionnons depuis toujours, et il n'est pas question que ton père change cette vérité.

— Tu es plus têtue qu'une mule ! maugréa Prudence.

— Je te retourne le compliment. Tu te sens prête ?

— Oui. Il va falloir descendre d'un étage et traverser l'aile ouest pour atteindre le passe-plat.

Elle tendit l'oreille, heurtée par les grincements qui viraient au fracas par intermittence. Avant que les tirs retentissent, un silence pesant avait englobé le château. À présent, les coups de pistolet étaient plus sporadiques, comme si leurs envahisseurs ne se souciaient plus d'être entendus ou pas. Pire, vu les sons intempestifs, elle soupçonnait que ces derniers étaient en train de saccager Armydale.

Elle secoua la tête, refusant de songer à ce que cela impliquait. Elle voulait croire que Zane continuait de batailler, sain et sauf, et qu'il serait bientôt à ses côtés…

Elle guida Faith le long du couloir de service, aux aguets, tout en s'efforçant d'occulter les spasmes qui lui durcissaient le ventre. Elle n'avait pas le loisir de s'appesantir sur cette douleur. Si le vacarme ambiant lui confirmait que les assaillants avaient pris l'ascendant sur les habitants du château, des bruits de pas se rapprochaient d'elles, attestant qu'ils avaient décidé de fouiller les derniers étages.

— Ils sont en train de nous piller, murmura Faith, exsangue. Est-ce que tu crois que…

— Pas maintenant ! lui enjoignit Prudence, le cœur contracté d'une angoisse pernicieuse. Le passe-plat est là.

La trouée était discrètement dissimulée derrière un panneau de bois ciselé. Les moulures, autour de l'arceau, déclinaient les armoiries des ducs de Rosendale, comme une preuve de leur puissance.

— Ce n'est pas bien large, constata Faith, et c'est trop haut pour que tu y montes sans aide. Il va falloir que tu y ailles la première.

— Je te le renverrai dès que je serai arrivée à l'entresol, mais…

— Tout se déroulera bien !

Prudence roula des yeux, agacée. La confiance de son amie était comme un baume sur ses plaies intérieures, mais ne suffisait pas à faire disparaître sa peur de la perdre. Pas alors qu'elle redoutait déjà pour la vie de son époux.

— S'il y a le moindre problème, tu prends tes jambes à ton cou !

— On en reparlera une fois en bas, s'entêta Faith.

À l'aide d'une chaise et du soutien de son amie, Prudence se hissa dans l'ouverture étroite. Ramener les genoux contre son ventre tendu exigea un tel effort qu'elle crut qu'elle n'y parviendrait jamais, mais sa détermination n'avait jamais été aussi vibrante. Quoi qu'il advienne, elle ne laisserait personne s'emparer de son enfant !

— Tu es bien installée ?

— Tu te souviens de la fois où tu es restée coincée dans un tonneau, après avoir voulu vérifier ce qu'il y avait dedans ? ironisa-t-elle.

— Très bien, répondit Faith avec un demi-sourire nostalgique. Tiens-toi bien recroquevillée, il n'y a pas de cloisons de protection sur les côtés. Je vais actionner la manivelle pour la descente en essayant d'y aller doucement. Une fois en bas, tu me renvoies le passe-plat dès que tu peux.

Elle hésita une seconde, puis lui attrapa la main, le visage soudain plus sérieux.

— Nous nous en sortirons, Prudence !

— Je le souhaite de tout mon cœur, mais je crains le prix que nous allons devoir payer, finit-elle par répondre. Si je n'étais jamais venue ici…

— Tu as rencontré un homme que tu aimes et tu portes son enfant. Ne regrette rien !

— S'il meurt par ma faute…

— Ton père est seul responsable !

— Je l'étranglerais de mes propres mains, si je le pouvais.

— Zane s'en chargera, n'en doute pas ! Il est de taille à l'affronter, j'en suis persuadée. Toi, tu dois te focaliser sur l'arrivée de ton bébé. Tu es prête ?

— Allons-y.

Le passe-plat se mit en branle, entamant une descente lente et saccadée. Prudence se rencogna lorsque son genou frôla la paroi et se concentra sur sa respiration pour endiguer les vagues de douleur qui enflaient comme une marée montante.

Dans le réduit, les bruits étaient étouffés, mais elle perçut une clameur désolante, lorsqu'elle franchit le premier étage et le rez-de-chaussée. Les attaquants paraissaient prendre un malin plaisir à s'acharner sur les meubles et tout ce qu'il était possible de détruire. Quelques coups de feu retentissaient encore, mais rien ne semblait ralentir leur déferlante de violence.

Elle crispa les doigts autour de son pistolet et lutta

contre des larmes d'impuissance et de rage. Quel que soit l'avenir, elle refusait de l'envisager sans l'homme que son cœur adorait. Sans pouvoir chérir l'enfant qu'elle s'apprêtait à mettre au monde.

Un dernier tressautement l'avertit qu'elle était parvenue à destination. Après avoir posé son arme, elle ouvrit le panneau de bois avec précaution et soupira en ne détectant ni mouvement ni bruit. L'entresol ne tenait pas tout à fait de la cave, mais il s'y apparentait par l'obscurité et la fraîcheur qui y régnaient.

Sortir de l'étroit cagibi lui demanda des efforts qui lui trempèrent le dos. Elle éprouva un soulagement sans nom lorsqu'elle parvint enfin à poser pied à terre, et à s'accorder une minute de répit. Ses bras et ses jambes étaient fourbus, mais c'était un détail en comparaison de ses contractions, devenues plus régulières et surtout plus fortes, comme si elles manifestaient contre les contorsions qu'elle avait imposées à son corps.

Après un spasme particulièrement douloureux, elle actionna la manivelle pour renvoyer le passe-plat à Faith, priant pour que son amie puisse très vite la rejoindre. Elle réalisa un peu tard qu'elle avait oublié de récupérer son pistolet. Pestant entre ses dents, elle n'entendit pas le mouvement dans son dos.

— Est-ce qu'on essaierait de se sauver, duchesse ? ricana une voix moqueuse.

Elle bondit sur le côté, terrifiée quand un homme au visage barré d'une cicatrice épaisse et disgracieuse se dressa devant elle. Il avait l'air si menaçant que son estomac tressauta et distilla un goût de bile dans sa bouche. Il s'inclina avec une morgue déplaisante, un sourire acide sur les lèvres.

— Veuillez, Votre Grâce, annonça-t-il avec ironie, recevoir les sincères hommages de votre futur mari. Capitaine Malone O'Brien, pour vous servir !

Elle recula d'un pas, l'affolement remplaçant toute autre émotion. Seigneur ! Cet homme était... proprement effrayant. La couture sur son visage, large et boursouflée, relevait un coin de sa bouche, exposant une dentition inégale, tandis qu'un bandeau dissimulait son œil droit. Mais plus que ce spectacle ravagé, c'était son expression qui la terrorisait, tant elle était chargée de violence.

Elle balaya les lieux du regard, harponnée par le besoin de fuir, consciente pourtant qu'elle était prise au piège. Un piège qui étira ses tentacules lorsqu'elle sentit un liquide chaud ruisseler sur ses jambes.

— Non, gémit-elle en se courbant en deux à la contraction suivante.

# Chapitre 29

Faith paniquait. Prudence mettait trop de temps à lui renvoyer le passe-plat. Trop pour qu'elle n'en déduise pas que quelque chose avait mal tourné. Incertaine, elle fouilla le couloir du regard. Par chance, elle était campée dans un léger renfoncement qui la rendait invisible, mais aux bruits environnants, elle comprit qu'elle ne le resterait pas longtemps. Elle se mordilla les lèvres avant de se décider à agir. Soulevant sa robe, elle se mit à courir vers l'escalier de service, espérant qu'il serait dédaigné au profit du principal. Car, peu importait le danger, elle n'abandonnerait pas son amie !

Les marches disparaissaient dans une obscurité qui n'avait rien de rassurant, mais elle s'y engagea sans une hésitation. Elle franchit sans encombre le palier entre le troisième et le deuxième étage, puis ralentit à mesure que les bruits se faisaient plus assourdissants.

— On pourrait mettre le feu, s'éleva une voix, à quelques yards d'elle.

— Attends qu'on ait récupéré tous les bijoux, riposta une autre.

— On a la duchesse. Le cap'taine va pas vouloir qu'on traîne longtemps dans les parages.

Faith se figea à ces mots, terrassée par une émotion qui lui contracta douloureusement la poitrine. Quelle idiote elle avait été de ne pas emprunter la première le passe-plat ! Sans le vouloir, elle avait jeté Prudence dans les pattes de leurs assaillants. Elle se rapprocha furtivement des deux inconnus, déterminée à entendre la suite de leur discussion alors qu'ils s'éloignaient.

Elle n'alla pas très loin… Une main s'enroula autour de sa taille pour la soulever et l'entraîner vers l'ombre d'un cagibi, pendant qu'on la bâillonnait sans pitié.

— Dieu du Ciel ! cingla une voix furieuse. Que faites-vous ici, miss Evans ?

Faith tituba sur ses pieds lorsqu'on la reposa au sol, et manqua de s'effondrer en reconnaissant Connor. Le palefrenier la toisait avec un agacement qui frisait l'insolence, mais elle était trop heureuse pour s'en irriter.

— Ils ont Prudence, bafouilla-t-elle en lui saisissant le bras.

— Maudits chiens !

— Elle était au niveau de l'entresol et…

Sa voix se brisa, débordée par un trop-plein qui lui mouilla les yeux.

— Le bébé… Elle va avoir son bébé, continua-t-elle après avoir dégluti. Il faut aller la sauver !

Connor lui empoigna la main et l'entraîna au travers de couloirs étroits, avant de la pousser vers une tenture qui révéla un grossier escalier de bois sinuant vers les entrailles du château.

— C'est un passage dérobé, lui précisa-t-il. Il mène aux caves. On y a installé nos blessés. De là, on pourra atteindre l'entresol. Attention à vous : on va bientôt être plongés dans le noir. Tenez-vous à ma ceinture.

Leur descente dans l'obscurité s'accompagna d'une chute des températures. Faith frémit à son corps défendant, impressionnée par le silence absolu qui régnait autour d'eux. Après le vacarme du pillage, c'en était presque terrifiant. Elle agrippa plus étroitement Connor et maudit Henry Harrington. Elle ne l'avait jamais aimé, mais il se dévoilait sous un jour pire que ce qu'il avait déjà illustré. Prudence rêvait de l'étrangler ? Ses aspirations à elle versaient dans des supplices bien plus terribles…

— Attention, lui enjoignit de nouveau Connor en reprenant sa main.

Une porte s'ouvrit devant eux. Sous la lueur faible de chandelles vacillantes, ils débarquèrent dans une sorte de cavité creusée à même la roche. Faith nota brièvement les fûts entreposés contre les murs, mais ce furent les hommes à terre qui retinrent son attention. Elle hoqueta de stupeur en reconnaissant Zane, vociférant contre Sage qui tentait de lui bander le flanc.

— Faith ! aboya-t-il en l'apercevant.

— Ils ont Prudence, débita-t-elle rapidement.

— Bon sang ! Pourquoi avez-vous quitté l'étage des domestiques ?

— Les sbires de Henry étaient sur le point de débarquer, se rebella-t-elle devant le ton impérieux. Thomas a caché tout le monde dans les greniers, mais Prudence est entrée en travail et elle souffrait trop. Elle a donc refusé de suivre, de peur d'alerter nos ennemis, si jamais elle ne parvenait pas à contenir sa douleur.

— Une femme à ton image, maugréa Sage. Vas-tu arrêter de bouger le temps que je panse ta plaie ?

— Laisse ! gronda Zane. Je dois la retrouver avant que ce mécréant disparaisse dans la nature.

— Ils étaient au niveau de l'entresol, précisa Connor. S'ils ont quitté le château, ils ont dû emprunter le chemin qui traverse la lande vers le nord.

— Ils n'ont pas fini de piller la maison, je doute qu'ils soient allés très loin, ajouta Sage en se pinçant l'arête du nez. Si on part à leur recherche…

— Il est hors de question que nous abandonnions les nôtres ! objecta Zane. Je vais m'y rendre seul.

Faith recula d'un pas lorsque Sage la bouscula légèrement pour se camper devant son ami. La tension était palpable entre eux.

— Tu es blessé ! J'ai contenu du mieux que je pouvais l'hémorragie, mais tu as besoin de soins. La balle est ressortie, cependant…

— Ma femme passe avant tout !

— Bon sang ! Il n'est nullement dans mon intention de prétendre le contraire, Zane ! Je serais dans le même état d'urgence si Margaret était à la place de Prudence, mais c'est de la folie de courir après une armée, alors que tu tiens à peine debout ! Attends au moins les renforts du village.

— Et risquer qu'elle soit irrémédiablement blessée ? Sur mon honneur, je ne le permettrai pas ! Utilise le fer et cautérise la plaie, qu'on en finisse !

Il fallut quelques minutes à Zane pour se remettre des soins de Sage. Épongeant son front moite de sueur, il refusa pourtant de s'appesantir sur la brûlure qui lui irritait le bas-ventre. Dès qu'il fut capable de tenir debout, il se précipita vers ses armes et vérifia qu'elles étaient chargées. Peu importait qu'il risque sa vie, il n'abandonnerait pas sa femme aux mains d'Harrington ou d'un quelconque mécréant. Que son enfant soit sur le point de naître renforçait sa détermination à voler à son secours. Imaginer Prudence seule et effrayée lui retournait l'estomac et affadissait la douleur installée dans son flanc.

— On vous accompagne, Votre Grâce, l'informa Murdoch, épaulé par un Fingal résolu.

— Très bien, capitula Sage. De notre côté, nous montons aux greniers. Et, cette fois, pas de pitié, les amis !

Zane vit certains hommes fixer leurs chaussures. Ce n'étaient pas des soldats qu'il avait engagés dans la défense d'Armydale, tout au plus des chasseurs aguerris, et plusieurs avaient tremblé au moment de tirer sur les assaillants. Mais, face à l'adversité et à la force de leurs ennemis, il sut que plus un seul ne faillirait, s'ils devaient porter un coup fatal.

— Allons-y ! déclara-t-il sans tergiverser plus longtemps.

Il s'engouffra dans une travée ouverte dans la roche. Comme toutes les fondations du château, cette zone avait été creusée dans la falaise. L'entresol, lui, avait été construit à cheval avec la surface, de manière à établir des souterrains qui avaient permis, en leur temps, d'évacuer les lieux sans risque. Les galeries avaient fini par être comblées quand il s'était avéré qu'elles étaient connues d'un trop grand nombre. Inutiles, voire dangereuses pour les habitants d'Armydale, elles avaient dès lors représenté une faiblesse.

Occupés au niveau des étages, les bandits avaient déserté le rez-de-chaussée, mais deux hommes demeuraient en faction près de la sortie accessible des cuisines. Zane comprit pourquoi en avisant les deux charrettes arrêtées dans la cour. Les carrioles étaient déjà à moitié remplies des trésors de sa maison…

— De vils pilleurs, bougonna Murdoch dans son dos.

Il acquiesça, conscient qu'il devait contenir sa rage. Il aurait, sans hésiter, échangé toutes les richesses d'Armydale contre la vie de sa femme et de leur enfant. Il fit un signe de connivence discret à Fingal et Murdoch, et pénétra dans la pièce en titubant, une main plaquée contre son flanc indemne. Le sang avait recouvert tout l'avant de sa chemise, mais la zone meurtrie était trop sensible pour qu'il s'essaie à y poser les doigts. Il avait, en revanche, besoin que les deux hommes le supposent à l'agonie.

Sans surprise, ils se précipitèrent sur lui, goguenards.

— Le sieur est en mauvaise posture, on dirait, ricana l'un d'eux. Tu crois que c'est le duc ?

— Ouais, y'a un tableau de lui dans l'entrée. Alors, Vo'te Grâce, on fait moins le malin maintenant qu'on pisse le sang, hein ?

Zane garda la tête basse et les épaules affaissées, tandis que ses adversaires l'entouraient. Sa stature impressionnait à première vue, mais, ainsi ratatiné, il donnait le sentiment d'être un vieillard fragile. C'était tout ce dont il avait besoin. Il se redressa d'un coup et ficha son poignard dans le torse de celui qui s'était aventuré le plus près de lui. L'homme s'écroula à terre dans un râle d'agonie. Murdoch jaillit alors avec agilité derrière le second et lui plaqua sa lame sous la gorge, le défiant d'un grondement hostile d'oser le moindre mouvement ou même de hurler.

— Dis-nous où est ton chef ? exigea Zane.

Faisant fi de sa position précaire, le bandit cracha au sol pour toute réponse.

— À ta place, je me mettrais à table, gronda Fingal dans son dos.

— Je dirai rien ! Vous pouvez bien me tuer, si je parle, le capitaine fera bien pire !

— Tu n'es pas obligé de mourir, corrigea Zane. Après tout, qu'est-ce qui t'empêche de quitter ma maison avec une bourse pleine ? Ton… capitaine n'en saura rien, si tu disparais.

Il comprit que son offre avait retenu l'attention de son interlocuteur lorsque ce dernier crispa les mâchoires et décocha un regard furtif autour de lui.

— Si ça peut t'aider, ajouta Murdoch en se penchant vers lui, un rictus pervers sur les lèvres, je suis très doué pour dépecer les cochons et… je suis capable de te retirer une bonne partie de ta bidasse avant que tu crèves. Je peux te garantir que ce sera douloureux. Très douloureux.

— Je veux beaucoup d'argent, lâcha le bandit.

— Cela va de soi, approuva Zane. Où est-il ?

— Le point de ralliement, c'est la vieille guérite au nord du château. Le cap'taine y est reparti dès qu'il a eu la duchesse.

Zane inspira une longue bouffée d'air pour canaliser ses pensées et ne pas céder à l'élan de rage qui lui martelait les tempes. Envisager ses options l'aida à se recentrer.

La tour en bois avait été très utile, un siècle plus tôt, pour protéger la ligne de défenses terrestres d'Armydale, mais elle s'était depuis affaissée. Ne restait que les fondations, un amas de pierres perdu au milieu de la lande, à un mile environ du château. Placé en hauteur, le site était surtout difficile d'accès quand il s'agissait de surprendre un ennemi sur ses gardes. La forêt qui s'étendait à l'arrière offrait une alternative intéressante pour une approche discrète, même si, pour l'atteindre sans s'exposer, il fallait emprunter le chemin du village, et donc perdre un temps précieux.

— On va devoir prendre des chevaux, décida-t-il. Est-ce que vous avez posté des hommes à l'extérieur ?

— Il y en a deux au niveau des écuries. Ils devaient seller les trois ou quatre étalons que le capitaine a repérés, et ils gardent aussi nos propres montures.

Zane comprit pourquoi les chevaux s'étaient ébroués, un peu plus tôt. Des intrus s'étaient invités dans leurs box, dans le but d'en subtiliser certains. Sa colère grimpa d'un cran.

— Déshabille-toi ! ordonna-t-il.

— Quoi ?

— Fais ce que Monsieur le duc te demande, le menaça Murdoch.

Zane se débarrassa de sa chemise ensanglantée sans regret. Sa blessure suintait toujours, mais le bandage de Sage remplissait à merveille son office. Il enfila celle du bandit et mit plus de temps à échanger leurs pantalons. La toile nauséabonde n'était pas agréable à porter, mais formait un déguisement tout à fait convaincant.

— Votre Grâce, énonça Fingal en lui tendant son couvre-chef. Comme ça, on ne risque pas de vous reconnaître.

— Enfermez notre prisonnier dans le cellier, ordonna-t-il.

— Mon argent…, éructa ce dernier, révolté.

— Alors que tu m'as peut-être menti ? Tu restes ici, et j'aviserai si je retrouve bien ton capitaine de malheur. J'espère pour toi qu'il n'aura pas maltraité la duchesse !

L'homme roula des yeux et tenta de se soustraire à la poigne de Murdoch, mais il se calma dès que la lame de son couteau s'enfonça dans la chair de son cou.

— Très bien, très bien ! capitula-t-il.

— Allons-y, lança Zane, une fois le bandit enfermé.

Traverser la cour jusqu'aux écuries s'apparenta à un jeu d'enfant. La mise à sac occupait tous ceux qui auraient pu les surprendre, et il pria pour que Sage ait réussi à immobiliser ceux qui s'étaient dispersés dans les derniers étages.

Détournant son attention du château, il longea les stalles jusqu'à l'enclos extérieur. Sans surprise, il découvrit une trentaine de chevaux sagement parqués. Les hommes du capitaine avaient dû les conduire ici à la longe pour limiter le bruit, et parier sur le fait qu'il ne discernerait pas de hennissements supplémentaires au milieu de ses propres montures. Seulement, les bandits n'avaient pas prévu la présence des chiens… Zane supposa que ces derniers avaient été libérés de leur chenil ou bassement exécutés.

Au lieu d'emprunter les portes principales, il guida ses compagnons vers une ouverture étroite. Une pénombre totale les accueillit tandis qu'ils se glissaient à l'intérieur. Les chevaux étaient agités, preuve que les lieux avaient été envahis, mais ce fut surtout la vue de plusieurs box vides qui l'ulcéra.

Le capitaine était un connaisseur : il avait sélectionné ses meilleurs étalons. Tous, sauf son précieux Prince qui, fidèle à son caractère, avait résisté en donnant du sabot. Les planches de son compartiment avaient souffert de l'expérience, mais l'animal avait recouvré un semblant de sérénité.

Zane lui flatta les naseaux, atterré de découvrir l'estafilade qui zébrait son encolure. La plaie était heureusement superficielle.

— On ne bouge pas ! hurla une voix surgie du néant.

Murdoch et Fingal se jetèrent en avant et réussirent à toucher un adversaire qui gémit de douleur dans la nuit. Zane s'attendait à affronter deux ou trois hommes, il réalisa qu'il avait une armée face à lui.

— Archibald ? fit-il sur une impulsion pétrie d'espoir.

— Arrêtez ! répondit la voix familière du capitaine. Mac Fergall ?

Une bougie éclaira le visage figé de Devon Archibald. Zane aperçut autour de lui plusieurs dizaines de soldats et de villageois, équipés de fusils ou de fourches. Le soulagement manqua de le faire vaciller.

— Bon sang ! je ne vous aurais pas reconnu, si vous n'aviez pas parlé, s'excusa le capitaine en le rejoignant. Quelle est la situation, au château ?

— Mauvaise. Ces mécréants sont en train de le mettre à sac et ils sont à la recherche des femmes et des enfants. Sage les couvre avec quelques volontaires, mais ils ne sont pas assez nombreux.

— Où se sont-ils cachés ?

— Dans les greniers.

— Très bien ! Nous allons prendre ces bandits à revers et leur régler leur compte. Avez-vous besoin d'assistance ?

— Seulement de quelques hommes. Celui qui mène les opérations a enlevé Prudence.

— Sacrebleu ! Harrington est un infâme gredin…

— J'ai bien peur qu'il ne soit pas à la tête de cette expédition, déplora Zane. Il prévoyait de marier sa fille à un militaire irlandais. Cet homme est venu récupérer celle qu'il considère comme sa fiancée. Quant à Harrington, il est bien ici. Il les a probablement guidés. Je l'ai blessé, mais j'ignore où il se cache à l'heure actuelle.

— Nous allons nous occuper de ce coquin. Savez-vous où se trouve son complice ?

— Il s'est apparemment replié au niveau de l'ancienne guérite, à un mile au nord. Je dois y aller sans tarder. Ma femme est sur le point de mettre au monde notre enfant et… j'ai besoin de quelques hommes pour me dissimuler dans les bois et assurer mes arrières.

— Vous comptez le mystifier avec votre déguisement, devina Devon. Excellente idée, mais méfiez-vous de ce genre d'énergumènes. Il est formé au combat. Mitchell ? Tu suis le duc. Son épouse doit revenir saine et sauve, compris ?

Zane le remercia d'un mouvement de tête et se précipita à contrecœur vers l'enclos extérieur. Prince aurait été une meilleure monture, capable de filer comme le vent, mais la duperie ne pouvait s'encombrer de la moindre faille. Il choisit un cheval à la ligne élancée, et patienta jusqu'à ce que Murdoch et Fingal soient en selle. Mitchell, lui, avait déjà sélectionné une dizaine de cavaliers et fonçait vers le couvert des bois.

La chevauchée ne lui procura aucun plaisir. L'urgence lui crispait le ventre, et un goût de bile s'attardait dans sa bouche. Sa douleur au flanc avait fini par s'affadir, emportée à l'aune d'une terreur qui submergeait tout.

La guérite apparut au bout d'un temps interminable. Il aperçut deux silhouettes campées près de l'amas de pierres, conscient que la position surélevée du site l'empêchait d'en visualiser l'entièreté. Il ne localisa pas Prudence, et pria pour qu'elle soit simplement assise.

Il lâcha un long soupir de soulagement quand elle se dessina, adossée contre le monticule.

Baissant la tête, il gravit les ultimes yards de la butte et sauta à terre en dressant sa monture entre les bandits et lui. Ces derniers étaient six en tout, dont deux qui géraient les chevaux qu'ils lui avaient volés. Un seul retint cependant son attention. Le capitaine était reconnaissable entre tous : vêtu de sa tenue militaire, il portait sa brutalité et son intransigeance sur le visage. Pour l'heure, il surveillait Prudence, sans pour autant l'approcher.

Zane sentit son cœur se fendre lorsqu'un gémissement jaillit de la bouche de sa compagne et qu'elle se courba en deux pour endiguer une vague de douleurs. Courageuse comme elle l'avait toujours été face à lui, elle se redressa, les mâchoires crispées, et fusilla ses ravisseurs du regard.

— Hé ! vous ! les interpella Buckley. Vous en êtes où, là-bas ?

— Les chariots sont pleins, répondit Fingal d'une voix plus rauque qu'à l'accoutumée.

— Les habitants du château ?

— Morts ou blessés. Quelques-uns se cachent encore, mais ce sont des domestiques. On s'est dit que ça valait pas la peine de perdre not'e temps. Les autres arrivent, ils finissent de s'amuser un peu…

Fingal ne termina pas volontairement, et explosa d'un rire gras. Prudence répondit en gémissant, atterrée d'entendre que ses amis vivaient un enfer ou étaient peut-être à terre. Zane aurait aimé la réconforter, mais il ne pouvait se trahir. Pas encore.

Par chance, ni Buckley ni le capitaine ne s'intéressèrent vraiment à eux. Il comprit pourquoi en lisant une colère farouche sur le visage du premier.

— On ne va pas pouvoir patienter beaucoup plus longtemps, indiqua ce dernier à son chef d'un ton tranchant. Le bateau partira avec ou sans nous demain, et j'ai l'intuition qu'on ferait mieux de plus être dans le coin.

— J'en suis conscient, gronda son complice en retour, mais on aura besoin des carrioles. La duchesse ne pourra pas chevaucher dans son état.

— Tu sais ce que j'en pense ! Les carrioles nous ralentiront, en plus de nous mettre une cible sur le dos. On ne peut pas se permettre de les garder. Le but était d'offrir une compensation sonnante et trébuchante aux mercenaires qu'Harrington a engagés, pas de les utiliser comme moyen de locomotion pour faire voyager une femme en pleine délivrance. L'armée écossaise qui filait le train d'Harrington ne sera que trop heureuse de nous rattraper !

— Cette femme est à moi ! éructa le capitaine. Je ne quitterai pas ce pays sans elle.

— Et tu comptes faire quoi de son bâtard ? Harrington devait le récupérer, mais maintenant qu'il est mort…

— Je vous interdis de toucher à mon enfant ! aboya Prudence.

Le capitaine la toisa avec un rictus salace, visiblement ravi de la voir s'insurger et lutter, alors qu'elle était impuissante face à eux. Zane comprit en un éclair quel genre d'hommes il avait en face de lui. John aussi avait joui de la souffrance qu'il imposait aux autres.

— Très chère, la décision ne vous appartient pas, mais sachez que je n'ai pas encore déterminé ce qu'il adviendra de votre enfant. Le tuer ou l'abandonner serait facile, mais il est possible que ce marmot me serve à l'avenir, ne serait-ce que pour dompter la pouliche sauvage que vous êtes. Dites-moi, ma douce, que seriez-vous prête à accepter pour que je lui épargne quelques sévices ?

Prudence pâlit sensiblement, avant de se mordre les lèvres pour endiguer une nouvelle contraction. Des perles de sueur recouvraient son front, et sa poitrine se soulevait laborieusement, comme si elle ne parvenait plus à endiguer les élans de douleur qui lui traversaient le corps.

— C'est bien ce qu'il me semblait, jubila le capitaine devant son silence révolté. Buckley, le duc doit bien avoir un fiacre, non ?

— Très bien, capitula son acolyte. Keans, Julian, vous repartez au château pour emprunter l'un des attelages. Et prévenez Havers qu'on lève le camp. Soit il rapplique ici avec ses troupes, soit il se débrouille pour rentrer à la maison.

Zane se rencogna un peu plus derrière sa monture lorsque les deux hommes de main s'élancèrent sur la lande avec leurs propres chevaux. Le silence de la nuit s'imposa de nouveau, entrecoupé des halètements de Prudence.

— Bon sang ! gronda le capitaine en s'agenouillant près d'elle. Ne pouvez-vous pas cesser de geindre ? Ne vous a-t-on pas expliqué qu'il fallait pousser ?

— Ne me touchez pas, répliqua-t-elle lorsqu'il lui saisit le visage.

— Révoltez-vous, ma chère, tant que vous le voulez, mais cela ne changera rien. Vous êtes désormais mienne, et je vous toucherai autant que je le souhaiterai.

Il lui empoigna violemment un sein, puis se pencha un peu plus vers elle.

— Votre corps m'appartient. Votre enfant m'appartient. Votre vie m'appartient.

Zane siffla entre ses dents, à deux doigts de bondir quand le capitaine s'empara brutalement des lèvres de Prudence. Elle se débattit et griffa le visage couturé, écopant en retour d'un éclat de rire tonitruant.

— Je vous adore déjà, ricana le bandit en s'essuyant la bouche avant de se relever. Et je vais encore plus adorer vous briser. Lorsque j'en aurai terminé avec vous, vous me supplierez à genoux de vous prendre !

Buckley cracha au sol pour exprimer son agacement et pivota vers les derniers arrivés, l'œil soudain en alerte.

— Et vous, là ! aboya-t-il en les désignant du doigt. Venez ici !

Maintenant qu'il était plus calme, le renégat dégoulinait de suspicion, comme s'il se rendait enfin compte que leur arrivée sonnait faux dans le contexte tendu. Murdoch obéit le premier, suivi de Fingal. Zane comprit leur stratégie, toute simple : ils le mettaient à couvert, alors qu'il brûlait du désir de foncer sur leurs adversaires pour leur tordre le cou. Le capitaine s'était éloigné de Prudence, assez pour qu'il réussisse à dompter sa rage, mais l'homme s'était condamné à mort en la touchant !

— Montrez vos visages ! ordonna Buckley.

Zane sut que leur ruse s'achevait à cette seconde. Cela lui convenait parfaitement. L'envie de charger pulsait dans ses veines, au point qu'il se sentait légèrement grisé. Ce fut pourtant avec calme qu'il referma la main sur son pistolet et s'assura que son couteau était bien en place dans son dos.

— Toi aussi ! le relança Buckley en pointant son arme dans sa direction.

— À terre ! cria Murdoch avant de bondir vers leur adversaire.

Il n'eut pas le temps de l'atteindre. Plusieurs tirs crevèrent le silence de la nuit. Buckley s'écroula au sol, un air incrédule fiché sur le visage. Le capitaine plongea aussitôt derrière un amas de pierres, mais Fingal se rua sur lui, son couteau à la main. Zane s'élança à son tour et visa l'un des deux hommes qui gardaient les chevaux. Il fit mouche en même temps que Murdoch avec le second.

Un hennissement l'avertit néanmoins qu'un cavalier avait réussi à sauter sur sa monture pour fuir la butte. Furieux, il constata que le capitaine avait assommé Fingal et galopait déjà dans la nuit.

— Je pars à la poursuite de ce coquin ! annonça-t-il à la volée.

— Zane, s'il te plaît…

La voix meurtrie de Prudence le coupa dans son élan. Elle était livide et haletait en tenant son ventre rebondi. Les cheveux trempés, elle avait écarté les jambes et arquait le dos comme si une force invisible l'oppressait.

— Le bébé arrive, lâcha-t-elle entre deux respirations.

— Mitchell s'est lancé sur les traces du capitaine, l'informa Murdoch tandis qu'il aidait Fingal à se relever. Vous devriez rester avec votre dame.

— Beth, supplia-t-elle. Allez chercher Beth.

Zane ne s'appesantit pas sur sa rage et son désir de vengeance. Prudence passait avant toute chose et elle avait besoin de lui. Il s'agenouilla auprès d'elle et lui saisit la main, tout en essuyant son front trempé.

— Je suis là, la réconforta-t-il lorsqu'elle lui cramponna les doigts. Murdoch, Fingal, prenez un cheval et ramenez Beth le plus vite possible.

Elle le remercia d'un regard, puis s'arc-bouta sous l'effet d'une nouvelle contraction.

— Tu veux t'allonger ?

— Non, je… Il est là, Zane… Il arrive… Je… J'ai mal…

Prudence lâcha une plainte sourde, lui enfonçant les ongles dans le bras.

— Je ne te quitte pas, ma chérie. Laisse-moi vérifier, d'accord ? Et pousse autant que tu peux.

Retroussant ses manches, il souleva la robe détrempée et resta en apnée devant le spectacle de la naissance de son enfant. Il accueillit le petit corps chaud, la gorge nouée, et éclata de rire lorsque son cri brisa le silence.

— Prudence…, s'extasia-t-il. Il est là, regarde !

— Il faut le couvrir, murmura-t-elle en retour, le soulagement lissant les plis de son front.

Zane allongea le bébé sur la robe et se débarrassa rapidement de sa chemise. Elle était sale, mais c'était le seul tissu à sa disposition, et c'était mieux que le froid de la nuit. Il emmaillota maladroitement son enfant et le déposa dans les bras de Prudence, avant de se glisser dans son dos pour l'étreindre étroitement. Sa poitrine était douloureuse, débordant d'un bonheur qu'il n'avait pas anticipé et qui se démultipliait au regard de la terreur qu'il avait éprouvée quelques minutes plus tôt.

— Tu as réussi, la félicita-t-il à l'oreille. Si tu savais comme je t'aime…

— Je t'aime, moi aussi. Je n'ai pas eu le temps de voir : c'est un petit garçon ou une fille ? demanda-t-elle en relevant la tête pour exiger un baiser, tout en berçant leur bébé contre son sein.

Zane la considéra en cillant, puis il explosa de rire,

une erreur qu'il mesura à la seconde où sa blessure se réveilla. Refusant d'alarmer Prudence, il raffermit son étreinte autour de ses épaules et se déporta légèrement pour diminuer la tension dans son abdomen. Sûr que Sage le tuerait, s'il rouvrait sa plaie…

— Je n'ai même pas regardé, avoua-t-il, penaud, une fois qu'il eut repris son souffle. Mais, dans tous les cas, c'est le plus beau cadeau que tu pouvais me faire. Je t'aime, Prudence, et je te jure d'être un père exemplaire pour cet enfant.

# Épilogue

Prenant garde de sélectionner un endroit à l'abri du vent dans la petite crique qu'il avait choisi, Zane étendit son plaid sur le sable. Sous un soleil estival éclatant, il avait décidé de surprendre son épouse en l'entraînant dans un pique-nique improvisé. Il n'avait simplement pas prévu que toute la maisonnée se joindrait à eux.

— Tu aurais dû être plus discret, se moqua Sage en installant une deuxième couverture.

— Armydale est immense, mais j'ai de plus en plus l'impression de vivre au sein d'un clan qui se mêle de tout.

— Je t'avais prévenu : il fallait donner un héritier à Armydale, pas augmenter l'équipe de ces dames !

Zane leva les yeux tandis que les résidentes du château descendaient le sentier qu'il avait fait renforcer l'année précédente. Prudence avait pris la tête de cette petite procession, un large sourire barrant son visage épanoui et la main posée sur son ventre rebondi.

— Prie alors pour que le prochain soit un fils, gloussa-t-il, conscient qu'il accueillerait avec tout autant de plaisir une seconde fille.

Heaven était son rayon de soleil. À deux ans, elle vadrouillait déjà d'un pas affirmé, opposant à ses inquiétudes de père sa joie lumineuse. En sa présence, il était incapable de morosité, même si l'existence aux côtés de Prudence avait chassé ce genre d'émotions d'Armydale. Il n'était pas seulement heureux, il ressentait un bonheur viscéral à se lever chaque matin et à envisager qu'on lui offrait une journée de plus avec son épouse chérie et leur enfant.

Les nuages, ceux qu'Harrington avait fait planer au-dessus de leurs têtes, s'étaient évaporés avec sa mort et celle du capitaine O'Brien. Ce dernier avait été finalement rattrapé par les soldats de Devon Archibald et traduit devant la justice avant d'être exécuté. Quant à Harrington, il ne s'était pas remis de ses blessures et avait expiré son dernier souffle dans les geôles lugubres et humides d'Edimbourg, endurant une lente et douloureuse agonie.

S'il avait fallu quelques mois à Armydale pour recouvrer sa sérénité et sa beauté, Zane avait refermé cette page sans regrets, simplement heureux que le destin ait œuvré pour son bonheur.

— Je ne pense pas faire mieux, confessa Sage d'un ton qui l'alerta.

— Me cacherais-tu quelque chose ?

— J'attendais d'être sûr, reconnut son ami, le visage soudain lumineux. Macrath devait vérifier que le bébé n'avait plus de famille, mais c'est chose faite. Margaret et moi allons accueillir une petite orpheline. Lisbeth a trois mois et… Mon Dieu ! Elle est magnifique.

Zane lui asséna une tape de connivence dans le dos, ravi que le couple ait enfin l'occasion de pouponner. Le projet avait été abordé plusieurs mois plus tôt, mais il savait que Margaret avait eu du mal à renoncer à l'idée de devenir mère naturellement.

— Je suis heureux pour vous deux. C'est une merveilleuse nouvelle !

— Margaret panique un peu maintenant que c'est chose faite, mais je suis persuadé qu'elle fera une mère formidable. Nous partons dès demain pour aller chercher notre bébé.

— Nous l'accueillerons avec bonheur… Même si c'est une fille, ironisa Zane.

— Quelqu'un a un problème avec les petites filles, ici ? releva Prudence en les dévisageant avec amusement.

Zane l'enlaça, satisfait qu'elle se blottisse contre lui. Il déposa un léger baiser dans sa nuque, avant de recouvrir la main qu'elle avait appuyée sur son ventre. Rien ne l'égayait plus que sentir leur enfant bouger sous ses doigts.

— Au contraire, répondit-il. Je veux une ribambelle de petites filles.

— Laisse-moi d'abord te donner un duc et, après, on avisera, d'accord ?

— Tout ce que tu désireras, ma belle.

— Allez-vous cesser de roucouler ! s'indigna Corinne, le regard pétillant de malice. Nous avons invité Devon Archibald, et je ne pense pas qu'il ait besoin d'une telle déferlante de bonheur.

— Au contraire, riposta Zane avec fermeté. Il est veuf depuis bientôt une année, et je crois qu'il accepte notre compagnie avant tout parce qu'il y distingue un intérêt personnel.

Il décocha un sourire flamboyant à Faith et s'amusa de la voir s'empourprer. Il appréciait particulièrement Devon et, s'il avait été touché par son malheur, il avait surtout été heureux de constater qu'il renaissait à la vie en fréquentant la meilleure amie de sa femme. Faith méritait un époux attentif et soucieux de son bonheur, et il était persuadé que Devon serait à la hauteur.

— Tu espères planifier leur mariage ? le nargua Prudence, consciente qu'il avait déjà donné son accord de principe à cette union qui se profilait avec une certitude délicieuse.

— Il y a un moment que nous n'avons pas organisé de fête à Armydale, répondit-il, s'attirant en écho un éclat de rire moqueur.

— Depuis quand aimes-tu les réjouissances ?

— Depuis que je peux parader au bras de ma duchesse, lui précisa-t-il, avant de lui voler un baiser.

## NOTE DE L'AUTRICE

Comme pour chacun de mes romans, celui-ci a nécessité de nombreuses recherches, notamment sur le contexte historique. Si j'ai souhaité que ce dernier ne soit finalement qu'une toile de fond, je n'en ai pas moins tenu à aborder la question de l'exil des Écossais à une époque où la révolte grondait. Au-delà de l'aspect romance, il est important, à mes yeux, de rappeler que ce pays a traversé des épreuves qui ont forgé son âme et son caractère.

Je tiens également à préciser que j'aborde mes personnages au regard des coutumes et modèles d'éducation de l'époque. Si les héroïnes guerrières ont parfois droit de cité à des périodes où les hommes dominaient les sociétés, la majeure partie des jeunes filles étaient soumises à des diktats qui s'imposaient à elles. Mes héroïnes sont ancrées dans cette réalité, sans que cela ne leur ôte une once de courage ou de caractère. Comme toute chose, la résistance ou la révolte ont bien des façons de s'exprimer.

# REMERCIEMETNS

Si l'Écosse fait partie des régions chères à mon cœur, son histoire n'en est pas moins fascinante et chahutée. Je n'imaginais pas en commençant l'écriture de *La Captive de l'Écossais* que mes recherches me pousseraient à vouloir en découvrir plus encore.

Dans ce second roman, j'ai donc associé à mon intérêt pour cette magnifique région un nouveau versant de son histoire, sans oublier d'y adjoindre l'éternelle et indispensable pincée d'amour impossible.

Je tiens à remercier les Éditions HarperCollins France et mon éditrice, Emma, pour leur confiance et l'opportunité de partager avec vous les aventures de Prudence et Zane.

Mes derniers mots seront pour vous, lectrices. Merci d'avoir pris le temps de lire ce roman et de continuer de me soutenir dans mon aventure livresque. J'espère que vous avez aimé mon farouche Écossais et sa non moins rebelle duchesse.

Retrouvez en août,
dans votre collection

# Victoria

## Alice Simmer

### *Une flamme florentine*

*Toscane, 1262*

Cruelle fortune ! En fuyant la demeure familiale à la faveur de la nuit, Ermina pensait avoir changé sa destinée. Jamais elle n'épouserait Tebaldo, fils du comte de Pazzeschi, ce chef des Guelfes noirs qui tourmente sa cité. Comment son père, duc de Guido, avait-il même pu imaginer qu'elle se sacrifierait pour apaiser Florence ? Mais, à présent qu'elle découvre chez Giovanni – le maître-peintre qui lui a offert un refuge – le séduisant chevalier qui lui a ravi un baiser à l'auberge quelques semaines plus tôt et semble la poursuivre, Ermina se prend à douter. Et si cet homme n'était finalement pas un courtois hasard mais un vil imposteur, missionné par son père – ou, pire, par ses ennemis – pour la ramener de force chez elle ?

---

## Lyn Stone

### Le chevalier de Lady Sara

Pour avoir sauvé Sir Richard Strode, le plus valeureux de ses chevaliers, le roi offre à Lady Sara de Fernstowe une récompense de son choix. Mais, plutôt que des terres ou des bijoux, la jeune fille demande… la main de Sir Richard. Cette union, pense-t-elle, servira les intérêts de Sir Richard autant que les siens. Quel chevalier sans fortune refuserait d'épouser la riche dame de Fernstowe ? Le mariage, en conséquence, est scellé sur l'heure sans que le principal intéressé, encore léthargique, ait son mot à dire. Cependant, sitôt rétabli, il se révolte en découvrant le complot dont il a été victime. Sa fureur est telle que Lady Sara, très vite, mesure son erreur…